O VÍCIO DO TITÃ

O TITÃ DE WALL STREET - LIVRO 2

ANNA ZAIRES

♠ MOZAIKA PUBLICATIONS ♠

www.mozaikallc.com

e-ISBN: 978-1-63142-593-6

ISBN: 978-1-63142-594-3

Emma

Choro durante a primeira hora do voo de duas horas e meia para Orlando. Não consigo evitar. Meu coração não está apenas partido; parece que foi arrancado do meu peito.

E eu fiz isso comigo mesma.

Eu disse a Marcus que não posso morar com ele.

Eu disse a ele que acabou.

Meus colegas de assento – um homem careca de cinquenta e poucos anos, na janela, e uma adolescente loira, no assento do corredor – tentam fugir enquanto assoo o nariz pela quinta vez. Só que não há para onde ir. Bem, a garota loira tecnicamente pode se levantar e ir ao banheiro, mas ela já fez isso três vezes para se afastar de mim, agora, mantém-se sentada, me olhando de vez em quando.

Eu não a culpo. A única coisa pior que um bebê chorando em um avião é um adulto chorando.

— Você, hum... está ok? — o careca finalmente se aventura e eu balanço minha cabeça, forçando um sorriso lacrimoso.

— Sim, desculpe. Foi só um... — Engulo um nó na garganta. — Um rompimento ruim.

— Oh, legal — diz a adolescente, visivelmente se animando. — Eu pensei que você tinha acabado de descobrir que tinha câncer ou algo assim.

Eu estremeço, me sentindo uma idiota. Porque ela está certa: poderia ser muito pior. As pessoas têm tragédias reais, coisas ruins que não podem evitar. Enquanto a dor que sinto é totalmente autoinfligida.

Tive um caso com Marcus Carelli, um bilionário de fundos de investimento que está tão longe do meu repertório que parece viver num planeta diferente.

Me apaixonei por ele, sabendo que não tínhamos futuro e, agora, estou pagando o preço.

— Uma vez eu também tive um rompimento ruim — confidencia a adolescente, mordendo sua unha verde e brilhante do polegar. — O idiota me traiu com minha melhor amiga no Ensino Médio. Beijou-a atrás das arquibancadas, você pode acreditar?

— Oh, uau, isso é terrível. Sinto muito — digo sinceramente. Ensino Médio ou não, isso doía do mesmo jeito. Pelo menos Marcus nunca me traiu. Ele desapareceu por três dias após um incrível fim de semana juntos, mas até onde eu sei, nenhuma outra mulher estava envolvida.

Bem, exceto Emmeline.

Ela – ou seu clone igualmente perfeito – estava sempre entre nós.

— Sim, bem, acontece — diz a garota, dando de ombros filosoficamente. — E você? O que o idiota fez?

— Ele... — Engulo novamente. — Ele me perseguiu no aeroporto e me pediu para morar com ele.

Tanto a garota quanto o homem me encaram como uma água-viva brotando da minha cabeça, então, corro para explicar. — Mas ele não quis dizer isso. Não da maneira como as pessoas normalmente fazem. É apenas uma conveniência para ele. Ele vai se casar com outra pessoa. Ele me disse isso quando nos conhecemos e...

— Ele está noivo? — a menina exclama horrorizada, e eu nego com minha cabeça.

— Não, não. Eles ainda não começaram a namorar. Pode até não ser ela, necessariamente. É que ele tem um critério muito particular, e eu não me encaixo. Em absoluto. Temos química, mas isso não é suficiente para um relacionamento de longo prazo. Eu não sou o tipo de garota que ele gostaria de apresentar a seus amigos ou clientes. Na melhor das hipóteses, sou apenas uma diversão para ele e, mais cedo ou mais tarde, ele ficará entediado e se afastará. E então — respiro fundo — então, será muito pior.

— Então você, o que... mandou esse sujeito pastar antes? — O homem parece fascinado, como se estivesse tendo uma visão especial da psiquê feminina. — É como atacar primeiro na batalha para minimizar suas perdas?

Eu aceno e assoo o nariz novamente. — Algo parecido.

Exceto que se o objetivo era vencer a batalha, eu já perdi. Meu coração pertence ao homem de quem me afastei e é difícil imaginar que dói mais do que agora. Ainda assim, tenho certeza de que fiz a escolha certa quando terminei com ele.

Se me sinto assim depois de um fim de semana juntos, quão pior seria se eu estivesse com Marcus há algum tempo?

Não, este é o único caminho. Arrancar o Band-Aid – junto com um pedaço do meu coração, neste caso – e seguir em frente.

A ferida será curada com o tempo.

Ou não?

No momento em que pousamos, eu sei muito sobre meus companheiros de assento, eles parecem ter decidido em conjunto que a melhor maneira de me impedir de chorar por causa do rompimento é me distrair com histórias detalhadas sobre eles. Como resultado, soube que Donny – o homem de cinquenta e poucos anos – é originário da Pensilvânia, mas reside na Flórida, se divorciou duas vezes, é dono de uma concessionária de carros em Winter Park e não pode comer nada verde; enquanto Ayla – a adolescente – é uma cria rara natural da Flórida, tem uma irmã que se divorciou três vezes e está se formando no Ensino Médio no próximo ano. Ayla, não a irmã, para explicar melhor. A irmã abandonou o Ensino Médio. Ah, e Ayla é alérgica a nozes, mas não tem problemas com coisas verdes.

— Tchau! Muito prazer em conhecê-los! — Eu aceno para eles quando passam por mim com suas malas, e acenam de volta, obviamente aliviados por terem terminado o voo e se livrado da ruiva louca chorando por um homem que pediu que ela se mudasse.

Eu também estou aliviada. Não porque não gostei de ouvir as histórias deles – eles conseguiram me distrair da minha dor de cotovelo – mas porque estou ansiosa para ver meus avós e sentir o ar quente da Flórida na minha pele.

A umidade aqui é terrível para o meu cabelo encaracolado, mas será incrível depois daquela brutal tempestade de neve em Nova York.

Vovô está me esperando dentro do terminal, logo na saída do ônibus, e eu me pego correndo em direção a ele, a mala quicando atrás de mim. Embora frequentemente conversemos pelo *Skype*, eu não o vejo pessoalmente há um ano, e meu peito parece que vai explodir de alegria quando eu solto a alça da mala e o abraço, sorrindo como uma idiota.

Apesar de ter quase oitenta anos, meu avô ainda é robusto, com os ombros alinhados e o peito cheio de músculos. Ele também cheira exatamente como eu me lembro – como biscoitos da Vovó e linho engomado. Afastando-me, eu o estudo e fico feliz em ver que, apesar de algumas rugas mais profundas, ele parece praticamente o mesmo do ano passado.

Ele está me estudando de volta, e eu vejo o momento exato em que ele percebe meus olhos vermelhos.

— O que aconteceu? — ele pergunta, suas sobrancelhas espessas se juntando. — Você andou chorando?

— Não, claro que não. Só pingou um pouco de suco de limão nos olhos — minto, agarrando a alça da minha mala. — Eu estava espremendo uma fatia na minha água no avião, e ela esguichou direto na minha cara.

— Limão, hein? — Vovô tira a mala de mim quando começamos a caminhar para a saída. — Eu pensei que poderia ter algo a ver com o seu namorado de Wall Street.

— Marcus? Oh não, não é nada disso. Além disso, eu lhe disse, ele não é meu namorado.

Ele não é mais nada meu, mas não vou me aprofundar nisso agora. Talvez mais tarde, uma vez que tenha tido a chance de me instalar e comer alguns dos biscoitos da Vovó, encontrarei forças para esmagar as esperanças dos meus avós, mas, no momento, estou exausta demais para isso.

Além disso, prefiro dar as más notícias para os dois ao mesmo tempo.

— Bem, seja ele o que for, estamos felizes por você — diz Vovô. — A menos que, é claro, ele seja o limão em questão. — Ele olha para mim quando pisamos na escada rolante, e eu forço uma risada.

— Muito engraçado, Vovô. Que tal me dizer como você e Vovó estão?

— Oh, você sabe, o de sempre. — Ele pisca para mim, e minha risada é genuína desta vez. — E você, princesa? Como foi o voo? Parecia que chegaria a tempo, e então, bam!, atraso.

— Ah, não. Você já estava a caminho do aeroporto quando soube da demora?

— Eu estava, mas não se preocupe. Eu apenas circulei um pouco, ouvi alguns audiolivros. Sua avó estava preocupada, no entanto, então, você pode ligar para ela assim que chegarmos no carro. Eles disseram qual foi o motivo do atraso? Foi por causa da tempestade de neve?

Eu dou de ombros. — Eles não disseram, mas provavelmente tiveram que descongelar as asas ou algo assim. Tive sorte de o avião decolar.

— Isso é verdade. Sua avó está colada no Canal do Clima desde segunda-feira, acompanhando a maldita tempestade. Você acha que era um dos programas da *Netflix* dela. — Ele bufa, balançando a cabeça, e eu escondo um sorriso. Vovô assiste *Netflix* ao lado de Vovó, mas por algum motivo, ele continua insistindo que eles são os programas *dela* e que ele não gosta.

Continuamos conversando enquanto saímos para o estacionamento e soube que Vovô ganhou uma nova vara de pescar e Vovó já preparou a maior parte da comida para amanhã.

— É uma pena que seu jovem namorado não tenha conseguido vir — comenta Vovô quando entramos no carro, e meu sorriso endurece quando reitero a desculpa que lhes dei no *Skype* – que Marcus está cheio de trabalho esta semana.

Porém, é verdade – um investimento que deu errado foi o que o roubou do meu lado no domingo – mas eu não sabia disso no sábado, quando Marcus conheceu meus avós pelo *Skype* e o convidaram para ir à Flórida no Dia de Ação de Graças. Eu só sabia que era loucura trazê-lo comigo tão cedo no relacionamento, então, soltei essa desculpa – e graças a Deus que o fiz.

Se meus avós esperassem que ele viesse comigo, teria sido infinitamente pior.

Depois que saímos do estacionamento, ligo para minha senhoria, Sra. Metz, para verificar meus gatos. — Todos alimentados e aconchegados em sua cama — ela me informa alegremente, e agradeço novamente por cuidar dos meus bebês de pelo enquanto eu estiver fora.

Em seguida, ligo para a Vovó e garanto que meu voo foi bom e que estou ansiosa para vê-la em breve. Ela descreve todos os pratos que prepara para amanhã com detalhes indutores de baba e, quando desligo, estou pronta para comer meu próprio pé.

— Ela arrumou uma coisinha para você — diz Vovô, aparentemente lendo minha mente. — Está no cooler no banco traseiro. Ela imaginou que você ficaria com fome depois do voo.

Eu não estava, mas Vovó me deixou com fome com todas aquelas descrições dignas de livros de culinária, o que se pode fazer? Inclinando-me, pego o cooler e começo a mastigar palitos de frutas e queijos cortados, enquanto Vovô conta uma história sobre um novo casal que ele e Vovó fizeram amizade, além de acontecimentos aleatórios em sua comunidade.

Flagler Beach, sua pequena cidade na costa nordeste da Flórida, fica a cerca de noventa minutos de carro de Orlando, mas Vovô odeia a I-4, a rota mais direta que atravessa o centro de Orlando, por isso, pegamos o caminho mais longo. De acordo com Vovô, vale a pena, pois, os vinte minutos extras lhe proporcionam paz de espírito.

— Não ficará preso no trânsito dessa maneira — ele me informa, e eu evito apontar que, tomando a rota mais longa a cada vez – mesmo nas horas fora do rush, quando a probabilidade de um engarrafamento é baixa – ele gasta mais tempo na estrada em geral do que sempre pegando a I-4 e ocasionalmente ficando preso.

De qualquer forma, já é quase meia-noite quando chegamos à casa deles. Para minha surpresa, Vovó, que normalmente dorme por volta das dez, está bem acordada e bem-vestida enquanto nos cumprimenta na garagem, onde um *Mercedes* branco e elegante está estacionado ao lado do antigo *Fusca* da Vovó – provavelmente como um favor para algum vizinho.

— Você deveria ter ido para a cama — eu repreendo, abraçando-a, e ela ri, seus olhos cinzentos brilhando com excitação mal escondida quando ela se afasta, deixando para trás uma nuvem de seu perfume favorito de jasmim.

— Para a cama? Quando minha neta favorita está voltando para casa? Não sou tão velha que não consiga ficar acordada algumas horas depois da minha hora de dormir. Além disso, eu não conseguiria dormir com uma surpresa tão grande esperando por você — ela diz, radiante, e eu percebo que, além de usar perfume e roupas para sair, ela ainda usa sua maquiagem para o dia.

— Que surpresa? — Vovô, que está vindo atrás de mim com a mala, parece tão confuso quanto eu. — E de quem é este carro? — Ele olha por cima do ombro para o *Mercedes*.

Vovó sorri. — Entre e veja. — Ela vai na frente, e Vovô e eu trocamos olhares confusos antes de segui-la.

Entro primeiro, com Vovô girando a mala atrás de mim, mas só dou dois passos antes que meus pés cresçam raízes e congelem no lugar, boquiaberta com a visão à minha frente.

No meio da sala de estar dos meus avós, em pé ao lado do sofá delicadamente gasto, está um homem alto e com um físico poderoso, com características duras e surpreendentemente masculinas. Sobrancelhas grossas e escuras, uma mandíbula quadrada, maçãs do rosto altas acima das bochechas magras, escurecidas por uma ponta de barba por fazer – tudo nas linhas arrojadas de seu rosto aquece meu sangue e faz meu pulso acelerar. Em vez de seu habitual terno perfeitamente cortado, ele está vestindo um jeans de grife e uma camisa branca casual – a mesma roupa que eu o vi no aeroporto JFK em Nova York, menos de cinco horas atrás.

Quando ele me beijou.

E me pediu para ir morar com ele.

E olhou para mim como se eu tivesse esfaqueado seu coração quando me recusei e entrei no avião.

Marcus Carelli, o bilionário de Wall Street por quem me apaixonei, apesar de meu bom senso, está aqui, na casa dos meus avós, seu olhar azul e frio focado em mim com a intensidade de um falcão que rastreia sua presa favorita.

 arcus

Os olhos cinzentos de Emma estão tão grandes que eu poderia me afogar neles, suas sardas se destacando em forte alívio quando todas as cores deixam seu rosto já pálido. Seus cachos estão mais selvagens do que o habitual, flutuando em torno de sua cabeça como uma auréola de fogo, e seu corpo pequeno e cheio de curvas está rígido de choque quando ela me olha do outro lado da sala, seu avô igualmente atordoado atrás dela.

— Oi, Gatinha — digo calmamente, enquanto a antecipação sombria ferve em meu sangue, misturando-se com fúria e dor persistentes. — Adivinha? Encerrei meu trabalho mais cedo e decidi surpreendê-la.

— Ele voou para o aeroporto de Daytona Beach e chegou aqui há meia hora, dá para acreditar? — Mary Walsh exclama, quase explodindo de emoção. — Eu queria ligar para você, mas Marcus achou que seria mais divertido cumprimentá-la quando você chegasse aqui. Tomamos chá e biscoitos e...

— Com licença — Emma diz firmemente. Recuperando-se de sua paralisia, ela marcha em minha direção, agarra meu braço e encara seus avós. — Marcus e eu precisamos conversar.

A fisionomia de Mary cai quando ela percebe que sua emoção não é compartilhada. — Claro, eu tenho certeza que vocês dois precisam... — Não ouço o resto do que ela diz porque Emma me arrasta para fora de casa. Não literalmente, é claro – ela é pequena em comparação a mim –, mas puxando meu braço com força suficiente para que eu não resistisse sem que os avós percebessem que minha presença não é exatamente bem-vinda.

Eles já devem suspeitar disso.

Dedos delicados cavando violentamente no meu antebraço, Emma me reboca na rua até duas casas depois, escondidos dos olhos de seus avós pelo paisagismo exuberante dos vizinhos. Então, e só então, ela solta meu braço e dá um passo para trás, olhando para mim com tanta fúria que cada cacho na cabeça parece estar dançando.

— Que porra você está fazendo aqui? — ela sussurra, punhos cerrados ao lado do corpo. — Eu disse que tinha acabado...

— E eu me recusei a aceitar — eu a informo sombriamente – embora o que eu realmente quero seja agarrá-la e beijá-la, e colocar algum senso dentro dela. Ou melhor ainda, fodê-la. Mas, em deferência à nossa localização pública, digo: — No mínimo, você me deve uma explicação.

— Você veio até aqui para uma explicação? Você nunca ouviu falar de uma invenção chamada *telefone*? Você pode ligar e enviar mensagens de texto. Inferno, você pode até enviar um e-mail. — Seu tom é puro sarcasmo, e torna muito mais difícil manter minhas mãos longe de seu corpinho delicioso – que está vestido com um jeans apertado e uma camiseta por dentro da calça, uma roupa básica que, no entanto, destaca por completo sua bunda em forma de coração e cintura fina. A luz amarelada lançada pela luz da rua, combinada com a alta umidade do ar, está dando à sua pele de porcelana um brilho suave e úmido, e eu quero deixá-la nua e prová-la toda, concentrando-me nas dobras lisas e macias entre...

Porra. Agora não é hora disso.

— Você está dizendo que realmente responderia? — Eu pergunto de volta, afastando minha mente da fantasia classificada para maiores de idade. Não preciso de mais combustível para o meu desejo; meu pau está prestes a fazer um buraco no meu jeans. — Porque eu te liguei quando estava a caminho do aeroporto. Repetidamente, apenas para cair em sua caixa de voz.

O queixo dela se projeta. — Talvez eu respondesse. De qualquer forma, você não tinha direito de aparecer na casa dos meus avós. Como você chegou aqui, afinal? Todos os voos para Daytona estão esgotados há muito tempo.

Um sorriso sem humor curva meus lábios. — Eu tenho um jato particular, Gatinha. — E um piloto que foi capaz de mudar nosso plano de voo de Orlando para Daytona Beach assim que percebi que o aeroporto de Daytona era mais próximo do meu destino pretendido. — Quanto a aparecer na casa de seus avós, eles me convidaram para o Dia de Ação de Graças, lembra?

Seus olhos se arregalam com a menção do jato, mas suas sobrancelhas se juntam. — Isso foi *antes* de terminarmos. Se eles souberem...

— Mas eles não sabem, certo? E você não parece ter muita pressa de contar a eles. — Eu levanto minha cabeça. — Por que será? Será que você não está tão certa sobre sua decisão quanto parece?

— *Tenho* certeza. — Seus punhos pequenos se apertam ainda mais, enquanto ela dá um passo involuntário para trás. — Eu te disse, não quero vê-lo novamente.

Aí está, a linguagem corporal contraditória que eu tenho procurado. Aproximando-me dela, pergunto em um tom enganosamente suave: — Por quê?

Ela pisca para mim. — Como assim por quê?

— É uma pergunta simples. — Levantando minha mão, coloco um cacho saltitante atrás da orelha dela. — Por que você não quer me ver de novo?

— Bem, porque... porque não, ok? — Ela se move

para sair do meu alcance, mas eu pego suas mãos nas minhas.

— Por quê? — Repito, esfregando meus polegares sobre o interior de seus pulsos. Com certeza, sob a pele sedosa, seu pulso está acelerado. Ela não é indiferente a mim, longe disso – e é por isso que essa decisão dela não faz sentido.

Eu nunca persegui uma mulher que não me quisesse, mas Emma quer.

Eu provei o desejo dela por mim, senti-o escorrer por todos os meus lábios e língua.

— Por quê? Porque não somos compatíveis! — Tirando as mãos das minhas, ela dá um passo para trás, o peito arfando com visível agitação. — Isso não vai a lugar nenhum, então, não faz sentido...

— Não vai a lugar nenhum? — Raiva, quente e potente, surge em mim, misturando-se com a luxúria pulsando em minhas veias. Eu posso ver o contorno de seu sutiã embaixo do material fino de sua camiseta, e meu pau retumba nas calças, exigindo ser enterrado em seu corpo apertado e doce. — Do que diabos você está falando? Pedi para você se *mudar*.

— Porque você não quer lidar com pontes e túneis! — ela quase grita, se esticando na ponta dos pés para alcançar meu rosto. É uma tentativa engraçada – ela mal chega ao meu queixo – mas o vento sopra seus cachos para fazer cócegas no meu pescoço e, em vez de diversão, sinto uma pontada quente de desejo, uma necessidade tão poderosa que oblitera o resto do meu autocontrole.

Sem pensar nos vizinhos, pego o rosto dela entre minhas mãos e me inclino para beijá-la – ou, mais precisamente, para devorá-la viva. Eu como sua boca como se fosse sua boceta, chupando e lambendo cada centímetro de seus lábios rosados e macios, deslizando a língua sobre os dentes, acariciando o céu da boca, provando e explorando cada canto. Há apenas uma pitada de chiclete em sua respiração – ela deve ter mastigado antes de eu beijá-la no aeroporto – mas por baixo está o seu próprio sabor adocicado, um sabor e cheiro tão viciantes que sei que nunca vou conseguir o suficiente.

E se eu convencê-la a se mudar, não preciso.

Ela será minha para devorar como eu quiser.

No começo, ela está rígida e passiva, não resistindo, mas também não participando, mas suas mãos deslizam no meu cabelo, suas unhas cravam no meu crânio enquanto sua língua empurra com raiva a minha. Ela me beija com a mesma fome violenta que pulsa nas minhas veias, seu corpo se chocando contra o meu e seus pequenos dentes afundando no meu lábio inferior. O pequeno golpe de dor impossivelmente aumenta minha excitação, e com um rosnado baixo na garganta, deslizo uma mão pelas costas dela para segurar...

— E o que vocês dois pensam que estão fazendo?

A voz irritada é como uma espingarda disparando ao nosso lado. Assustados, nos separamos e encaramos o intruso – uma pequena mulher de pé no gramado à nossa frente, que parece ter idade suficiente para ter nascido durante a Guerra Civil. Vestida com uma túnica florida que cobre seu corpo frágil do pescoço aos pés, ela está apoiada em um andador e nos olha, as poucas mechas que restam do cabelo balançando na brisa em torno do rosto profundamente enrugado.

— Sinto muito, Sra. Potts — Emma diz sem fôlego, afastando os cachos do rosto com uma mão instável. É difícil dizer sob essa luz, mas tenho certeza de que ela está corando. — Não pretendíamos incomodá-la.

A velha aperta os olhos para ela.

— Emma? É você, querida? E quem é esse? — Inclinando seu andador em minha direção, ela olha para mim. — É este o rapaz que sua avó estava nos falando?

— Oh, hum ... sim. Este é Marcus. Marcus Carelli. Ele está... ele está de visita. De Nova York, onde ele mora, você sabe. — Emma está balbuciando, claramente desequilibrada e, apesar da pressão dolorosa em minhas bolas, não posso deixar de apreciar seu desconforto.

É o mínimo que ela merece por me fazer sofrer.

Finalmente, decido sentir pena dela. Andando em sua direção, coloco um braço possessivo em volta da cintura e sorrio para a mulher mais velha. — Eu sou o namorado de Emma, estou aqui para o Ação de Graças. Prazer em conhecê-la, Sra. Potts. Peço desculpas se te incomodamos de alguma maneira.

Ela bufa e acena com a mão retorcida. — Oh, não é problema. Eu pensei que eram os adolescentes do outro lado da rua, que estão sempre aprontando. Vocês dois podem continuar a fazer suas coisas. Apenas usem camisinha, ok?

Virando-se, ela se arrasta em direção à sua casa, e eu sufoco uma risada chocada. Quando olho para Emma, no entanto, ela está me encarando com fúria renovada, sem nenhum traço de diversão em seu rosto.

— Namorado? — Ela sibila, me afastando assim que a Sra. Potts está fora do alcance da voz. — Você *não é* meu namorado.

Minha própria diversão desaparece. — Não é isso que seus avós pensam. De fato, sua avó ficou extasiada ao saber que você está indo morar comigo. Ela se preocupa com você morando sozinha, sabia? Quase tanto quanto ela se preocupa com o fato de você não namorar ninguém desde a faculdade. Antes de mim, é isso. Ela *está* muito feliz por estarmos namorando.

Por um momento, tenho quase certeza de que Emma vai me bater – isso ou explodir no local. — Você disse à minha avó que *vamos morar juntos?*

— Sim. — sorrio sombriamente. — Você vai dizer a ela o contrário? Arruinar as férias dela?

Estou sendo um bastardo manipulador, eu sei, mas estou lutando por nós – e não tenho intenção de perder.

Por um momento, Emma parece sem palavras. Então, seu temperamento fica explosivo. — Seu... seu imbecil! — Seus cachos estão quase vibrando de indignação. — Quem diabos você pensa que é?

Meu sorriso fica mais sombrio. — Seu namorado, Gatinha. Em breve, serei seu namorado-que-morajunto, pelo menos no que diz respeito aos seus avós. A menos, claro, que você não se importe de dizer a eles – e a mim – por que exatamente você quer que isso acabe.

— Eu te disse. Porque não somos compatíveis — diz ela com os dentes cerrados. — Você quer sua Emmeline perfeita, e eu...

— Emmeline? — Uma peça do quebra-cabeça – uma que eu nunca encontraria sozinho – se encaixa. — É disso que se trata? *Emmeline?*

O corpo inteiro de Emma fica rígido, e eu vejo – a dor por trás da indignação e raiva. Seus olhos estão muito brilhantes, com lágrimas não derramadas, e seu queixo está tremendo levemente.

Ela está magoada – de alguma forma, eu a magoei – e toda essa ação é a resposta a isso.

Exceto, o que Emmeline tem a ver com isso tudo? Só jantei com a mulher uma vez – na noite em que Emma e eu nos encontramos durante o nosso encontro às cegas Emma-Emmeline/Mark-Marcus. A advogada elegante pode ter se encaixado bem no papel, mas não tínhamos química e, durante o jantar, tudo em que consegui pensar foi na ruivinha impetuosa que havia confundido com Emmeline. Na verdade, Emma só conhece Emmeline porque, no nosso primeiro encontro real, ela perguntou se eu já havia me conectado com a mulher que eu deveria conhecer, e contei a verdade. Conversamos, então, sobre a casamenteira e que qualidades quero que minha futura esposa...

Oh, caralho.

Não acredito que fui tão cego.

Eu, que fiz uma carreira unindo os pontos e vendo o que todo mundo não via, tenho estado completamente cego de uma resposta escrita em letras garrafais diante dos meus olhos.

— Emma, Gatinha... — Aproximando-me lentamente para não assustá-la, eu capturo sua mão firmemente fechada entre as palmas das mãos. — Me diga uma coisa. Por que você me mandou embora pela primeira vez? Naquela sexta-feira à noite, quando eu quebrei sua porta?

Ela pisca. — O quê?

— Por que você me mandou embora naquela noite? — Eu repito. Depois que ela me disse para partir, eu estava tão focado em me convencer de que era o melhor que eu nunca realmente pensei sobre por que ela fez isso. Suponho que presumi que ela compartilhava as dúvidas que eu tinha sobre o nosso relacionamento na época, mas nunca articulei isso explicitamente comigo mesmo. — Estávamos nos divertindo muito e, de repente, você disse que não ia dar certo e eu deveria partir — continuo. — Por quê?

— Bem, porque... porque era a coisa certa a fazer. — Com o escudo de sua raiva se dissipando, ela parece tão jovem e vulnerável que meu peito incha com ternura. — Não somos compatíveis e...

— Não somos compatíveis como? — Ela já disse isso, e eu a ignorei como uma resposta incompleta – mas e se ela quis dizer isso?

E se ela pegou o que eu disse em nosso primeiro encontro e, embora meus sentimentos sobre o assunto tenham evoluído com minha crescente obsessão, suas dúvidas sobre nós nunca desapareceram?

Suas mãos tremem ao meu alcance, seu olhar deslizando para longe do meu. — Você sabe exatamente como. Você quer uma mulher que seja 'perfeita nas funções sociais'. Como Emmeline ou... ou Claire – você sabe, a esposa do político de *House of Cards*?

E aí está o cerne da questão.

Eu nunca vi o programa, mas sei do que ela está falando, tendo visto uma entrevista dada pela atriz uma vez. O personagem que ela interpreta – a esposa perfeitamente equilibrada de um político cruel – é como sempre imaginei minha futura parceira romântica. Exceto, quando tento fazer isso agora, a imagem se recusa a se formar em minha mente. Tudo o que posso ver é minha ruivinha, cercada por seus gatos brancos e fofos.

Ainda não sei o que isso significa, mas sei que se não convencer Emma a nos dar uma chance, nunca descobrirei.

Eu respiro fundo. — Emma, Gatinha, me escute...

— Por que você está fazendo isso? — ela explode, seu olhar voltando para o meu rosto. Seus olhos estão brilhando, as lágrimas prestes a transbordar. — Por que você está aqui? Você gosta de brincar comigo? Num fim de semana você estava, nos próximos três dias, você se foi...

— Sim.

Seus olhos se arregalam com a minha resposta insensível, e eu pego a outra mão antes que ela possa me dar um soco.

— Sim — eu continuo, segurando seu olhar. — Gosto de brincar com você, Gatinha... Adoro, de fato. Eu também amo te foder. E eu realmente amo estar com você. Adoro abraçá-lo enquanto dorme e adoro vê-la comer. Porra, até o jeito que você respira me excita. Se pudesse, brincaria com você dia e noite, manteria você na minha cama e ao meu lado o tempo todo. Porque você é o que eu preciso, Emma. Não Emmeline, Claire ou alguma 'perfeição'.

Ela está me encarando como se não acreditasse em seus ouvidos e, de certa forma, nem eu. Mas a própria ideia de namorar outra mulher parece errada, até repulsiva. Talvez no futuro, se minha obsessão por Emma diminuir, retome minha busca pela melhor esposa troféu, mas agora, tudo o que quero é a mulher em pé na minha frente.

Uma mulher que preciso convencer sobre isso, pois, ela já está balançando a cabeça em descrença.

— Você não... você não quis dizer isso. — Saindo do meu abraço, ela se afasta. — É a química falando, só isso. Nós somos muito diferentes também...

— Somos? — Sem piedade, eu avanço. — Porque não parecia no último fim de semana. De fato...

— Por que você desapareceu no domingo então? — Sua voz treme quando eu a pego pelos ombros, impedindo sua fuga. — Você forçou seu caminho na minha vida, me fez sentir como se houvesse algo significativo entre nós, e, então, você simplesmente... se foi. Sem ligações, sem mensagens, nada.

— E isso foi além da estupidez da minha parte. Eu sinto muito. — Eu não vou dar desculpas; ela está certa em ficar chateada. A maneira como me sinto atraído por ela é tão poderosa, tão avassaladora, que parece um vício – e quando percebi no domingo que tinha permitido que isso me distraísse do meu trabalho, usei a emergência do fundo para embarcar em uma desintoxicação das coisas. Mas não pensei nisso do ponto de vista de Emma, não considerei seus sentimentos quando decidi me distanciar dela por alguns dias.

Ela me deu uma chance, e eu estraguei tudo.

Agora, eu preciso que ela me dê outra.

— Sinto muito — digo novamente quando ela permanece em silêncio, seus olhos cinzentos como piscinas escuras na penumbra da lâmpada da rua. — Isso não vai acontecer novamente, eu prometo a você. — E baixando a cabeça, eu a beijo mais uma vez – suavemente desta vez, docemente. Ou tão docemente quanto eu posso com um tesão furioso. É um beijo de desculpas, um gesto de por-favor-me-perdoe. É assim que eu pretendia, pelo menos. Mas no momento em que nossos lábios se tocam, esqueço todas as minhas intenções, tão capturado no sabor e na sensação dela que minha mente fica em branco e minha luxúria fica sombria e feroz. Minhas mãos se movem por vontade própria, uma para deslizar em seus cabelos e a outra, para agarrar seu quadril, puxando-a em minha direção enquanto sua cabeça cai para trás sob a pressão faminta dos meus lábios.

— Os dois pombinhos vão entrar logo? Mary está indo para a cama e quer ter certeza de que está tudo certo para a noite.

Merda. Suprimindo um rosnado irritado, levanto a cabeça e encaro o avô de Emma, que está a uns seis metros de distância e nos observa com o que só pode ser descrito como um sorriso alegre. Ele saiu para nos procurar e, é claro, teve que nos pegar quando eu estava prestes a lembrar Emma do que ela estava perdendo.

Relutantemente, eu a solto, e ela gira para encará-lo, corando tanto que eu posso perceber mesmo sob essa luz.

— Vovô, oi! Sinto muito por isso. Nós estávamos apenas... Nós estávamos indo... Ou seja, nós entraremos em breve, ok? Apenas nos dê outro minuto.

Ted Walsh parece que está à beira do riso. — Certo. Eu vou deixar Mary saber.

Ele volta para casa e eu agarro a mão de Emma, virando-a para mim.

— Gatinha, me escuta...

— Não, *você* me escuta — ela rosna, me cutucando no peito com o dedo indicador. — Eu não quero que você brinque com meus avós. Isso, seja o que for, é entre nós, e eles não têm nada a ver com isso, entendeu?

— Entendi — digo, suprimindo um sorriso. Aquela

carranca feroz no rosto dela é fodidamente adorável, de verdade. E se isso está indo para onde eu acho que está indo...

— Tudo bem então. — Ela solta um suspiro, um pouco de sua ferocidade diminuindo. — Nesse caso, você pode ficar para o Dia de Ação de Graças. Já que você está aqui. Mas — ela levanta o dedo, no estilo de professora —, isso *não* significa que estamos juntos novamente. É puramente para a paz de espírito dos meus avós. E definitivamente não vou morar com você. Você ficará aqui hoje à noite, celebrará o Dia de Ação de Graças conosco amanhã e terá outra emergência de seu trabalho e partirá. Enquanto isso, você manterá a boca fechada e me deixar responder a quaisquer perguntas que meus avós tenham sobre nós. Entendeu?

Veremos. — Entendi — confirmo em voz alta, e antes que ela possa mudar de idéia, vou para a casa dos avós, com a mão dela firmemente na minha e a satisfação sombria zumbindo em minhas veias.

Minha gatinha zangada ainda não sabe disso, mas acabou de perder a maior batalha da guerra – e não vou embora até ter sua rendição total.

4

OS SORRISOS FELIZES DE MEUS AVÓS NOS CUMPRIMENTAM quando entramos em casa de mãos dadas, e eu sei que fiz a coisa certa deixando Marcus ficar – mesmo que isso signifique mais sofrimento para mim.

Porque eu quis dizer o que disse.

Eu não vou morar com ele.

Eu nem vou vê-lo novamente depois que voltarmos da Flórida.

Por enquanto, porém, não tenho escolha a não ser fingir que ele é meu namorado. Ou pelo menos um homem com quem estou me relacionando. Porque não quero explicar aos meus avós à meia-noite e meia por que estou mandando embora um homem que voou de Nova York para ficar comigo – um homem bonito e bem-sucedido que, sem dúvida, é tudo o que eles querem no meu futuro parceiro.

Bem, exceto pela parte em que *eu* não sou nada parecida com o que *ele* quer – e explicar isso para Vovó e Vovô seria muito doloroso. Eu cairia em lágrimas e eles ficariam arrasados em meu nome. E muito, muito decepcionados.

Eles claramente aumentaram suas esperanças, tanto que contaram a seus vizinhos sobre ele.

É claro que vou precisar contar a verdade eventualmente, mas não precisa ser hoje à noite – ou a qualquer momento durante esta viagem. Porque Marcus estava certo: *arruinaria* o Dia de Ação de Graças dos meus avós. É o feriado favorito deles, e é por isso que sempre tento viajar para passar com eles. Os dois não ligam para o Natal – comercial demais, de acordo com a Vovó –, mas amam todas as tradições do Dia de Ação de Graças.

Não, é melhor que eu conte a eles sobre o rompimento quando voltar a Nova York. Eles ainda ficarão chateados, mas será mais fácil fingir que estou bem pelo *Skype*. No momento, minhas emoções estão muito confusas, muito cruas, especialmente com Marcus aparecendo assim. Eu não entendo por que ele está aqui, por que ele está tentando fazer parecer que poderíamos ter um futuro quando está além do óbvio que...

— Os pombinhos resolveram tudo? — Vovô pergunta, levantando-se do sofá quando entramos na sala, e antes que eu possa responder, Marcus assente e sorri amplamente.

— Sim, obrigado. Emma estava chateada por eu ter dado com a língua nos dentes para Mary. Ela queria dizer a vocês que estamos indo morar juntos.

Eu quero matá-lo. Literalmente.

No começo, receio que os vasos sanguíneos em meus olhos tenham pulado com a explosão de fúria que soprava através de mim, mas então, percebo que parte do meu cabelo caiu no meu rosto. Empurrando-a para fora dos meus olhos, abro a boca para atacar Marcus – há um limite nesse fingimento que estou disposta a aceitar – quando Vovó solta um grito animado e vem até nós.

— Oh, isso é tão emocionante — ela fala, nos envolvendo em um abraço perfumado. Recuando, ela se vira para sorrir para Vovô. — Não são as melhores notícias da história, Ted?

— De fato — diz Vovô, enquanto Marcus espirra por algum motivo. — Estamos tão felizes que Emma finalmente estará fora do estúdio do porão. Mary me disse que vai se mudar para o seu apartamento, certo?

— Está certo — diz Marcus, enquanto tento encontrar as palavras certas para refutar essa loucura. — Meu apartamento tem muito espaço para Emma e seus gatos.

— E o seu trabalho? — Vovô me pergunta. — Sua livraria fica no Brooklyn, então, como você chegará lá se morar em Manhattan?

— Ah, eu já perguntei isso — Vovó responde antes

que eu possa falar. — O motorista particular de Marcus — ela sorri com isso — a levará à livraria e a trará de volta todos os dias. E como o apartamento fica em Tribeca, a poucos quarteirões do túnel, a viagem não vai demorar muito mais do que o trajeto atual – você sabe, andar de metrô, esperar o trem e tudo mais.

Eles discutiram a logística do meu trajeto?

Estou sem palavras de raiva. Literalmente sem palavras.

— De fato — diz Marcus enquanto luto com minhas cordas vocais paralisadas. — Será muito mais seguro para ela também. Você sabe o estado desses trens hoje em dia. Além disso, este inverno está previsto para ser mais frio do que o habitual, e ela estará confortável e quente no carro. — Olhando para mim com uma expressão terna, ele me pressiona ao seu lado e dá um beijo no topo da minha cabeça.

Vovó parece que está prestes a derreter em uma poça de alegria, e até Vovô funga, como se ele estivesse à beira de lágrimas de felicidade.

A resposta contundente que eu estava prestes a soltar morre em meus lábios. Porque que tipo de idiota eu seria se estragasse isso para eles? Desde que me lembro, meus avós se preocuparam comigo, primeiro preocupando-se que minha mãe sociopata – a filha deles – estivesse me negligenciando, depois, que minha infância com ela deixasse cicatrizes duradouras em minha psiquê. Misturada com essa preocupação, há uma profunda culpa pelo que a filha se tornou, além de lamentarem não terem entrado com processo de custódia quando eu era pequena.

— Eu ficava pensando que ela cairia em si e mudaria de atitude, que perceberia o quão prejudicial seu comportamento era para você, sua filha — Vovó me confidenciou chorosa depois que minha mãe morreu e eu, uma idiota de onze anos, contei-lhes como tinha sido viver com ela. — Mas ela nunca fez, não? Deveríamos ter tirado você dela anos atrás, e para o inferno com honorários de advogados e tribunais favorecendo a mãe.

Vovô sente o mesmo – e é por isso que, depois que me formei na faculdade, foram necessárias todas as táticas de persuasão no meu arsenal para convencer os dois a finalmente se aposentarem e se mudarem para a Flórida. Eles estavam relutantes em me deixar sozinha no Brooklyn, mas eu sabia que o sol durante todo o ano e a vida na praia eram o sonho de toda a vida e fiquei firme, alegando que era adulta e precisava da minha independência.

Então, eles me deram isso – apenas para continuarem se preocupando comigo. Embora tenham morado em Nova York por décadas, tudo na cidade os assusta agora, das multidões aos invernos, da maneira como é um alvo constante para os terroristas. E o fato de eu morar lá completamente por conta própria torna tudo infinitamente pior, pois, eles continuam imaginando eu ficando doente ou machucada e não tendo ninguém por perto para cuidar de mim.

É por isso que é tão atraente para eles o que Marcus

está prometendo agora. Segurança, cordialidade, amor e apoio – ele mirou nas coisas exatas que meus avós querem para mim. E, ao fazer isso, ele me acua contra a parede.

Não posso negar a eles essa alegria, mesmo que dure apenas um pouco.

Então, em vez de explodir em Marcus com toda a força da minha indignação, saio discretamente de seus braços e digo: — Está ficando tarde. Vamos falar mais sobre isso amanhã. — Depois que eu tiver a chance de gritar com o idiota manipulador e mentiroso em particular.

— Claro. — Vovó sorri. — Venha, eu preparei o quarto para vocês dois.

Espere um segundo. Quarto, como, tipo, *um quarto?* Sendo a Flórida, meus avós têm dois quartos de hóspedes, um dos quais funciona como sala/escritório do vovô – e eu supus que eles colocariam Marcus em um deles e eu no outro, como convém. Mas não é isso que parece estar acontecendo.

Um sentimento de peso invade meu estômago, sigo a Vovó para fora da sala, com Marcus nos calcanhares.

— Aqui estamos — diz ela, abrindo uma porta para revelar um quarto aconchegante e suavemente iluminado, com uma cama queen-size bem arrumada e um banheiro anexo. — Tudo certo e pronto para vocês dois.

Oh, Deus. Acabe comigo agora.

Eu nunca tive um namorado dormindo na casa dos meus avós antes; a última vez que eu estava namorando seriamente alguém – meu namorado da faculdade, Jim – eles ainda moravam no Brooklyn, num dois quartos convertido que eu compartilhava com eles. Era um pouco maior que o meu estúdio atual e as paredes eram super finas, então, Jim e eu íamos à casa dos pais dele em Long Island para namorar.

Ou seja, não tenho precedentes para comparar isso. Ainda assim, a lógica ditaria que a maioria dos avós – mesmo os liberais, como os meus – não incentivaria a neta a se envolver em sexo antes do casamento sob seu próprio teto.

É claro que meus avós nunca foram como a maioria, mas seria pedir demais um pouco de pudor?

Eu realmente não quero dividir a cama com Marcus.

Ou melhor, depois daqueles beijos derretendo o cérebro lá fora, eu quero demais.

— Obrigado, Mary. Parece adorável. Realmente apreciamos sua hospitalidade — diz Marcus — novamente assumindo a liderança antes que eu possa descobrir como lidar com essa situação. E por que ele está chamando minha avó pelo primeiro nome?

Será que eles ficaram todo amiguinhos enquanto esperavam a chegada de Vovô e eu?

Passando ao meu redor, ele entra no quarto, minha mala em uma mão e uma bolsa de viagem, que deve ser sua bagagem, na outra. Ele provavelmente as pegou na sala quando eu não estava olhando, exceto, como ele tem bagagem, em primeiro lugar? Para chegar tão rápido, ele teve que pular num avião logo depois que eu saí.

Ele mantém uma bolsa de viagem em seu jato particular, caso queira perseguir uma mulher de repente?

Espere, por que estou me preocupando com a bagagem dele quando estamos prestes a ser forçados a compartilhar uma cama? Este não é um arranjo viável para dormir. Em absoluto. Dado o intenso desejo sexual de Marcus e o fato de eu entrar em chamas se ele sequer respirar em mim, é praticamente certo que, assim que esta porta se fechar, estaremos na horizontal — e pelo bem da minha sanidade, isso não pode acontecer. Definitivamente, preciso pedir à vovó quartos separados. Só que como faço isso sem confessar todo o engano? Ela e Vovô me viram de roupão na casa dele, então, não posso fingir que nosso relacionamento não progrediu tão longe.

Enquanto luto com esse dilema, Marcus pousa as duas bagagens e começa a desfazer a mala, tirando minhas roupas e colocando-as em pilhas arrumadas na cama com a calma autoconfiança de um homem que tem todo o direito de lidar com a minha coisas. A qualquer outro momento, minha mandíbula estaria no chão, mas depois de tudo que aconteceu hoje à noite, sua audácia mal me incomoda.

O que me incomoda é que minha avó brilha mais com essa exibição arrogante. Para ela, deve parecer que já estamos perfeitamente confortáveis um com o outro, como um casal antigo. Ela provavelmente acha que

Marcus está sendo útil desfazendo as malas para mim, em vez de ver suas ações como elas são: uma posse implacável da minha vida. Eu posso apenas vê-la contando ao Vovô tudo sobre como Marcus é um homem legal, tão caseiro, cuidadoso e organizado.

Neste exato momento, ele está pendurando minhas camisetas. Na verdade, pendurando-as no armário do quarto. Ah, e ordenadas por cor, claro a escuro, como um assassino em série.

Ele deve ser o que tem TOC, não seu mordomo.

— Boa noite, querida. Boa noite, Marcus — Vovó diz antes que eu possa encontrar uma solução para o problema da cama. — Durmam bem.

Com um abraço rápido, ela se apressa e não resta mais escolha.

Sentindo que estou entrando no covil de um dragão, fecho meus punhos e entro no quarto de hóspedes.

5

Emma

MARCUS PENDURA MINHA ÚLTIMA CAMISETA – EU SÓ trouxe quatro, uma para cada dia da viagem – e se vira para mim. Sua expressão é impassível, mas não há como esconder o calor selvagem em seus penetrantes olhos azuis enquanto eles vagueiam sobre mim da cabeça aos pés. Eu engulo quando meu corpo reage em um instante, meu coração acelerando e meus mamilos apertando no bojo do meu sutiã. Minha calcinha ainda está úmida do que aconteceu lá fora, e esse olhar é o suficiente para a excitação inundar meu núcleo.

Isso vai ser ainda mais difícil do que eu pensei. Literalmente, porque eu posso ver a protuberância crescente em seus jeans. Uma protuberância grande e grossa que...

Ugh, Pare com isso, Emma. Arrancando minha mente de passá-lo por uma raio-X, convoco cada grama de minha fúria e avanço pelo quarto.

— Você quebrou sua promessa. Você disse que ficaria de boca fechada e ...

— Eu nunca disse isso. — Os olhos dele se estreitam. — Eu disse que entendi o que você queria que eu fizesse. Mas nunca prometi fazer isso.

Meus molares apertam com tanta força que terei dor de dente amanhã. — Pare de me enrolar com semânticas. Você sabia o que eu pensava e brincou comigo. Eu te disse o que você tinha que fazer para ficar e você fez exatamente o oposto. Você mentiu para os meus avós...

— Menti? — Ele cruza os braços sobre o peito, fazendo com que a camisa delineie os músculos impressionantemente definidos por baixo. — O que eu disse que era falso?

— Você disse que vou morar com você! — Quase grito as palavras, mas no último momento lembro onde estamos e abaixo minha voz a um sussurro. — Isso é uma mentira completa, e você...

— Oh, mas você vai. Você ainda não admitiu para si mesma isso.

Eu olho para ele, surpresa com a certeza inabalável em sua voz. Ele é louco ou apenas está acostumado a que tudo seja do seu jeito? Alguma mulher nunca lhe disse *não*?

Espere um minuto.

É por isso que ele está aqui?

Porque eu o rejeitei e me tornei um desafio mais uma vez?

Eu me perguntei sobre isso quando ele desapareceu no início desta semana – se esse era o meu apelo a ele o tempo todo. Duvido que muitas mulheres o tenham mandado embora nos últimos anos, mas foi exatamente isso que fiz na noite em que ele arrombou a porta do meu apartamento. É claro que, menos de duas semanas depois, eu cedi e tivemos aquele fim de semana incrível juntos.

Um fim de semana durante o qual deixei de ser um desafio.

É isso? É disso que se trata tudo?

Eu disse a ele *não* mais uma vez?

Neste caso, ele não mentiu sobre me querer, em vez de Emmeline. Ele me quer e vai querer até que eu ceda; daí, ele perderá o interesse, como fez naquele fim de semana.

E desta vez, ele pode desaparecer para sempre.

Minha raiva desaparece, substituída por uma dor apertada no meu peito, e eu me afasto, meus olhos ardendo de novo.

Eu não posso fazer isso. Nem mesmo pelos meus avós.

Eu tenho que acabar com essa farsa.

Preparando-me, dou um passo em direção à porta – apenas para parar quando mãos grandes e quentes pousam em meus ombros.

Gentilmente, ele me puxa para ele, moldando minhas costas contra a dureza de seu corpo. — Venha para a cama, Gatinha — ele murmura no meu ouvido, sua voz profunda e aveludada me acariciando como um toque. — É tarde e nós dois tivemos um longo dia. Nós resolveremos tudo amanhã, eu prometo.

Eu fecho meus olhos com força, tentando manter as lágrimas ardentes. Meu coração traiçoeiro está batendo muito rápido à sua proximidade, meu corpo ficando sem força e lânguido. Seu perfume masculino me envolve, uma mistura familiar de pinheiros e brisa fresca, e sua ereção, grossa e dura contra a minha região lombar.

Ele me quer.

Ele definitivamente me quer.

E Deus me ajude, eu também o quero.

— Emma — Sua voz abaixa outra oitava. — Olhe para mim.

Ele poderia me mover com facilidade, mas não o faz. Suas mãos poderosas repousam sobre meus ombros, imóveis, e eu sei que ele está deixando que eu decida.

Olhar ou não olhar.

Ficar ou ir.

Posso sair deste quarto, contar a verdade aos meus avós e acabar com esta loucura agora mesmo.

Eu posso salvar o que resta do meu coração.

Exceto... ele veio até aqui. Um homem faria isso só porque uma mulher em que estava perdendo o interesse decidiu não vê-lo? Avião particular ou não, é um voo de mais de duas horas e completamente fora de sua agenda lotada. Mesmo me perseguir no aeroporto parece muito esforço se eu não for nada além de um desafio divertido.

É possível?

Será que ele realmente quis dizer algumas das coisas que disse?

Ele quer que eu me mude para além de considerações logísticas?

Meus pés parecem chegar a uma decisão antes do meu cérebro, e eu me viro, inclinando minha cabeça para trás para encontrar seu olhar.

Por um segundo, apenas olhamos um para o outro, nossos corpos tão perto que estamos quase nos tocando. Suas mãos ainda estão em cima dos meus ombros, o calor das mãos dele penetrando em mim, me aquecendo até os dedos dos pés. Eu posso ver a fome primitiva em seus olhos, mas por baixo, há algo mais suave, mais gentil.

Algo que faz meu peito doer de uma maneira totalmente diferente.

— Emma — Ele carinhosamente segura meu queixo. — Dê a nós outra chance.

Eu respiro instável, meu coração batendo forte na caixa torácica.

Uma chance.

Ele está pedindo uma chance.

Outra chance para ele me machucar.

Ou talvez, apenas talvez, para descobrir se isso poderia ser real.

— Eu ainda não estou... — lambo meus lábios secos. — Isso não significa que estou indo morar com você.

Algo quente e sombrio brilha nas profundidades frias de seus olhos antes que ele oculte a expressão. — Entendido — ele diz asperamente, e antes que eu possa esclarecer o que ele quer dizer, ele mergulha a cabeça e cobre meus lábios com os dele.

Minha boca se abre em um suspiro assustado, e sua língua invade com ferocidade sem desculpa quando ele nos conduz em direção à cama, arrancando nossas roupas no caminho. Foi-se o homem carinhoso que me deixaria sair do quarto, e percebo que ele nunca existiu. Sempre foi este conquistador implacável, um selvagem determinado a me consumir.

O verdadeiro Marcus Carelli.

Quando nossas roupas caem no chão, suas mãos passeiam sobre minhas curvas com ganância possessiva, as palmas das mãos quentes e ásperas na minha pele nua, e eu respondo com o mesmo fervor sombrio, minha mágoa e raiva se transformando em luxúria ofuscante. Parece que são meros segundos antes de acabarmos completamente nus na cama, com ele em cima de mim e meus pulsos presos à cama ao lado dos meus ombros enquanto ele devora minha boca, engolindo minha respiração ofegante. Seu corpo grande e musculoso está quente e pesado sobre mim, seu pênis suave e duro contra minha parte interna da coxa enquanto ele coloca os joelhos entre as minhas pernas, abrindo-as. Sua boca se move para mordiscar meu lóbulo da orelha, depois, desce pelo pescoço, chupando e mordendo, e sinto que estou queimando, como se pudesse entrar em combustão com a necessidade estonteante. No momento em que ele alcança meus seios, meu corpo inteiro está coberto de arrepios deliciosos, e estou tão excitada que sinto a umidade nas minhas coxas.

— Por favor — eu gemo quando sua boca quente e molhada aperta meu mamilo intumescido, chupando-o com um forte puxão. — Por favor, oh, por favor, Marcus, só... Oh, Deus, sim, bem aí. — Meus olhos se fecham, meus quadris levantando da cama quando ele solta meus pulsos e move uma mão para o meu clitóris dolorido, manipulando-o com habilidade infalível. Libertadas, minhas mãos caem para os lados, apenas para segurar sem jeito o cobertor enquanto a tensão dentro de mim cresce insuportavelmente, o prazer disparando em um crescente assustador.

Estou quase lá, quase no auge, quando os dedos se afastam e seus lábios retornam aos meus, sufocando meus gemidos. Beijando-me profundamente, ele guia seu pau para a minha entrada e lentamente, muito lentamente, pressiona.

Ele é grande – Deus, eu quase me esqueci do tamanho dele – e, apesar da umidade abundante, há um estiramento quase doloroso quando ele afunda em mim, me penetrando com uma incrível delicadeza. Minhas mãos voam para agarrá-lo, meus músculos tensos quando o alongamento ameaça se transformar em uma queimadura. Eu posso sentir cada centímetro grosso dele, e meu corpo treme com o esforço de aceitá-lo. Ao mesmo tempo, seus beijos estão me deixando louca, sua língua emaranhada na minha com uma ferocidade sensual que apenas enfatiza o cuidado que ele está tomando ao entrar em mim tão lentamente.

Finalmente, ele está todo dentro, suas bolas pressionando contra o meu traseiro, e quando ele se escora os cotovelos para olhar para mim, vejo que seu rosto está coberto de suor, sua mandíbula tensa. — Você está bem? — ele pergunta quase descontrolado, e eu aceno, incapaz de falar. Ele está tão profundo em mim que sinto que somos um, como se algo mais do que nossos corpos estivesse unido. Com seu rosto a meros centímetros de distância e seus olhos azuis presos nos meus, a intimidade é quase insuportável.

Isso é mais do que um ótimo sexo, e a conscientização disso me aterroriza.

— Bom — ele respira, e segurando meu olhar, começa a se mover dentro de mim.

A princípio, seus impulsos são cuidadosamente controlados, mas quando meu corpo se ajusta a ele, ele aumenta o ritmo, aprofundando-se cada vez mais. Seus poderosos músculos laterais flexionam em meu aperto, e a tensão aquecida cresce em mim novamente, minha excitação indo mais alto a cada golpe. Com um grito, eu gozo, quebrando ao redor dele, mas ele não diminui a velocidade, não para, e o segundo orgasmo aumenta antes dos tremores do primeiro diminuírem. Ele agora está martelando em mim, seu olhar impiedosamente atento no meu rosto, e eu sinto que posso ver diretamente em sua alma, direto no núcleo impiedoso dele.

O segundo orgasmo colide em mim sem aviso prévio, as sensações atingindo uma onda. Cada músculo, por dentro e por fora, aperta e solta, meus dedos se curvando incontrolavelmente e minhas unhas cravando em seus lados enquanto eu grito. O pico do prazer parece durar para sempre, as contrações tão prolongadas que parecem que nunca vão parar. Eu posso me sentir apertando ritmicamente em torno dele, de novo e de novo, e vejo o momento exato em que ele chega em seu ápice.

Com um gemido gutural, ele joga a cabeça para trás, as veias em seu pescoço musculoso se esticam enquanto ele empurra tudo em mim e para, seus olhos se fechando quando seu pau grosso pulsa profundamente dentro de mim, me inundando com calor líquido. A sensação é estranhamente fascinante, e eu estremeço quando meus músculos internos se apertam novamente, torcendo as gotas restantes de prazer.

Respirando pesadamente, Marcus abre os olhos e me encara, suas pupilas ainda dilatadas de seu orgasmo. Por algumas batidas do coração, apenas nos encaramos, atordoados pelo poder do que experimentamos. Então, seus olhos se arregalam e ele se afasta, saindo com um movimento repentino.

— Caralho! — Ele se senta, olhando para as minhas coxas. — Porra.

Ferida e confusa, sento-me e sigo seu olhar –

apenas para congelar de horror quando percebo o que aquela sensação quente e úmida significava.

Marcus gozou em mim.

Sem camisinha.

A evidência está nas minhas coxas.

6

Marcus

— POR FAVOR, DIGA-ME QUE VOCÊ ESTÁ TOMANDO pílula. — Minha voz é baixa e tensa quando encontro o olhar horrorizado de Emma. A névoa pós-sexo está limpando da minha cabeça, rápido. Que porra há de errado comigo? Eu nunca esqueci uma camisinha antes. Nunca. Não quando era um adolescente excitado e, certamente, não quando um adulto. Como você esquece uma coisa dessas? Se você é um homem solteiro, sexualmente ativo, com um pouco de inteligência, usar proteção é um hábito tão arraigado que você pega um pacote de papel alumínio ao mesmo tempo em que abre as calças. Mas hoje, nem sequer passou pelo meu radar.

A necessidade de entrar nela era tão forte, tão avassaladora, que a cautela e o bom senso deram um longo mergulho juntos em um pequeno píer.

Parecendo que vai vomitar, Emma balança a cabeça. — Não, eu... não havia necessidade de Jim e eu, ou seja, não tenho... Mas sempre há a pílula do dia seguinte. Vou buscá-la agora. — Ela se move para sair da cama e eu instintivamente pego seu pulso.

— Espera. É quase uma da manhã. Existem farmácias na área abertas?

Ela pisca para mim, perplexa com a pergunta. Seus cachos são uma auréola selvagem e crespa em torno de seu rosto corado, seus lábios rosados e inchados pelos meus beijos. Com suas curvas nuas em exibição e sua pele pálida arranhada em alguns lugares pela minha barba, ela parece recém-fodida e tão deliciosa que, mesmo com o meu alarme tocando pela minha burrada, meu pau começa a endurecer novamente.

Droga. Isso não pode ser saudável.

— Deixe-me procurar, ok? — Eu digo rispidamente, soltando-a e saindo da cama para que eu possa me concentrar. Vendo nossas roupas no chão, eu as pego e as dobro cuidadosamente em uma cômoda, depois, puxo meu telefone do bolso da calça. Ao fazê-lo, pego Emma me olhando como se eu fosse um alienígena.

— O quê? — pergunto, e ela balança a cabeça, pegando um lenço de papel para limpar a umidade da perna.

— Nada. Apenas percebendo o quanto você é uma aberração pura.

Franzo a testa quando ela enrola o lenço de papel e o joga descuidadamente na mesa de cabeceira. — Eu não sou uma aberração pura. — Embora eu tenha um forte desejo de agarrar aquele lenço e descartá-lo adequadamente. Olhando para baixo, digito "farmácia 24 horas nas imediações" na barra de pesquisa do meu telefone e pelo menos três lugares aparecem imediatamente, todos a poucos quilômetros de distância.

Por alguma razão bizarra, a descoberta me incomoda. Suponho que esperava que essa cidade litorânea fosse muito menos civilizada, sem luxos urbanos como farmácias 24 horas. Agora, porém, não há desculpa para não tomar a pílula – não que eu estivesse procurando por uma. Fico feliz em poder corrigir isso tão rapidamente.

Eu realmente estou.

— Bem? — Emma pergunta quando eu olho para cima. — Alguma farmácia aberta?

Assinto. — Vou pegar a pílula para nós.

— Espere, eu vou com você. Deixa eu me limpar. — Saltando da cama, ela caminha para o banheiro anexo, seus cabelos como um flash de fogo enquanto ela desfila nua pelo quarto.

Meu pau acorda com total atenção, e depois de um segundo de deliberação, eu a sigo para o banheiro. Meu sangue parece melaço aquecido nas veias, meu coração batendo forte no peito. Ela já está chegando no pequeno box para ligar o chuveiro, e eu coloco minhas mãos em seus quadris deliciosos enquanto a ajudo, organizando nós dois sob o spray de aquecimento rápido.

— Espere, Marcus. — Ela se vira para me encarar, seu rosto corando com um novo rubor. — Não devíamos...

— Com certeza — murmuro, e deslizando minhas mãos em seus cabelos, inclino meus lábios nos dela em um beijo profundo e embaraçoso.

———

ELA AINDA ESTÁ CORANDO MEIA HORA DEPOIS, ENQUANTO passamos pela sala, tentando não fazer barulho. Não sei por que estamos nos incomodando. Se os avós de Emma tivessem sono leve, eles não poderiam ir para a cama com todo o barulho no chuveiro. Minha Gatinha fez muito barulho quando gozou no meu pau – e ainda mais quando deslizei um dedo em sua bunda apertada, usando sabão como lubrificante.

Ela deve estar pensando nisso também, porque seu rosto permanece rosa brilhante quando saímos da casa na ponta dos pés e ela tranca a porta atrás de nós com um conjunto de chaves que ela pegou da gaveta da cozinha. É delicioso, aquele rubor dela, e isso me faz querer transar com ela tudo de novo. E, então, novamente. E de novo.

Sim. Definitivamente, não é saudável – e mais uma razão pela qual eu preciso que ela se mude. Uma vez que eu a foda todas as noites, essa necessidade ardente constante está fadada a diminuir para níveis administráveis.

Eu espero.

Colocando minha mão nas costas dela, eu a conduzo para o meu carro alugado e, enquanto abro a porta para ela, eu a pego bocejando amplamente.

É contagioso, e eu imediatamente tenho que reprimir um bocejo.

— Você sabe, poderíamos ir amanhã de manhã se você estiver cansada — eu digo enquanto ela desliza para o banco do passageiro. — O nome é correto – *pílula do dia seguinte*. Se não me engano, isso pode ser tomado alguns dias após o sexo sem proteção. — Claro, eu gozei nela duas vezes – a segunda vez no banho. Gostaria de saber se isso aumenta as chances da pílula não funcionar. Pensando nisso, o quão eficaz é a coisa?

É absolutamente certo que funcione, ou ainda haverá uma chance de engravidar Emma?

Cobrindo outro bocejo com as costas da mão, ela balança a cabeça. — Não, vamos lá. Nós já estamos aqui. Podemos ir.

— Certo. — Caralho, o que há de errado comigo? Por que eu sugeri esperar até de manhã? Eu deveria estar correndo para a farmácia como se o desempenho do meu fundo dependesse disso, sem procurar motivos para não ir.

Deslizando atrás do volante, fecho a porta e ligo o carro. Quando saímos da garagem, a janela da sala se acende.

Os avós de Emma estão acordados e, sem dúvida, se perguntando o que está acontecendo.

Com certeza, um segundo depois, o telefone de Emma toca. — Porcaria. Vovó acabou de me mandar uma mensagem — ela diz, olhando para a tela. — Quer saber se está tudo bem.

— Então, o que você vai dizer a ela?

Ela solta um suspiro frustrado. — O que posso dizer a ela? Eu tenho que inventar alguma desculpa boba, como uma dor de cabeça, que eu precisava de medicação urgente, ou uma receita que eu esqueci em Nova York. Claro, então, vovó vai se preocupar e...

— Que tal você dizer a ela que eu esqueci meu remédio em Nova York? — Eu sugiro. — Diga que é uma cartela de antibióticos que estava terminando. Então, tudo será explicado e ela não se preocupará. — Como alternativa, poderíamos contar a verdade a Mary Walsh – tenho a sensação de que ela acharia mais divertida do que ficaria chateada com essa situação – mas não sugiro isso.

Eu não acho que Emma gostaria que seus avós soubessem muito sobre nossa vida sexual.

— É uma boa ideia — diz ela e digita rapidamente uma resposta. Alguns segundos depois, seu telefone toca novamente e ela anuncia triunfantemente: — Funcionou. Vovó se acalmou e voltou a dormir.

— Excelente. Nós somos uma boa equipe. — Sorrindo, olho para ela e pego um lampejo de suas covinhas enquanto ela sorri de volta para mim.

— Com certeza — diz ela, e quando volto minha atenção para a estrada, com uma mão apoiada no joelho, sinto sua pequena mão cobrir minha palma, seus dedos passando pelos meus em um aperto suave.

53

mma

Sou atraída do sono profundo pelos deliciosos aromas de maçãs assadas e torta de abóbora – e o som do meu estômago roncando alto. Estou tentada a ignorá-lo e me enterrar mais fundo debaixo do cobertor, mas uma voz áspera e masculina murmura:

— Você acordou, Gatinha?— e lábios macios e quentes mordiscam a junção sensível entre meu pescoço e ombro, enquanto uma mão grande e forte acaricia meu lado e, possessivamente, segura meu peito.

A névoa sonolenta no meu cérebro se dissipa em um instante.

Puta merda.

Eu estou na cama com Marcus.

Na Flórida.

Na casa dos meus avós.

Com os olhos abertos, eu me sento e me viro para encarar o bilionário que tão implacavelmente me perseguiu aqui. Ele está deitado de lado, apoiado em um cotovelo, seu cabelo castanho grosso despenteado de sono e suas pálpebras pesadas quando ele encontra meu olhar. Com a mandíbula dura sombreada pela barba da manhã e o torso musculoso descoberto pelo cobertor, ele é tão potente e deliciosamente masculino que minha pele esquenta e minhas coxas se apertam em uma tentativa instintiva de aliviar a crescente dor entre elas.

— Bom dia — ele murmura, seu olhar caindo nos meus seios – o que só agora percebo que estão descobertos, com meus mamilos franzidos e eretos, como se eu estivesse excitada.

O que estou, mas esperava que ele não soubesse disso. Já é ruim o suficiente termos sexo *novamente*, pela terceira vez, depois de voltar da farmácia. Não é assim que você convence um homem de que não gosta dele – que é a estratégia que decidi na noite passada, enquanto solicitávamos ao farmacêutico de aparência cansada o plano B.

Eu decidi correr o risco e ver aonde isso leva, mas sem deixar Marcus conhecer a profundidade dos meus sentimentos. Ele já me levou a deixá-lo ficar aqui no Dia de Ação de Graças. Se ele soubesse que estou apaixonada por ele, não haveria como detê-lo.

Ele me faria ir morar na cobertura dele na hora do jantar.

— Hum ... dia. — Tentando não corar, puxo o cobertor sobre meus seios. — Que horas são?

Um sorriso preguiçoso curva seus lábios quando seu olhar volta ao meu rosto. — Quase dez.

— Ah, merda. — Eu ia ajudar a Vovó no café da manhã e em todos os preparativos para o Dia de Ação de Graças, mas, a julgar pelos cheiros deliciosos que me acordaram, é tarde demais.

Conhecendo a Vovó, ela está nisso desde o amanhecer.

— Nós fomos dormir muito tarde — aponta Marcus. Sentando-se, ele joga o cobertor de lado para revelar uma ereção longa, grossa e de dar água na boca. Ereção matinal, espero – senão, o homem é seriamente obcecado por sexo.

Gloriosamente despreocupado com sua nudez, ele se levanta e se espreguiça, todos os músculos de seu corpo alto e duro se flexionam com o movimento, depois, se dirige ao banheiro com um casual: — Eu já volto.

Eu engulo minha baba e pulo da cama também. Seguindo para o armário, pego uma camiseta e um short, além de roupas íntimas, e rapidamente me visto.

Tenho a sensação de que, se ainda estiver nua quando ele voltar, não sairemos deste quarto até o meio-dia.

Enquanto espero Marcus sair, pego meu telefone para verificar meu e-mail. Para minha surpresa, há uma mensagem de voz da minha melhor amiga, Kendall – e uma série de mensagens dela.

Preocupada, vou primeiro à mensagens.

A primeira é um link para um artigo no *The New York Herald*, seguido por: *OMD, Ems, é você com o Sr. Wall Street na Página Sete???*

E então: *É totalmente você! Caramba, sou amiga de uma celebridade!*

Eles estão chamando você de "ruiva misteriosa", você viu isso? E, caralho, esse beijo parece quente. Ele está segurando você como se quisesse fazer tudinho com você naquele momento. Não é à toa que você era mãe na situação do orgasmo. Ele te dá muitos, não? Eu posso dizer.

Espere um minuto. Isso foi no JFK? Por que vocês estavam juntos no aeroporto?

Ele está na Flórida com você ???

Sua putinha sorrateira! Ele já conhece seus avós, não? Por que você não me contou???

As próximas duas mensagens são fotos de vestidos de baile, seguidos por: *Eu pretendo usar um deles como sua dama de honra. Apenas para sua informação. E absolutamente nenhuma orelha do Mickey. Eu me recuso.*

Tanto horrorizada quanto confusa, clico no link do artigo na primeira mensagem. Com certeza, há uma foto de Marcus me beijando no meu portão de embarque na noite passada. A manchete diz: *Foi um dos Solteiros Mais Cobiçados de Nova York Fisgado na Disney World?*

Que diabos?

Coração batendo, eu deslizo sobre o texto real:

O bilionário do fundo de investimentos, Marcus Carelli, foi flagrado ontem à noite no JFK, duelando os lábios com *uma ruiva misteriosa. O notoriamente dono da Carelli Capital Management, de US$ 92 bilhões, não é conhecido por demonstrações públicas de afeto, levando os espectadores a especularem que o relacionamento pode ser sério. De acordo com nossas fontes, a jovem estava na fila da Classe Econômica para um voo para Orlando, casa de Mickey Mouse, quando Carelli a puxou de lado para uma intensa discussão que culminou em uma sessão de amor apaixonado (veja a foto acima). A mulher, então, embarcou em seu voo, deixando Carelli no portão. Mas a história não termina aí, pois, de acordo com um plano de voo apresentado quinze minutos depois, o jato particular de Carelli voou para Orlando naquela mesma noite.*

Um dos solteiros mais ricos de Nova York está prestes a se amarrar na Disney World com uma namorada que voa na classe econômica?

Uma história da Cinderela da vida real pode estar em andamento.

História de *Cinderela*? *Disney World*? Se amarrar?

O que eles estão fumando?

Meu olhar volta para a segunda frase e releio incrédula.

Sim, eu não imaginei. Eles disseram "US$ 92 bilhões". Kendall me disse que o fundo de Marcus tem uma quantidade insana de dinheiro sob gestão, mas isso é como o PIB de um país pequeno. Ou um país de tamanho médio, talvez?

Porra, eu deveria ter prestado atenção na minha única aula de Economia na faculdade.

Eu ainda estou hiperventilando quando Marcus sai

do banheiro. Seu olhar afiado pousa em mim e ele rapidamente atravessa o quarto para ficar na minha frente. — O que há de errado? — ele pergunta, apertando meus ombros. — Aconteceu alguma coisa?

Ele ainda está nu, o que é ruim para o meu equilíbrio já instável, então, eu silenciosamente entrego o telefone a ele e corro para o banheiro. Fechando a porta atrás de mim, eu me inclino contra ela e tento convencer meus pulmões de que há muito ar para circular – e meu cérebro de que este artigo não é motivo de pânico.

Oh, quem eu estou enganando?

Eles têm uma foto minha beijando Marcus.

Uma foto e um artigo na Página Sete.

Como se eu fosse uma Kardashian ou algo assim.

Ah, e Marcus aparentemente administra quase cem bilhões de dólares e é considerado um dos solteiros mais cobiçados de Nova York.

Se esse não é um motivo para surtar, não sei o que é.

De alguma forma, eu consigo ir até a pia e passar pela minha rotina matinal habitual de escovar os dentes, lavar o rosto e assim por diante. Isso me acalma apenas o suficiente para não estar à beira de um ataque de pânico. Como último passo, uso uma camada grossa de protetor solar – o sol da Flórida é um assassino na pele de uma ruiva – e decido que estou tão pronta para enfrentar o mundo como jamais estarei.

E por "mundo", quero dizer Marcus – que, felizmente, está vestindo jeans e uma camisa polo quando saio. Ele está sentado na cama – que agora está totalmente feita, noto com a parte do meu cérebro que começou a acompanhar suas tendências esquisitas – e digitando em seu telefone. Ao me ouvir, ele olha para cima, enfia o telefone no bolso e se levanta.

— Desculpe por isso — diz ele antes que eu possa falar. — Minha equipe de relações públicas deveria estar atenta. Ou melhor, *eu* deveria estar. Eles poderiam ter evitado isso se eu os avisasse que vi alguns telefones apontados para nós ontem.

— Eles...você? — Toda a minha calma sai pela janela. — Isso é algo que acontece muito? Quero dizer, a foto e o artigo e...

— Não, porque minha equipe está alerta. Normalmente.

— Uh-huh, tudo bem. E você precisa de uma equipe de relações públicas porque...?

Ele suspira. — Porque, infelizmente, a mídia nem sempre está contente em se concentrar apenas no meu fundo e em nossos investimentos. Sou bastante conhecido no mundo dos negócios e, de vez em quando, algum repórter desesperado tenta me transformar em uma figura que pode ser do interesse do público em geral.

— Como um dos solteiros mais cobiçados de Nova York?

— Sim, exatamente. — Ele faz uma careta. — Esse artigo nada mais é do que especulação, pura isca para cliques, e eles sabem disso. Eles nem se deram ao trabalho de mencionar que alteramos o plano de voo para voar para Daytona Beach, em vez de Orlando. *Disney World*, uma ova. — Ele parece tão enojado que, apesar do meu surto em andamento, meus lábios tremem de diversão.

— Então, sem orelhas de *Mickey* para as nossas núpcias? — Eu pergunto com a cara mais normal que consigo. — Porque Kendall estava *realmente* esperando usá-las como minha dama de honra.

Ele não perde nada. — Neste caso, retiro o que eu disse. *Disney* e *Mickey* estão dentro. Você vai contar as boas notícias, ou conto eu?

— Acho que devemos deixar *The New York Herald* fazer isso. Eles têm informações privilegiadas — digo, e enquanto ele ri, suas bochechas magras se enrugam com os sulcos sensuais que ele tem, não posso evitar de me juntar a ele, o pior do meu pânico diminuindo.

E se minha foto estiver no jornal e eu estiver namorando "um dos mais cobiçados de Nova York"?

Não é como se eu não soubesse que Marcus está fora do meu alcance. Ele está, sempre esteve, e este artigo sensacionalista não muda nada.

Além disso, apenas Kendall sabe quem é a "ruiva misteriosa".

8

— Então, como está nossa ruiva misteriosa? — Vovô diz, entrando na cozinha, e eu quase cuspo o café que eu estava bebendo. No último segundo, eu o engulo – e imediatamente entro em um acesso de tosse porque o líquido quente caiu no lugar errado.

— Vovô! — engasgo quando posso falar. — Desde quando você lê *The New York Herald?*

Eu tinha certeza, absoluta certeza, de que meus avós não veriam aquele pedaço de jornalismo alarmista. Porque, por que iriam? O *Herald* é basicamente um lugar de fofoca local, cheio de histórias sensacionalistas que fazem com que todo o "ser amarrado na Disney World" pareça um fato profundamente calculado.

— Desde que soube que o homem com quem minha

neta favorita está namorando é manchete, e configurei alertas do *Google* para o nome dele — diz Vovô, tão imperturbável como sempre. — Você acha que a internet é a província dos jovens?

— Ele leu para mim logo de manhã — Vovó fala da ilha da cozinha, onde está cortando vegetais com a precisão de um processador de alimentos. — Eu disse a ele para não provocar você, mas ele não resistiu.

— Não resistiu a quê? — Marcus pergunta, entrando na cozinha. Ele teve que fazer uma ligação há alguns minutos e, portanto, perdeu toda a diversão.

— Mencionando o artigo — Vovó explica quando Marcus se aproxima de um banquinho ao meu lado. — Eu disse a Ted para ficar de boca fechada e não provocar Emma, mas ele não ouviu.

Marcus sorri. — Eu não posso culpá-lo. Veja como ela está corando. Quem poderia resistir? — Inclinando-se, ele passa o braço em volta dos meus ombros e beija minha têmpora.

Meu rosto aquece imediatamente. Eu estava vermelha por causa do meu ataque de tosse, não das provocações do Vovô, mas agora que meus avós estão sorrindo para nós, estou corando de verdade.

Vou matar Marcus antes que essa viagem termine. Eu realmente vou.

— Você gostaria de um pouco de café? — Vovó pergunta a Marcus, graciosamente vindo em meu socorro. — Não temos nada sofisticado, mas...

— O que você tiver será ótimo, obrigado — diz ele.

— Estou precisando urgentemente de uma dose de cafeína e não sou exigente.

Vovó limpa as mãos em um pano de copa e vai até a cafeteira para derramar uma xícara do mesmo java que estou bebendo – o que é realmente chique. É algum tipo de mistura especial que a Vovó pede direto de uma marca da Colômbia. Normalmente, ela tem muito orgulho disso, dizendo a todos sobre como e onde os grãos são cultivados. Por que ela apenas tentou...

Ah, claro.

Desde que meus avós leram o artigo, eles sabem que Marcus é um bilionário. E não apenas qualquer bilionário, mas um titã de Wall Street, cujo fundo tem quase cem bilhões de dólares sob administração.

Na verdade, eles devem saber disso mesmo antes do artigo, já que Vovô configurou esses alertas do *Google*. Ele provavelmente procurou Marcus em algum momento após a sessão do *Skype*, e esse é o resultado.

Meus avós podem não demonstrar, mas estão pelo menos um pouco intimidados com a riqueza de seu convidado. Por que mais Vovó minimizaria a grandiosidade de seu elixir colombiano?

— Aqui está — diz ela, entregando uma xícara a Marcus, e ele agradece antes de tomar um grande gole.

Imediatamente, seus olhos se arregalam e ele olha para a xícara e depois para minha avó. — Mary, este é um café incrível. Onde você conseguiu isso?

Vovó acende como uma árvore de Natal. — Você gosta? Encomendei-o nesta pequena fazenda na Colômbia, perto da floresta amazônica... — Ela lança seu discurso habitual sobre as práticas de comércio justo da fazenda, e eu desvio a atenção a ela para estudar meu novo namorado – ou seja lá o que Marcus é para mim agora.

Nem preciso dizer que meu plano de fingir estar junto por causa dos meus avós, mantendo-o à distância, falhou miseravelmente. Ainda não tenho intenção de ir morar com ele, mas não posso negar que estamos, no mínimo, namorando de novo.

Ou melhor, dormindo juntos e passando o Dia de Ação de Graças com minha família.

Por falar nisso, Marcus parece extremamente confortável com meus avós. Acho que não deveria me surpreender com a maneira como ele teve a chance de encontrá-los no *Skype*, mas ainda é impressionante para mim. Meu ex da faculdade sempre foi tão rígido com eles, com tanto medo de dizer ou fazer a coisa errada. Para Jim, meus avós eram dinossauros, tão antigos e estranhos que ele nunca se incomodou em conhecê-los como indivíduos – ou em prestar-lhes muita atenção. Marcus, no entanto, não está apenas ouvindo minha avó com total concentração, ele está fazendo perguntas, interagindo com ela como faria comigo.

Para ele, minha família não é uma bagagem indesejada que vem junto comigo; eles são pessoas. E, a julgar pelo seu comportamento, pessoas que ele gosta e respeita.

Vovó e Vovô já tomaram café da manhã – apesar de dormirem tarde, acordaram cedo, como sempre –, mas nos fazem companhia enquanto devoramos as sobras: panquecas de abobrinha com iogurte caseiro e mel local. Enquanto comemos, Vovó conta a Marcus tudo sobre os tomates que ela cultiva em seu jardim, e Vovô faz a Marcus um zilhão de perguntas sobre o mercado e quais ações investir.

— Vovô, ele não pode te dizer isso — repreendo quando meu avô aborda o assunto pela primeira vez. — Isso é como informações privilegiadas ou "front running" ou algo assim.

— Somente se estiver divulgando informações materiais não-públicas ou contando a ele sobre uma negociação que meu fundo está prestes a fazer — diz Marcus, sorrindo para mim calorosamente. — Não há nada de errado em seu avô pedir minha opinião sobre vários investimentos.

— Ah, tudo bem. Eu não tinha certeza — murmuro, colocando um pedaço de panqueca na boca. — Neste caso, continue.

E eles o fazem. Quando o café da manhã termina, sinto que já passei uma hora na CNBC, apenas com cabeças falantes muito mais inteligentes. Meu avô deve ter investido ainda mais no ano passado, porque ele parece saber todas as coisas certas para perguntar. Ou talvez me pareça assim, porque Marcus responde a todas as suas perguntas sem o menor indício de condescendência. De qualquer maneira, toda a conversa sobre ações deixa Vovô tão empolgado que, assim que levantamos e agradecemos a Vovó pelas deliciosas panquecas, ele corre direto para o laptop –

presumivelmente para comprar alguns dos investimentos que ele e Marcus discutiram.

— Obrigada por isso — digo a Marcus quando voltamos para o nosso quarto. — Você o fez tão feliz.

— Fiz? — Ele me lança um olhar de soslaio. — E você, Gatinha?

— Eu?

— Eu aborreci você com toda a conversa sobre investimentos?

— Ah, não. De modo nenhum. — E para minha surpresa, é verdade. Embora o assunto não seja do meu interesse, observar Marcus em seu elemento foi fascinante. Ele não apenas possui um conhecimento imenso sobre o mercado de ações e muitas empresas de capital aberto, como também tem uma maneira de transmiti-lo que faz com que o assunto, normalmente chato para mim, ganhe vida. Parcialmente, é o jeito que ele fala, com um tipo de autoridade silenciosa que chama atenção. Principalmente, porém, é como ele integra perfeitamente o elemento humano em números, falando sobre a psicologia do investidor e as personalidades do CEO ao mesmo tempo que as margens de lucro e as métricas de avaliação.

Ao ouvi-lo, entendi por que meu avô e tantos outros se dedicam ao investimento em ações como hobby – e por que o próprio Marcus é tão apaixonado pelo que faz.

Ele sorri calorosamente. — Estou feliz. Você não parecia entediada, mas estava muito quieta.

— Não, nem um pouco entediada. — Entrando no

quarto, paro e me viro para encará-lo. — Então, quais são os seus planos para hoje? Quero dizer, você tem algumas idéias para o que deseja fazer antes do jantar de Ação de Graças? — O olhar de Marcus instantaneamente se dirige para a cama, e eu esclareço: — Além *disso*.

Ele sorri para mim, olhos azuis brilhando. — Bem, aqui é a Flórida, então, eu estava pensando que poderíamos ir à praia. A menos que você tenha outras sugestões? Estou aberto a qualquer coisa.

— Você não tem outras ligações de trabalho ou algo assim? — Antes que ele aparecesse, planejava passar a maior parte das minhas férias na varanda dos meus avós com meu laptop, progredindo nas edições – e talvez até trabalhando no primeiro capítulo da minha própria história super-secreta. Agora, no entanto, tudo isso está fora da vista... a menos que Marcus também planeje trabalhar parte do dia.

Ele levanta as sobrancelhas. — Você parece decepcionada. Você *quer* que eu trabalhe?

— Não, claro que não, a menos que você precise. Entendo perfeitamente se você precisar. — E sim, talvez uma parte de mim o queira ocupado com algo diferente de mim, para que eu possa recuperar o fôlego e tentar manter alguma tranquilidade. Fui o único destinatário da atenção dele durante a maior parte do final de semana passado, e isso foi além de inebriante, tanto que quase me esmagou quando ele partiu e subsequentemente desapareceu por três dias. Se ele vai ficar aqui até domingo – e eu suspeito que ele ficará, pois, apesar do meu ultimato na noite passada, ele não disse nada aos meus avós sobre voltar para Nova York hoje à noite – eu preciso encontrar uma maneira de me proteger, para manter pelo menos uma parte do meu coração protegida, caso ele ligue o interruptor de quente para frio novamente.

Seus lábios se curvam com ironia quando a compreensão brilha em seu olhar. — Que tal trazer algumas cadeiras dobráveis e nossos laptops para a praia? Podemos nadar se a água estiver quente o suficiente e, se não, podemos apenas aproveitar a brisa do oceano enquanto trabalhamos. Acho que você tem algo que precisa fazer, em termos de edição?

— Bem, mais ou menos — admito timidamente. — Não é nada urgente, mas...

— Não diga mais nada. Se há algo que eu entendo, é querer ter férias produtivas.

Eu sorrio para ele. — Certo, ótimo. Deixe-me pegar minhas coisas e...

— Espera. — Ele pega meu braço. — Antes de fazer isso, há algo que queria fazer a manhã toda.

— Oh? — Eu digo sem fôlego, minha cabeça inclinando para trás quando ele agarra meus quadris e me puxa contra seu corpo alto e duro. — O que é?

Sua voz fica rouca. — Isto. — E abaixando a cabeça para me beijar, ele nos conduz em direção à cama.

9

Marcus

É OFICIAL.

Eu sou um animal quando se trata de Emma.

Nós fizemos sexo há menos de meia hora, mas enquanto minha mão desliza sobre a pele macia de suas costas, cobrindo-a com protetor solar antes de sairmos do carro, tudo em que consigo pensar é no quanto eu quero passar minha língua pelo recuo da espinha dela – e no quanto eu adoro ver as marcas vermelhas, parecidas com um chupão, na junção entre o pescoço e o ombro, onde chupei e mordi sua carne macia um pouco demais na noite passada.

É errado e completamente neandertal da minha parte, mas quero que todos que a olham na praia hoje saibam que ela é minha.

— Por favor, não se esqueça de espalhá-lo sob as tiras do biquíni e na cintura do short — ela murmura, olhando para mim por cima do ombro. Seus olhos cinzentos estão brilhando à luz do sol entrando pelas janelas do carro, as bochechas sardentas suavemente coradas sob a aba larga do chapéu. — Eu sempre recebo as queimaduras solares mais horríveis nas bordas do meu maiô.

— Não se preocupe. — Minha voz sai mais grossa do que eu pretendia. — Eu entendi.

Termino de cobrir as costas e os ombros com uma espessa camada de protetor solar, certificando-me de passar por baixo das tiras da parte de cima do biquíni amarelo e entrar no short jeans cobrindo a parte de baixo do biquíni. Então, eu entrego a ela o tubo. — Tudo feito.

— E você? — ela pergunta quando eu alcanço a maçaneta da porta. — Você quer que eu aplique nas suas costas?

— Talvez mais tarde. — Entre vê-la sem camisa e passar a loção em sua pele deliciosamente macia, já estou lutando contra uma ereção imprópria para a praia. Se ela começar a me tocar, podemos não deixar o carro – e talvez eu precise explicar uma acusação pública de atentado ao pudor a seus avós quando eles vierem nos resgatar da cadeia.

Conselheiro de mercado de ações ou não, Ted Walsh pode não gostar muito de mim depois disso.

Ao sair do carro, inspiro profundamente, captando o ar quente e úmido para os pulmões. Cheira a sal, sol e areia. De acordo com o painel do meu carro, está vinte e oito graus – um dia extraordinariamente quente para o final de novembro no norte da Flórida. O que provavelmente explica por que o calçadão e a praia à nossa frente estão cheios de pessoas, turistas e moradores locais.

Felizmente, ninguém está olhando para o volume da minha bermuda enquanto eu ando até o porta-malas para pegar as cadeiras de praia que pegamos emprestadas de seus avós. Segurando as cadeiras debaixo de um braço, alcanço o banco de trás e pego minha bolsa de laptop, que leva os dois computadores.

— Eu peguei o resto — diz Emma, abrindo a porta oposta para tirar a bolsa com nossas toalhas e água. Enquanto ela se estica para agarrá-la no meio do banco traseiro, a parte superior do sutiã de biquíni se abre, deixando-me ver um mamilo rosa.

Merda.

Isso não está ajudando em nada a situação protuberante. Além disso, agora estou chateado porque, se eu vislumbrei, alguns transeuntes também poderiam – e esses doces mamilos são apenas para os meus olhos. Como é aquela bunda deliciosa nesse short muito curto.

Cerrando os dentes, me endireito e respiro fundo enquanto tranco o carro.

Talvez a praia não tenha sido uma boa ideia. Emma seminua em público não é algo que eu lide bem, ao que parece.

— Por aqui — diz ela, indo em direção aos degraus

que levam até a praia, e depois de outra respiração calma, eu a sigo, certificando-me de segurar a bolsa na minha frente enquanto caminho.

Ela vai direto para a área sombreada sob o píer, e eu arrumo nossas cadeiras a cerca de trinta metros da linha molhada na areia, para manter nossos laptops protegidos das ondas que batem agressivamente na costa. Aqui perto do mar, é muito mais frio do que no calçadão, e a brisa é fresca e salgada, tão revigorante quanto apenas o ar do oceano pode ser.

— Com licença, senhora — Emma diz para uma mulher de meia-idade descansando em uma toalha perto de nós. — Você se importaria de vigiar nossas coisas enquanto nadamos?

— Sem problemas — diz ela com um toque de sotaque do sul. — Podem ir.

— Obrigada — Emma diz, e tirando o chapéu, ela ajeita o cabelo em um coque grosso e bagunçado no topo da cabeça. Em seguida, ela abre o zíper do short e empurra-o para baixo das pernas, revelando um biquíni amarelo que cobre ainda menos a bunda do que aquele short minúsculo. *Sua bunda redonda, macia e perfeitamente atraente.* Se estivéssemos sozinhos, eu teria minhas mãos por toda parte. Eu apertaria, lamberia, morderia…

Droga, eu realmente preciso de ajuda. Talvez eu deva ver um terapeuta quando voltarmos para Nova York – de preferência um especialista em dependência de sexo com ruivinhas curvilíneas. Tem que haver uma coisa dessas, certo?

Enquanto isso, vejo apenas uma maneira de lidar com essa tortura.

— Venha aqui — rosno, dando um passo em direção a Emma, e ignorando seus gritos, eu a balanço em meus braços e a carrego para a água, não parando até estarmos no fundo, até o peito.

Bem, estou com o peito fundo e ela está agarrada ao meu pescoço para impedir que as ondas a atinjam no rosto.

— Seu monstro — ela grita, subindo no meu corpo como um macaco quando uma onda particularmente grande tenta cobri-la de qualquer maneira. — Esta água está muito fria!

Eu sorrio para seu rosto indignado. — Eu sei. Refrescante, não? — E o mais importante, redução de ereção.

— Não! — Ela limpa o sal do rosto. — Você é um porre!

— Você planejava nadar, não?

— Assim não! Eu ia entrar devagar, me deixar ajustar a este... este banho de gelo. — Ela parece tão ofendida pela água de vinte e três graus que não consigo deixar de rir.

— Não está *tão* fria, Gatinha. Além disso, às vezes é melhor simplesmente entrar. Mergulhar e, depois, se preocupar com o ajuste.

Ela lambe os lábios pequenos. — E se ... e se você nunca se ajustar? — Seu olhar cinza fica sombrio. — E se você simplesmente não puder?

— E se você puder? — Eu contra-argumento,

sabendo que não estamos mais falando sobre a temperatura da água. Segurando-a contra mim com um braço, emolduro seu lindo rosto com a palma da minha mão. — E se for o único caminho?

Ela pisca para mim, seus cílios ruivos varrendo para baixo e para cima. — Você realmente acha isso?

— Acho — digo com firmeza. — Realmente acho. — E quando outra onda quebra nas minhas costas, pressiono meus lábios nos dela, provando o sal do oceano e a doçura viciante dela.

10

Emma

Nosso café da manhã foi praticamente um brunch e Vovó gosta de jantar cedo, então, pulamos o almoço e passamos a tarde inteira na praia, descansando alternadamente nas cadeiras e nadando. Fiel à sua palavra, Marcus me deixa trabalhar no meu laptop entre as nadadas, e eu consigo editar uma boa parte de uma novela shifter que deve ser lançada na próxima sexta-feira. Depois, ligo para minha senhoria para descobrir como estão meus gatos, e descubro que, enquanto Cottonball e Rainha Elizabeth estão tão bem comportadas como sempre, o Sr. Puffs decidiu que meu travesseiro favorito é uma excelente lixa de garras.

Nem precisa dizer que há espuma em toda a minha cama e no chão.

— Eu estava indo limpar, mas ele começou a sibilar para mim — diz a Sra. Metz, irritada. — Você terá que lidar com isso sozinha. Eu juro, esse seu gato é parte demônio.

Parte demônio? Ela está sendo generosa. É mais ou menos noventa por cento.

— Sinto muito por isso. Ele provavelmente só sente minha falta — minto. Não há necessidade de assustar a mulher, admitindo que o Sr. Puffs é sempre assim. — E, por favor, não se preocupe com a limpeza. Eu cuidarei disso quando voltar no domingo. Obrigada novamente por tomar conta deles para mim.

— Oh, não há problema, querida. Fico feliz em ajudar a qualquer momento. Ah, e eu quase esqueci de te perguntar... Seu namorado entrou em contato com você? Ele veio aqui logo depois que você partiu para o aeroporto, estava procurando por você.

— Oh. — Eu não tinha percebido que Marcus passou pelo meu apartamento antes de ir para o aeroporto me pegar. Foi assim que ele soube quando meu voo saía? Porque agora que estou pensando sobre isso, nunca disse a ele meu número de voo ou a que horas eu deveria voar. Tudo o que eu disse foi que ia para a Flórida na quarta-feira.

Fazendo uma anotação mental para perguntar a Marcus sobre isso, digo à Sra. Metz: — Sim, ele me alcançou. Está tudo bem, obrigada.

— Oh, ok, bom. — Ela limpa a garganta. — Espere, você disse, "alcançou"? Ele está aí com você agora?

— Hum ... sim. Sim, ele está. — De fato, neste exato

momento, ele está olhando para mim enquanto ando pela beira da água com o meu telefone, seu olhar tão quente quanto o sol queimando meus ombros. Eu me afastei para fazer essa ligação, para não incomodá-lo, mas parece que o estou distraindo do trabalho.

O que é justo, pois, ter esses peitos esculpidos e abdômen ao meu lado enquanto eu tentava editar foi bastante perturbador. A ponto de eu continuar imaginando *ele* no lugar do herói lobisomem da novela durante todas as cenas quentes.

Espero que a heroína não tenha ficado com três braços ou um par de sapatos extra por causa disso.

— Então, vocês dois estão a sério? — A Sra. Metz pressiona. — Eu nem sabia que você estava namorando.

— Bem, é... — Eu perco minha linha de pensamento quando Marcus se levanta e move as cadeiras mais fundo na sombra, os músculos de seu corpo poderoso flexionando com o movimento. Desviando da vista de dar água na boca, consigo dizer: — Ainda não tenho certeza.

— Ok, bem, se vocês dois decidirem morar juntos, me avise. Estou pensando em colocar a casa no mercado, por isso, se você quiser sair do contrato mais cedo... — Ela interrompe, mas eu entendo a dica e meu estômago aperta com uma onda de medo.

Ela quer que eu desocupe o estúdio do porão, mas é gentil demais para me expulsar antes que meu contrato atual acabe.

Que é daqui a oito meses.

Eu estava contando com ela de me deixar renovar com apenas um pequeno aumento de aluguel, o mesmo que nos anos anteriores, mas isso claramente não vai acontecer. Além disso, agora que sei que ela quer vender, eu seria uma idiota por ficar oito meses inteiros.

A Sra. Metz sempre foi atenciosa, tanto que me deixou pagar mais tarde quando eu tive contas inesperadas no veterinário ou outras emergências.

— Vou começar a procurar um novo lugar assim que voltarmos a Nova York — prometo, mesmo quando minha mente gira com crescente pânico. Onde vou encontrar outro apartamento na minha faixa de preço? Os valores das propriedades e os aluguéis no Brooklyn dispararam nos últimos dois anos, e a única razão pela qual tenho pago tão pouco é porque meu apartamento não foi reformado há anos. E quanto às despesas de mudança? Meus móveis baratos sobreviverão à mudança?

— Isso é maravilhoso. Obrigada, querida. — A Sra. Metz parece aliviada; ela realmente quer que eu me mude. — Vou lhe dar uma boa referência e tenho certeza de que seu novo namorado pode ajudar. Parece que ele se saiu bem.

— Oh, sim. De fato. — Ela sabe que Marcus é um bilionário ou apenas ficou impressionada com as roupas e o carro dele? De qualquer maneira, acreditar que tenho um namorado rico para me apoiar parece ser um bálsamo para a consciência dela, então, evito dizer a ela que não tenho intenção de aceitar a ajuda de

Marcus na mudança – especialmente do tipo monetário.

Se ele quiser carregar algumas caixas para mim, eu posso aceitar... apenas porque quero ver esses bíceps em ação.

— Isso é bom. Estou tão feliz por você, querida. Agora, eu tenho que correr. Falo com você em breve. — A Sra. Metz desliga e eu abaixo meu telefone para olhar fixamente para a tela. Ainda estou olhando para ela quando braços fortes envolvem minha cintura e um grande corpo aquecido pelo sol pressiona minhas costas.

— Algo errado? — Marcus murmura, inclinando a cabeça para mordiscar minha orelha. — Você está aqui há um tempo.

— Oh, não, está tudo bem. — Embora eu ainda esteja sofrendo com a conversa com a Sra. Metz, meu corpo reage à sua proximidade como sempre, meu coração batendo mais rápido e minha pele corando com o calor que não tem nada a ver com o sol. Saindo de seu abraço, eu me viro e colo um sorriso. — Só sinto falta dos meus bebês de pelo, só isso.

Não há como dizer a Marcus que estou prestes a ficar sem teto.

Conhecendo ele, eu acordaria na segunda-feira com todas as minhas coisas na cobertura dele.

Um sorriso curva seus lábios. — Entendo. Bem, você estará de volta em breve. Domingo à tarde é o seu voo, certo?

— Sim. Falando nisso... — Eu aperto os olhos contra

o brilho do sol. — Como você sabia a que horas meu voo era ontem? Minha senhoria contou a você?

Uma expressão estranha cruza seu rosto. Foi tão rápido, no entanto, que eu poderia ter imaginado. — Sim — ele diz sem perder o ritmo. — Eu fui ao seu apartamento para falar com você, e ela me disse que você havia partido para o aeroporto.

— Ah, tudo bem. Isso faz sentido. — Eu sorrio para ele. — Pronto para outro mergulho?

11

Marcus

DOU A EMMA UMA DÚZIA DE CHANCES DE ABRIR O JOGO pelo resto do tempo na praia e quando voltamos para a casa dos avós, mas ela não diz nada sobre as notícias que recebeu. Ou, pelo menos, espero que ela tenha recebido; é possível que Clara Metz não tenha mordido a isca, embora o corretor de imóveis que enviei para falar com ela hoje de manhã tenha dito que a proprietária de Emma definitivamente parecia intrigada.

Mas não.

Minha ruiva parecia chateada quando ela desligou o telefone – muito mais do que o justificado pela breve separação de seus gatos.

Sinto-me mal por causar-lhe angústia, mas não vejo

outra escolha. Eu tenho que fazer Emma morar comigo, e que melhor maneira do que fazê-la se mudar, ponto final? Além disso, mesmo que eu não tivesse enviado o corretor de imóveis para esclarecer a senhoria de Emma sobre os crescentes valores imobiliários em seu bairro, Metz teria percebido eventualmente e dito a Emma que se mudasse para que ela pudesse reformar o local e tirar vantagem da situação do mercado de vendas.

Estou apenas acelerando o inevitável.

A idéia me ocorreu esta manhã, enquanto Emma dormia, e eu não perdi tempo implementando-a. Quando pedi a ela que fosse morar comigo, no JFK, disse a ela que poderia manter seu estúdio, se quisesse, mas desde então mudei de idéia. Não só minha Gatinha precisa de um grande empurrão para superar suas hesitações sobre nós, mas quando eu realmente a levar para o meu lugar, não quero que ela seja capaz de partir por um capricho. Portanto, esta é a estratégia que decidi: pedir a um corretor de imóveis que fale com Clara Metz e incentivá-la a colocar a casa à venda, para que Emma não tenha escolha a não ser se mudar. Se necessário, posso ir mais longe e comprar a casa eu mesmo, mas isso é melhor... mais sutil. Não quero que Emma descubra meu envolvimento nisso, assim como não quero que ela saiba sobre o investigador particular que contratei para obter todas as informações sobre ela, incluindo o número do voo.

É melhor que ela permaneça no escuro.

Ficaria assustada em perceber no quanto eu faria para fazê-la minha.

Quando voltamos para casa, tomamos banho para tirar a areia e nos trocamos. Como ainda temos meia hora antes do jantar, sou tentado a agarrar Emma para uma rapidinha, mas ela sai do quarto para ajudar sua avó antes que eu tenha a chance.

Decido usar o tempo para enviar mais alguns e-mails de trabalho – durante o banho, penso em como podemos tirar proveito da volatilidade do mercado de ações induzida por tarifas – e, quando termino, já são cinco horas e a mesa da sala de jantar está posta e pronta. Há um peru gordo, bem assado, deitado em uma travessa de prata e cerca de um milhão de acompanhamentos ao seu redor, cada um com um cheiro mais delicioso que o outro.

Inalando apreciativamente, digo a Mary o quanto estou animado para experimentar de tudo, e Emma sorri para mim enquanto sua avó cora de prazer e seu avô se enche de orgulho – provavelmente porque ele teve o bom senso de escolher uma esposa tão boa tempos atrás.

Sentamos para comer e, à medida que a refeição avança, percebo que este jantar de Ação de Graças é o tipo que já vi na TV, mas nunca experimentei. Tudo, desde a comida caseira até o calor genuíno entre Emma e seus avós, me faz sentir como se eu tivesse caído em um filme da *Hallmark*. Cada receita parece ter uma história por trás disso, com muitas delas sendo passadas para a avó de Emma por sua avó, e a conversa na mesa gira em torno disso, bem como os últimos acontecimentos na vida de Emma e de seus avós.

Não é nada como as refeições tensas e desajeitadas dos feriados durante a minha infância – nas poucas raras ocasiões em que minha mãe estava sóbria o suficiente para lembrar em que época do ano estávamos e tinha dinheiro suficiente para comprar comida chinesa.

Como se estivesse antenada com minhas amargas lembranças, Mary pousa o garfo e volta sua atenção para mim.

— Marcus, você mencionou que seus pais faleceram quando você era jovem — diz ela, seu olhar calorosamente simpático no meu rosto. — Quantos anos você tinha quando isso aconteceu?

— Meu pai morreu quando eu tinha dois anos e minha mãe faleceu quando eu tinha dezoito — digo despreocupado, mesmo quando meu peito aperta desagradavelmente. — Doença hepática.

Ted faz uma pausa com uma colher de molho de cranberry a meio caminho do prato. — Ambos?

— Não, apenas minha mãe. Meu pai foi morto em uma briga. — Uma briga na prisão, para ser exato, mas eles não precisam saber disso. Isso já é mais do que eu divulguei para alguém em anos – bem, qualquer pessoa, exceto Emma. Eu me senti compelido a compartilhar toda a verdade feia com ela, e agora, parece que o mesmo impulso está em jogo com os avós.

Uma parte irracional e ilógica minha quer que estas pessoas genuínas conheçam todas as partes sombrias e fodidas sobre mim... conheçam e gostem de mim de qualquer maneira. Para me deixar fazer parte de sua família calorosa e unida, apesar da fossa de onde eu vim.

Desgostoso com o desejo patético, abro a boca para mudar de assunto, mas Mary não terminou. — Então, como você conseguiu? — ela me pergunta baixinho. — Como você terminou a faculdade por conta própria?

Encolhendo os ombros, pego um pedaço de peru com o garfo. — O mesmo que a maioria dos estudantes: com bolsas de estudos, empréstimos e trabalho de meio período. — Muito trabalho de meio período - tanto que minhas horas totais de trabalho excederam dois empregos de período integral durante algumas semanas. Não digo isso, pois, os avós de Emma já parecem preocupados com o tempo da faculdade.

— A maioria dos estudantes tem uma família na qual eles podem contar para despesas acessórias e outras coisas — diz Ted, franzindo a testa. — Deve ter sido incrivelmente difícil, não ter essa rede de segurança. Você se formou com muita dívida, como a nossa Emma? Ela também não tirou um centavo de nós depois do colegial.

Olho para ela e ela desvia o olhar, o rosto ficando

vermelho como se estivesse envergonhada. Isso faz parte de seus problemas de dinheiro?

Ela não quer que as pessoas saibam sobre seus empréstimos estudantis?

— Eu tinha alguma dívida, sim — digo a Ted. Muito pouca e nada que eu não consegui quitar em menos de um mês após a formatura, graças ao sucesso dos meus primeiros investimentos, mas também fico calado.

Não quero que minha Gatinha sinta que suas finanças esticadas são algo que precise esconder.

Mary deve sentir o desconforto de sua neta, porque ela sorri e diz: — Bem, você está claramente muito distante daqueles dias, então, tudo está bem quando acaba bem — Estendendo a mão sobre a mesa, ela pega um dos pratos e olha em volta. — Mais recheio[1]?

Aceito com prazer, e a conversa volta a tópicos mais leves. Ted começa a me contar tudo sobre Emma quando bebê, o que faz com que ela ria e core furiosamente, e Mary continua pedindo a todos que experimentem esse e aquele prato, uma porção extra aqui e outra mordida ali.

Minhas calças não vão fechar amanhã, mas vale totalmente a pena ver o sorriso no rosto da mulher mais velha cada vez que aceito a oferta e a elogio.

Quase terminamos a sobremesa – uma torta de abóbora totalmente caseira – quando Ted pisa inocentemente em uma mina terrestre.

Ele pergunta quando exatamente estamos planejando que Emma more comigo.

Ela fica rígida imediatamente e me lança um olhar

da Estrela da Morte, sua mão apertando meu joelho em um aviso silencioso. Eu sei o que ela quer – que eu fique quieto enquanto ela fala alguma besteira sobre como ainda não temos certeza, blá, blá, blá –, mas não vou deixar essa oportunidade escapar.

— Até o final da próxima semana — digo antes que ela possa falar. — Vamos começar a empacotar as coisas de Emma assim que voltarmos para Nova York.

— Oh, isso é tão maravilhoso! — O sorriso de Mary é mais brilhante que um clarão solar. — Quanto mais cedo, melhor, estou certa?

— Está. — sorrio, ignorando os dedos de Emma cavando minha perna debaixo da mesa. — Mal posso esperar para tê-la comigo o tempo todo.

Seus avós parecem gatos lambendo um pires de creme, enquanto a mão de Emma na minha perna se transforma em uma garra cruel e seu olhar estreito me diz que ela gostaria de me matar. Lentamente. Depois de me assar sobre uma fogueira, no estilo marshmallow.

— Ainda há uma série de logística que precisamos corrigir — diz ela com os dentes cerrados. — Então, acho que na próxima semana não funcionaria.

Eu dou a ela meu olhar mais inocente. — Você está falando da mudança? Porque eu te disse, vou cuidar disso. Além disso, você não precisa trazer nenhum dos seus móveis; minha casa tem tudo o que precisamos.

— Emma, querida... — Mary coloca uma mão gentil no antebraço da neta. — Você não precisa ter medo disso. Eu sei que a mudança é desconfortável para você, mas esse é o tipo bom... o tipo de avançar. Seu avô e eu pensávamos estar unidos quando estávamos namorando, mas não era nada comparado a como nos sentimos quando nos casamos e começamos a viver juntos. Este é um risco para você, eu sei, mas é um risco que você não pode evitar. Não se você quiser construir uma vida juntos.

Enquanto ela fala, o rosto de Emma passa de rosa a branco para um tom intermediário. — Vovó, por favor. Nós não...

— Mary, deixe a pobre menina em paz — interrompe Ted. — Você a está envergonhando na frente de Marcus, não vê? Eles são adultos; tenho certeza de que eles descobrirão tudo por conta própria.

— Vamos sim — eu digo, sorrindo para o casal de idosos. Segurando a mão rígida de Emma na minha palma, movo nossas mãos unidas da minha perna para o local vazio entre nossos pratos. — Eu prometo a você, vamos dar um jeito em tudo.

E ignorando a tensão no braço de Emma, levanto nossas mãos entrelaçadas e dou um beijo em suas juntas firmemente cerradas.

---

1. O *recheio* (stuffing) aqui refere-se ao que é comumente colocado dentro do peru, feito com pão e especiarias, o que equivale à farofa no Brasil

— Isto é ridículo! — As palavras saíram de mim assim que Marcus e eu estamos sozinhos em nosso quarto. — Você não pode continuar fazendo isso!

Ele levanta uma sobrancelha escura. — Eu posso e vou, pelo tempo que for necessário até você aceitar o inevitável.

— O inevitável sendo morarmos juntos?

Seu sorriso é pura arrogância. — Exatamente.

Argh! Eu quero dar um tapa nele tanto que minha palma está tremendo. Tivemos um dia tão bom juntos, e ele foi tão gentil com minha avó durante o jantar que quase esqueci como ele realmente é.

Um bastardo feroz e manipulador que não para por nada até conseguir o que quer.

Que, por alguma razão bizarra, passa a ser eu.

Estou tão fodida – e não só literalmente.

Cerrando os dentes, concentro-me na questão central. — Eu não vou morar com você. — Pontuo cada palavra como se estivesse conversando com uma criança. — Aceite isso nessa sua cabeça dura. Isso não vai acontecer.

— Oh, mesmo. — Um brilho perigoso aparece em seu olhar enquanto ele avança em mim. — Quer apostar?

Cautelosamente, eu recuo. — Você não pode fazer sexo comigo para isso. Mesmo se...

— Mesmo se o quê? — Ele me pega ao lado da cama, suas mãos grandes descendo nos meus ombros enquanto as costas dos meus joelhos tocam o colchão. Há um sorriso malicioso em seus lábios, como se ele me tivesse exatamente onde me quer.

O que é verdade.

Por que eu recuei na direção da cama?

Será que eu *quero* inconscientemente que ele transe comigo até que eu ceda?

— Mesmo se o quê? — ele repete, sua voz rouca quando seu olhar cai nos meus lábios. Gentilmente, ele empurra meus ombros e eu me pego na cama enquanto minhas pernas dobram debaixo de mim. Uma piscada atordoada depois, estou estendida de costas, com Marcus se inclinando sobre mim, sua mão trabalhando no zíper do meu short jeans enquanto seus olhos azuis penetram em mim. — Mesmo se o que, Gatinha?

Engolindo, tento me lembrar do que estamos

falando. — Mesmo se... — As palavras se dissolvem na minha garganta enquanto ele abaixa a cabeça para beijar meu pescoço, sua respiração quente na minha pele enquanto sua mão mergulha no meu short aberto, invadindo minha calcinha já molhada. Seus lábios são macios e sedosos, sua língua molhada e quente enquanto ele lambe o local debaixo da minha orelha, me fazendo tremer com um calafrio sensual. Combatendo a névoa, eu tento novamente. — Mesmo se... — Seu polegar roça meu clitóris, e ele morde uma parte sensível no meu pescoço, me transformando em uma poça de cérebro confuso. Com um esforço heróico, localizo uma lasca de clareza mental, ofegando: — Mesmo que o sexo seja realmente bom — e, então, minha mente se desliga completamente quando ele me penetra com dois dedos grandes, me esticando com uma aspereza deliciosa.

— Mesmo? — ele murmura, mordiscando meu lóbulo da orelha enquanto seus dedos se curvam dentro de mim. Só que eu não posso mais processar o que ele está dizendo, todo o meu foco está na tensão latejante no meu núcleo, quando ele começa a me foder com um ritmo forte e rápido. Meu short e calcinha ainda estão no lugar, limitando sua amplitude de movimento, mas seu dedo médio bate no meu ponto G com cada impulso e a ponta de sua palma rasteja contra meu clitóris, me fazendo apertar impotente em torno de seus dedos.

Ofegando, eu seguro seus ombros, meus olhos se fechando e meus dedos cavando os músculos duros enquanto meus batimentos cardíacos disparam. Ele está mordendo meu pescoço novamente, e eu estou perto, tão perto – e então, com uma explosão branca de sensação, estou lá, o orgasmo explodindo através das minhas terminações nervosas como fogos de artifício em gasolina. Gritando, eu arqueio em seus dedos, meus músculos internos espasmódicos e liberando quando meus dedos dos pés se curvam e pontos de luz salpicam minha visão. Gozo pelo que parecem minutos, o êxtase tão agudo que é quase doloroso e, quando finalmente diminui, sinto que talvez nunca mais queira me mexer.

Com esforço, forço minhas pálpebras pesadas a abrirem – e o encontro me olhando com uma intenção feroz, seus olhos azuis escurecidos pela excitação. Segurando meu olhar, ele puxa os dedos com um movimento lento e deliberado, e eu estremeço com um tremor secundário enquanto sua palma se arrasta sobre meu clitóris inchado.

Movendo-se com a mesma deliberação lenta, ele leva os dedos – os que tinham acabado de estar dentro de mim – à sua boca e os chupa.

Minha respiração para nos pulmões, meu corpo se contrai com um ressurgimento de uma necessidade dolorida. Ele não diz que está gostando do meu gosto, mas não precisa. Está no rosto dele, na maneira como suas pálpebras ficam pesadas e uma pitada de cor escurece suas maçãs do rosto altas.

Com uma chupada final, ele puxa os dedos agora limpos da boca e curva a palma da mão sobre o meu queixo. Seu toque é suave, mas não há como confundir a possessividade selvagem em seu olhar enquanto ele se inclina para mais perto, a ponta do polegar acariciando meu lábio inferior.

— Você é minha, Emma. — Sua voz é baixa e áspera, cheia de certeza inabalável. — E isso – você e eu – está acontecendo. Você pode lutar contra tudo o que quiser, mas no final, você desiste. Porque você sente isso também, essa atração entre nós... essa compulsão. Não importa o quão diferente você pensa que somos, ou o quanto isso a assusta. O fato é que permanece, e resistir a ele só o tornará mais forte. — Seus lábios torcem. — Acredite em mim, eu sei.

Eu engulo, meu coração martelando dolorosamente. — E se eu desistir? O que, então?

Você vai partir meu coração de novo... vai embora e me deixar em pedaços?

As palavras dançam na ponta da minha língua, mas eu as seguro. Não posso deixar Marcus saber o quanto ele já me machucou, porque, então, ele saberia a verdade.

Ele perceberia que estou impotente, apaixonada por ele.

Seus olhos azuis escurecem, e eu me pergunto se eu me traí de alguma maneira, se ele entendeu meu patético "O que, então?" como o desesperado e apaixonado apelo que era.

Não me machuque. Não me abandone. Me ame.

Lentamente, com cuidado requintado, ele pressiona seus lábios nos meus, o beijo é tão terno que me faz querer chorar. — Então, Gatinha — ele murmura, se afastando para me olhar. — Vou te dar o mundo... tudo o que você sempre sonhou.

E quando meu coração se aperta com uma esperança agonizante, ele me beija novamente e começa a tirar minhas roupas.

mma

— É MELHOR QUE SEU BILIONÁRIO SEJA UM ALIENÍGENA que a carregou na nave especial — diz Kendall em vez de uma saudação enquanto aceita minha videochamada na manhã seguinte. — Sério, Ems, que porra é essa? Liguei para você umas cinquenta vezes desde domingo.

— Três vezes — eu a corrijo, estremecendo internamente. — E eu sinto muito, muito mesmo. Eu ia ligar de volta, mas já se passou... Bem, muita coisa está acontecendo.

Ela passa os dedos pelos cabelos – magicamente evitando frisar as mechas escuras e elegantes. — Sim, não brinca, Capitão Óbvio. Você e o Sr. Bilhões se beijando na Página Sete? É melhor eu ouvir todos os detalhes interessantes.

— Certo, então... — Coloco o telefone contra um vaso de flores na mesa da varanda dos meus avós e olho em volta, certificando-me de que ainda estou sozinha na varanda. A barra parece estar limpa. Meus avós estão na aula matinal de salsa e Marcus ainda deve estar dormindo. Pela primeira vez, acordei antes dele e saí furtivamente para fazer essa ligação. Respirando fundo, volto para a câmera do telefone. — É uma história longa.

Kendall revira os olhos. — Sim, sim. Continue com isso já. Eu não tenho a manhã toda. Bem, eu sei, já que estamos de folga nesta sexta-feira, mas você entende o que eu quero dizer.

— Certo. — Sem mais delongas, começo a contar minha história, contando tudo o que aconteceu desde que falei com ela pela última vez – desde o incrível fim de semana que Marcus e eu compartilhamos, o desaparecimento dele no domingo, até a maneira como ele me perseguiu no aeroporto com sua proposta de morar junto.

— Espere, *o quê*? — Kendall parece tão atordoada quanto eu me senti na época. — Ele pediu para você se *mudar*? Tão cedo? E depois de desaparecer desde domingo?

— Eu sei! — Minha pressão arterial aumenta novamente. — Isso é totalmente insano, certo? E quando eu recusei e disse que tinha acabado, ele veio atrás de mim na Flórida.

A mandíbula de Kendall está tão frouxa que tenho medo que caia. — E ele está aí com você agora?

— Sim. — Olho ao redor novamente, mas a varanda ainda está vazia, então, eu conto o resto: como Marcus praticamente me obrigou a fingir que ele é meu namorado, o quarto compartilhado, nosso passeio na praia ontem, sua alegação ultrajante sobre o momento da minha mudança, e assim por diante.

A única coisa que não conto é a promessa que ele me fez ontem à noite... e a frágil chama da esperança que está acesa no meu coração carente.

Mesmo assim, quando termino, os olhos castanhos de Kendall estão arregalados o suficiente para um caminhão passar. — Puta merda, Emma — ela respira. — Puta merda. Eu estava brincando sobre as coisas do casamento antes, mas está acontecendo, não? Você vai morar com ele e, antes que percebamos, será a Sra. Bilionária de Wall Street.

— O quê? Não! Você está louca? Eu não vou morar com ele. E definitivamente não...

— Ok, certo. — Seu nariz de formato perfeito cresce quando ela se inclina para a câmera. — Vamos encarar os fatos aqui, sim? Fato um: você mandou ele pastar, mas quando ele te seguiu até a Flórida, você desistiu. Imediatamente.

— Só porque não queria decepcionar meus avós — protesto, mas Kendall não está ouvindo.

— Fato dois: você deixa ele ficar com você com a condição de que ele saia depois do jantar de Ação de Graças, mas ele ainda está aí, não está?

— Bem, sim, mas...

— Fato três: o homem construiu um império do

zero, então, ele sabe claramente como conseguir o que quer. E ele quer você. Muita coisa.

— Oh, por favor...

— Não, me escute, Ems. O que você ganha quando pega um bilionário determinado e uma garota que é massa de modelar em suas mãos? — Ao meu olhar propositalmente vazio, ela estala a língua em fingida decepção. — Você pode não ser um gênio das finanças, mas mesmo assim deve ser capaz de fazer isso. Um casal morando juntos e se casando, é isso!

É a minha vez de revirar os olhos. — Sim, ok, tanto faz. Não vou morar com Marcus. E certamente não vou me casar com ele – não que ele tenha pedido. Eu falei sobre Emmeline e a casamenteira e todos os requisitos dele, certo?

— E daí? Ele está aí com você, não com ela, certo? No dia de Ação de Graças. Na casa dos seus avós. Se isso não é uma declaração de intenções, não sei o que é.

— Uma intenção de me foder, talvez — murmuro, apenas corando quando Kendall levanta as sobrancelhas, intrigada.

— Diga-me. Ele é...

— Não vou falar sobre isso — digo com firmeza. — E eu não vou morar com ele. É muito cedo. Além disso, existem todos os tipos de problemas com essa ideia.

Kendall faz uma careta. — Como o quê?

Eu suspiro. — Como o fato de que eu nunca, em um milhão de anos, seria capaz de cobrir algo próximo ao meu quinhão de despesas de moradia em sua casa. Mesmo que ele possua sua cobertura quitada, apenas os impostos sobre a propriedade devem ser astronômicos. E também tem o chef e outros empregados e... — Paro porque Kendall está olhando para mim como se eu *tivesse sido* levada por alienígenas, e retornado com escamas e tentáculos verdes.

— Ems — ela começa, apenas para ficar em silêncio, seus olhos se arregalando enquanto ela olha para algo atrás de mim.

Com o pulso nas alturas, viro e vejo Marcus.

Um Marcus descalço e sem camisa, que está se aproximando de mim com o passo suave de uma pantera.

Ele não deve ter tomado banho ou se barbeado ainda, pois seus cabelos castanhos grossos estão despenteados e sua mandíbula escura com barba por fazer matinal. Seu jeans está baixo nos quadris estreitos, expondo aquele V de dar água na boca que os caras com 'tanquinho' tendem a ter, e seu peito poderosamente musculoso que parece pertencer à capa de uma revista fitness masculina.

A edição de o-rei-de-Wall-Street-que-virou-pirata.

— Bom dia, Gatinha — diz ele com uma voz profunda e rouca, com os olhos azuis encobertos quando me atacam com possessividade.

Minha garganta seca mesmo quando minha boca se enche de saliva.

Se Marcus de terno é sexy pra caralho, esta versão dele – toda a masculinidade potente e primordial – é o material das fantasias das mulheres. Do tipo sombrio politicamente incorreto que não admitimos ter.

Engolindo em seco, gaguejo: — D-dia — apenas para lembrar que não estamos sozinhos. Afastando meus olhos de todo aquele músculo perigosamente quente, volto para a tela do telefone, onde Kendall parece que está prestes a engasgar com sua própria baba.

— Este é Marcus — digo desnecessariamente, e ela pisca, parecendo tão deslumbrada que eu quero alcançar através da câmera e sacudi-la. Talvez depois de arrancar alguns tufos de seu cabelo elegante e brilhante.

Melhor amiga ou não, é melhor ela manter as mãos – e os olhos babando – longe do meu homem.

— Oi, Marcus — ela diz sem fôlego, se recompondo com esforço. — Eu sou Kendall, amiga de Emma. Você, hum... falou comigo por telefone outro dia.

Ele sorri, mostrando os dentes brancos e os sulcos sensuais em suas bochechas. Totalmente despreocupado com o fato de que ele está mostrando seus peitos perfeitamente esculpidos para a câmera, ele se senta ao meu lado, colocando um braço musculoso sobre as costas da minha cadeira. — Sim, claro, eu lembro. Como você está, Kendall?

— Estou ótima, obrigada — ela canta, colocando sua máscara animada e feliz - aquela que engana todos os caras a pensar que ela é a morena equivalente a uma "loira burra" em vez do tubarão inteligente e pragmático que ela é. — E quanto a vocês? Estão se divertindo muito na Flórida?

— *Eu* certamente estou. — Marcus olha para mim,

seu olhar malicioso falando muito mais alto, e eu amaldiçoo minha pele corada quando minhas bochechas esquentam em resposta.

Kendall parece que está pronta para desmaiar. — Oh, que romântico. Emma me contou como vocês se conheceram, com a confusão dos nomes – e aqui está você. Quais seriam as chances, não é mesmo?

— De fato — diz Marcus com voz rouca, sem tirar os olhos de mim. — Um evento totalmento imprevisível.

Minhas bochechas queimam mais. Eu devo estar tão vermelha agora. Tentando fingir que Marcus não está me devorando com seu olhar, colo um sorriso brilhante e digo com uma voz que é apenas um tom muito alto: — Então, como estão as coisas na Big Apple? A neve da tempestade derreteu? — É um clichê total, mas o clima parece o tópico mais seguro.

Kendall faz uma careta. — Parcialmente. No momento, está quase tudo sujo de lama. Tenho inveja de vocês. Esse sol deve estar incrível.

— Sim. Hoje está vinte e seis graus — eu me gabo, nem mesmo tentando minimizar a grandiosidade de usar short no final de novembro. — Provavelmente iremos à praia depois do café da manhã. Certo? — Olho para Marcus – e coro novamente quando vejo que ele ainda está me olhando como uma criança olha uma casquinha de sorvete... o tipo de caramelo salgado que você experimenta a cada lambida.

O homem não tem vergonha? Kendall é obrigada a

pensar que fodemos como coelhos com Viagra – o que, pensando bem, não está longe da verdade.

— Eu estava realmente pensando que poderíamos visitar Santo Agostinho — diz Marcus, piscando lentamente. — Mas se você prefere a praia...

— Não, não, Santo Agostinho é ótimo. Cidade mais antiga dos Estados Unidos e tudo isso. É muito bonita, realmente, histórica e tudo mais. Há um forte e uma fazenda de jacarés e museus — eu paro, percebendo que estou balbuciando e ignorando totalmente Kendall. Voltando para a câmera, dou um sorriso de desculpas à minha amiga. — Me desculpe por isso. Nós vamos descobrir o nosso dia depois. Diga-me, como foi o seu Dia de Ação de Graças. Você acabou visitando seus pais?

Kendall sorri e se lança na história sempre divertida das travessuras de sua família na hora do jantar. Marcus escuta atentamente, rindo em todos os momentos apropriados, mas assim que ela termina, ele pede licença para tomar banho e fazer a barba. — Não tive a intenção de me intrometer no seu bate-papo, só vim aqui para garantir que Emma não desaparecesse de mim — explica ele à minha amiga com um sorriso arrependido. — Foi bom conversar com você. Espero vê-la pessoalmente em breve.

Com um aceno para a câmera, ele pressiona um beijo indutor de rubor nos meus lábios e volta para dentro.

Kendall espera exatamente cinco segundos depois que a porta deslizante se fecha atrás de suas costas musculosas antes de sussurrar: — Oh. Meu. Deus. Emma, oh, meu Deus do caralho.

Eu pisco para ela. — O quê?

— Esse homem é louco por você, só isso!

— O quê? Não, é só que...

— Nuh-uh. Nem comece. Eu tenho olhos, você sabe.

— Eu sei, mas... — Olho em volta para garantir que meus avós não voltaram e Marcus não esteja ao alcance da voz. Ninguém está por perto, mas ainda me inclino para mais perto da câmera enquanto digo em voz baixa: — É apenas sexual, ok? A atração está aí, com certeza, mas isso não muda nada. Eu não sou o que ele precisa, e ele também não é o meu tipo.

— Besteira.

Afasto-me irracionalmente ofendida. — Não, não é. O homem é um bilionário, um *bilionário*, Kendall, e eu mal posso pagar meu aluguel. E mesmo que não fosse esse o caso, ele é o derradeiro tipo A: ambicioso, atlético, motivado pela carreira, tudo o que não sou. Quero dizer, você deveria ouvi-lo conversando com meu avô sobre ações. Ele conhece pessoalmente todos os CEOs da *Fortune 500*.

— E daí? — Kendall diz. — Você também os conhecerá se continuar namorando ele. Eles são apenas pessoas, você sabe. Ricos e poderosos, com certeza, mas ainda assim, pessoas. Quanto a ser ambicioso e obcecado pela carreira, quando foi a última vez que você faltou no trabalho? Ou não cumpriu o prazo de edição?

— Bem, nunca, obviamente — digo com uma careta. — Mas isso não significa...

— Não? E o fato de você estar basicamente executando duas carreiras em paralelo: editar e seu trabalho de livraria em período integral?

— Onde sou *Caixa* — digo enfaticamente, mas Kendall não se intimida.

— No papel, talvez. Pelo que você me contou, seu chefe depende de você para administrar o local. Você não está decidindo quais livros encomendar ultimamente? Aceitando as entregas? Abrindo e fechando a loja quando o Sr. Smithson está de férias?

Eu suspiro. — Kendall, por favor. Marcus administra um fundo de investimentos de cem bilhões de dólares. Não há comparação aqui, ok?

Ela solta um suspiro. — Ok, tudo bem. Então, ele é mais ambicioso que você. Isso não significa que vocês não podem ficar juntos. Quem disse que ele precisa de outra pessoa do Tipo A? Talvez o seu próprio Tipo A seja suficiente para ele. De fato, talvez ele...

— Emma? Emma, querida?

A voz de Vovó chega levemente em minha direção, e olho por cima do ombro para vê-la se aproximando das portas de correr da cozinha. Ela e Vovô devem ter voltado da aula de salsa, o que significa que é hora do café da manhã.

— Desculpe, eu tenho que ir — digo a Kendall, e ela assente, juntando seus cabelos impecáveis em um elegante rabo de cavalo.

— Tudo bem, mas não desapareça novamente, ok?

A menos que Marcus a roube para uma ilha particular, quero um relatório diário sobre o que está acontecendo com você e o Sr. Tipo A. Entendeu?

— Entendi — prometo com um sorriso, e desligando, eu me viro para encarar minha avó.

TOMAMOS CAFÉ DA MANHÃ COM OS AVÓS DE EMMA E, depois, partimos para explorar as partes históricas de Santo Agostinho. Como Emma prometeu, o local é muito bonito, com arquitetura colonial espanhola e um forte antigo servindo como pano de fundo cênico para centenas de lojas e restaurantes fofos de souvenirs. Andamos pelas ruas de paralelepípedos por um tempo, depois, compramos algumas fatias de pizza e as comemos em pé ao lado de uma cabana que afirma ser "A Cadeia Mais Antiga dos Estados Unidos". Naturalmente, Emma insiste em pagar por sua fatia, e eu deixo, embora isso vá contra todos os instintos que possuo.

Se eu pudesse, ela nunca mais pagaria por nada. Eu

cuidaria dela, forneceria tudo o que ela precisasse. Mas ela ainda está ferrenha por não ser uma exploradora como a mãe dela, então, eu me seguro e deixo que ela conte cuidadosamente os trocados para sua parte.

Depois, caminhamos no calçadão e tiramos algumas fotos ao lado do forte e da Ponte dos Leões. O tempo está perfeito – acima dos vinte graus e ensolarado, com uma brisa leve – e sugiro que aluguemos um barco em uma marina próxima, como vejo alguns turistas.

— Oh, hum... você pode alugar por si mesmo, se quiser. Tenho medo de enjoar —Emma diz, desviando o olhar. — Esperarei por você aqui. Eu não me importo.

Enjoar? Num Corpo D'água? Estou prestes a apontar como a água é calma quando me ocorre que algo que não seja o medo de um estômago inquieto possa estar funcionando aqui.

— Que tal alugar um jet ski? — Eu pergunto, testando minha teoria. — Você não ficará enjoada com isso.

Emma parece ainda mais desconfortável. — Não, obrigada. Eu estou bem aqui. Mas você deve ir; ouvi dizer que é muito divertido. E eu posso esperar por você. Não é realmente um problema.

Está bem então. Ou ela tem medo da água – improvável, dadas as nossas aventuras de natação ontem – ou é o dinheiro novamente. Ela provavelmente pensa que, se estamos participando de uma atividade juntos, temos que dividir o custo disso, assim como a pizza – e o aluguel de barco e de jet ski fica caro.

É ridículo, mas estou prestes a deixar passar, assim como fiz com a pizza – não é como se eu nunca estivesse em um barco ou andasse de jet ski antes – exceto que me ocorre que isso será um problema em andamento. Já fui estupidamente pobre, e agora que não sou, gosto de aproveitar todas as coisas e experiências que meu dinheiro pode comprar: como voar em privado, ficar em hotéis de luxo e alugar barcos por capricho. E quero Emma ao meu lado enquanto estou fazendo isso.

— Tem certeza de que não se importa de esperar aqui? — pergunto. — Porque está um dia muito bom, e eu adoraria estar um pouco na água.

Emma pisca. Acho que ela não esperava que eu fosse idiota o suficiente para aceitar sua oferta. Ela se recupera rapidamente, porém, e assente. — Sim, claro, vá em frente. Vou ficar aqui, apreciar a vista. — E para ilustrar como ela pretende fazer isso, ela se senta em um banco de frente para a água.

— Está bem então.

Deixando-a lá, vou até a marina e alugo o barco mais bonito que eles têm. Não há nenhuma maneira de eu fazer isso sem Emma, mas preciso que ela acredite que vou – que este barco é apenas para mim. É uma aposta, mas não vejo outra maneira.

Eu tenho que desiludir Emma dessa noção equivocada de que precisamos dividir tudo pela metade e estou começando esse projeto hoje.

Ela ainda está sentada no banco quando eu saio da marina, com a chave do barco pendurada na minha mão.

— Tem certeza de que não quer vir? — pergunto, me aproximando dela. Mantenho meu tom casual, como se não me importasse. — Eu não acho que você vai ficar enjoada, e não será tão divertido sem você.

Ela hesita, seu olhar saltando de mim para a água azul brilhando ao sol. — Bem...

— Vamos. Apenas tente por mim, por favor. Se você sentir um pouco de náusea, eu a trarei de volta imediatamente.

Ela morde o lábio inferior, a própria imagem da incerteza, e eu vou para a matança. — Por favor. Eu realmente preciso de companhia. Você estaria me fazendo um grande favor.

E como eu esperava, ela desmorona.

Soltando um suspiro, ela se levanta e caminhamos juntos para o barco.

Emma

Sinto-me mal por estar viajando de graça, mas não o suficiente para estragar minha diversão com a experiência. Tudo, desde a maneira como o sol brilha na superfície da água até a brisa salgada no meu rosto e o homem perigosamente bonito que está ao leme de nossa lancha, é minha idéia do paraíso. Eu menti antes – não fico enjoada – e estou secretamente muito feliz que Marcus me colocou nisso alugando o barco para si.

Ajustando meu chapéu, dou uma olhada para ele. Vestido com uma camisa polo branca e bermuda cáqui, com elegante óculos de sol de algum designer cobrindo seus intensos olhos azuis, ele é a imagem de uma elegância boa e casual – e tão lindo que faz meu interior vibrar. Sua pele oliva tonificada brilha ao sol, seus grossos cabelos castanhos balançando à brisa enquanto ele habilmente dirige o barco em torno de uma bóia. Pegando meu olhar, ele sorri amplamente, e meu peito se expande com uma explosão de felicidade com o calor irradiando de suas feições duras.

— Você quer dirigir? — ele pergunta. — Vou mostrar como, se você nunca fez isso antes.

Sorrindo, balanço minha cabeça. — Não, obrigada. Eu estou bem aqui. — Estou gostando muito da vista para me mexer e, além disso, não quero arriscar danificar o barco de forma alguma. Já é ruim o suficiente não ter ajudado no aluguel; se eu também batesse, me sentiria terrível.

Ele aceitaria meu dinheiro se eu me oferecesse para pagar uma parte do aluguel do barco agora? Tecnicamente, é o aluguel de *seu* barco – afinal, ele faria isso sozinho, quer eu participasse ou não – mas *estou* me beneficiando disso. Com toda a justiça, devo contribuir, se não, pagar a metade inteira.

Então, novamente, tenho que me mudar em breve, o que significa que preciso de cada centavo das minhas poucas economias. Caso contrário, terei que usar meus cartões de crédito e terei um problema real. Pela experiência de minha mãe, sei com que rapidez a dívida do cartão de crédito pode aumentar, com taxas de juros e multas por atraso dobrando e triplicando seu saldo com facilidade. Ela, é claro, lidou com isso da mesma maneira que lidou com tudo: enganando um namorado infeliz para pagar a maior parte de sua dívida. Infelizmente para ela – e para mim, já que eu morava com ela na época – o namorado a viu como a escavadora de ouro implacável que ela era e a chutou até o meio-fio sem pagar o restante da dívida. E esse remanescente pairou sobre nossas cabeças por meses, com agências de cobrança nos perseguindo diariamente, até minha mãe encontrar outra vítima para descarregar sua carga financeira, outro infeliz "namorado".

— Você está bem? — Marcus pergunta, e eu percebo que divaguei, olhando fixamente para a água.

— Sim, claro. — sorrio para ele, possivelmente muito forçada. — Tudo bem, apenas aproveitando o sol.

— Tem certeza? — Seu olhar é enigmático por trás do óculos. — Sem enjoo?

— Não — digo e me concentro no prazer deste dia perfeito. Mas a pura alegria que senti anteriormente se foi, manchada pelas lembranças antigas, e o conhecimento de que, se não tomar cuidado, poderia seguir os passos de minha mãe.

Eu poderia acabar usando Marcus do jeito que ela usava seus homens.

VOLTAMOS À CASA DOS MEUS AVÓS NO FINAL DA TARDE, E Marcus pede licença para trabalhar um pouco antes do jantar. O que funciona perfeitamente para mim, pois tenho que terminar de editar a novela shifter e ligar para a Sra. Metz para verificar meus gatos.

Para meu alívio, tudo é status quo com meus bebês de pelo – Rainha Elizabeth e Cottonball estão se comportando, enquanto o Sr. Puffs mudou seu foco destrutivo do meu travesseiro para o meu cobertor. No entanto, falar com minha senhoria me lembra que eu tenho que levar a sério a procura de um novo lugar para morar, então, em vez de trabalhar na novela, estou percorrendo os Classificados quando minha avó vem se juntar a mim na varanda.

— O que é isso? — Ela pergunta, chegando atrás de mim, e eu pulo, assustada, antes de fechar meu laptop com força.

— Nada, Vovó. — Minha voz está uma oitava muito alta quando eu a encaro, então, tento novamente, desta vez com um grande sorriso. — Só estou procurando uma nova lâmpada de cabeceira. A minha quebrou um tempo atrás. — Que é verdade. O Sr. Puffs a quebrou há meses e pretendo procurar uma substituta há muito tempo. Não era o que eu estava fazendo naquele momento em particular, mas, no que diz respeito às mentiras, é apenas parcial.

— Uma lâmpada? — Vovó parece confusa, mas depois balança a cabeça. — Deixa para lá então. Minha visão deve estar ruim, porque eu pensei ter visto você olhando apartamentos.

— Oh, hum... não. Não, não é isso. Eu... Marcus e eu vamos morar juntos, lembra?

O rosto de Vovó se ilumina e eu me chuto mentalmente. Por que eu acabei de dizer isso? É ruim o suficente que Marcus esteja dizendo tudo isso em um esforço para me manipular, mas, agora, estou participando, brincando como uma marionete.

Seu boneco obediente e louco por sexo.

— Claro que me lembro, querida. — Vovó puxa uma cadeira para se sentar ao meu lado. — Então me diga... você está animada? Este é um grande passo para vocês dois.

Ugh. Por que eu fiz isso? Sério, por quê? Tudo o que eu precisava fazer era dizer que estava procurando uma lâmpada e parar por aí. Mas não. Eu tinha que tagarelar, e aqui estamos nós.

Baixando o olhar para as mãos, murmuro: — Sim, claro. — Minhas cutículas não estão na melhor forma, percebo, e há uma unha encravada no meu polegar. Que feio. Aposto que Emmeline nunca tem isso; suas unhas perfeitas não ousariam ficar assim, de forma alguma.

— O que isso significa? — Vovó pergunta, e levanto o olhar das minhas cutículas esfarrapadas para vê-la me encarando com gentil curiosidade e mais do que uma pitada de preocupação. — Você está insegura quanto a isso? — ela continua. — Desconfortável de alguma forma?

— Está apenas... acontecendo muito rápido. — Pronto. Isso não é mentira. Tudo *está* acontecendo rápido demais. Mesmo se Marcus fosse o tipo de cara com quem eu normalmente namoro - um pouco nerd e doce – eu ficaria assustada com a ideia de morar com ele em qualquer momento no futuro próximo. Mas Marcus está tão longe dos caras com quem eu namorei como um furacão de categoria 5 para uma brisa suave, e estou absolutamente petrificada com a possibilidade de que ele possa me atropelar nisso.

Ele não vai. Eu não vou deixar.

Não importa o que Kendall ou qualquer outra pessoa pense.

— Sim, esse jovem sabe exatamente o que ele quer e vai atrás, não? — Vovó diz, sorrindo com simpatia, e eu aceno com a cabeça, aliviada por poder compartilhar pelo menos parte do meu tumulto com ela.

— Sim. E às vezes é esmagador. — Como praticamente o tempo *todo*. — Marcus é... muito para lidar. — Especialmente quando uma parte de mim ainda está se perguntando se é tudo um jogo para ele, se ele ficar entediado comigo e passar para alguém que atenda melhor às suas necessidades.

A expressão da Vovó fica séria. — Você sabe que não precisa fazer nada que não queira, certo, querida? Sinto muito se seu avô e eu parecemos pressioná-la mais cedo. Obviamente, queremos que você se acomode e fique feliz com um homem bom, e Marcus parece um homem muito bom, mas se você não estiver pronta, não está pronta. Viver juntos é um passo sério, e você deve levar o tempo necessário para tomar sua decisão. O apartamento dele não vai fugir.

— Eu sei, mas não é só isso. — respiro. — Você leu o artigo; você sabe o quão rico ele é. Tudo em sua vida é caro. Apenas o óculos de sol que ele estava usando hoje provavelmente custa mais do que meu aluguel mensal. E ele tem um jato particular e um mordomo que cozinha e um serviço de limpeza e uma empresa que cuida de suas plantas. Como faço para acompanhar isso? Como eu... — Minha voz falha. — Como eu o namoro sem me transformar *nela*?

Vovó inclina a cabeça. — Ah. Então é disso que se trata. — Ela suspira. — Suponho que deveria saber. Querida — ela cobre minha mão com sua palma da mão quente —, você não poderia ser como Brianne mesmo se tentasse. Sua mãe... ela tinha algo quebrado dentro dela. Algo faltando. Não foi nada que fizemos; ela nasceu assim. Levei muito tempo para chegar a um acordo, e há noites em que ainda acordo suando frio, pensando sobre isso, imaginando se a culpa foi minha, afinal. Mas ela foi assim *sempre*. Mesmo quando bebê, ela roubava os brinquedos de outras crianças sem remorso. — Antiga dor brilha nos olhos da minha avó. — Nós não sabíamos o que fazer. Por mais que tentássemos instigar empatia *nela*, ela só se importava com o que *ela* queria, apenas fazia o que a fazia se sentir bem.

Meu peito aperta dolorosamente. — Sinto muito, Vovó. Isso deve ter sido tão terrível para você e Vovô. — Só consigo imaginar o tormento que meus gentis e generosos avós haviam passado, observando sua única filha machucando descuidadamente as pessoas durante toda a vida.

Um sorriso agridoce curva os lábios de Vovó. —

Horrível para nós? Emma, querida... você quem foi criada por ela. E você sente muito por nós? Querida, se você precisasse de mais uma prova de que não é nada como sua mãe, aqui está, completamente. Você tem mais empatia em um único pelo do nariz do que Brianne em toda a sua alma.

Abafo uma risadinha assustada. — Um pelo do nariz?

— Um pelo do nariz — vovó diz com firmeza. — E se você pegar o nariz inteiro, bem, não há realmente nenhuma competição. Quanto à disparidade financeira entre você e Marcus, deixe-me perguntar uma coisa... Você se importa com ele?

Eu pisco, todo desejo de rir desaparecendo. — Sim, muito. — Na verdade, eu estou apaixonada por ele, mas não estou pronta para minha avó saber disso.

Ela sorri, apertando minha mão. — Achei que sim. Vocês dois me lembram seu avô e eu em nossa juventude. O jeito que você olha para ele e o jeito que ele olha para você... — Por um segundo, ela parece perdida em boas lembranças, mas depois se concentra em mim, seu olhar cinza afiado quando o sorriso desaparece de seus lábios. — Querida, me escute — diz ela calmamente. — Você não é nada como Brianne. Nunca foi e nunca será. O problema com sua mãe não era que ela tirava dinheiro dos homens com quem namorava, era que ela não se importava com eles como pessoas. Para ela, eles não eram nada além de carteiras com pernas. Contanto que você não veja Marcus dessa maneira, contanto que o que vocês dois tenham seja genuíno, não há vergonha em deixá-lo mimar e satisfazer você... cuidar de você da maneira que ele quiser. O dinheiro é um obstáculo somente se você o deixar, por isso não deixe. Não deixe Brianne envenenar sua vida do túmulo.

 _mma_

Penso nas palavras da Vovó durante o resto do tempo na Flórida. É estranho, mas nunca considerei que, lutando tanto para não ser como minha mãe, estou mantendo sua influência tóxica em minha vida. Por outro lado, a vovó está envolvida nesse assunto de uma maneira ou de outra há anos. Primeiro, ela e Vovô queriam contrair empréstimos para me ajudar na faculdade – uma ideia que eu vetei veementemente fazendo empréstimos pessoalmente. Mais recentemente, eles estavam querendo fazer uma segunda hipoteca para que pudessem me ajudar com esses empréstimos. É emocionante e enlouquecedor, porque a última coisa que quero é arruinar a aposentadoria com estresse sobre as finanças.

É para isso que servem os vinte anos.

Felizmente, não tenho tempo para me debruçar sobre isso, pois Marcus e eu passamos quase todos os minutos de nossas férias juntos, tanto com meus avós quanto por nossa conta. Na sexta-feira à noite, fomos ao cinema depois do jantar; na manhã seguinte, voltamos à praia e lá permanecemos até o almoço, nadando alternadamente, passeando pela água e trabalhando em nossos laptops. Durante esse período, termino minhas edições de novelas e começo a brincar com as linhas introdutórias do meu projeto super-secreto, enquanto Marcus vasculha as planilhas do Excel com o que parece ser um sem número de guias – modelos financeiros de seus analistas, explica ele.

É bom estar trabalhando lado a lado com ele, sendo produtiva enquanto ainda desfrutamos a companhia um do outro. De certa forma, Kendall estava certa. Apesar de diferentes quanto à ambição, compartilhamos o respeito por prazos e obrigações, vendo o trabalho como uma parte importante de nossas vidas, e não como algo desagradável a evitar.

Depois da praia, Marcus convida meus avós para almoçar em um restaurante italiano local, para agradecê-los por sua hospitalidade, ele explica, e por mais que me doa deixá-lo pagar por todos, mantenho minha carteira na bolsa para evitar outra palestra da vovó. Eu me consolo com a promessa de que lhe pagarei e alivio ainda mais minha consciência pedindo o item mais barato do menu.

Quando a refeição termina, nós quatro saímos para

passear em um dos parques locais, e novamente fico maravilhada com o quão bem Marcus está se dando com minha família. Enquanto passeamos pelo Corpo D'água, Intracoastal, ele conversa com meus avós como se os conhecesse desde sempre, o tempo todo segurando minha mão em um aperto inconfundivelmente possessivo.

Minha, seu gesto proclama a todos que olham para mim. *Essa mulher é minha*. E, caso não recebam a mensagem, ele dirige um olhar para qualquer atleta ou ciclista que sorri para mim – o que muitos fazem, já que as pessoas nesta área são bastante amigáveis. Ele estava fazendo a mesma coisa quando estávamos na praia, mas era mais compreensível lá, porque eu estava usando apenas um biquíni. Aqui, porém, estou vestida com uma roupa muito básica de camiseta e short jeans, e seu ciúme não escondido é ao mesmo tempo lisonjeiro e ridículo. Ele está agindo como se eu fosse tão bonita que ele tem que derrotar outros homens com um pau, quando na realidade é *ele* quem atrai todos os olhares femininos.

Com seu corpo alto e musculoso, traços ousadamente masculinos e o ar de poder que se apega a ele como uma colônia cara, ele é o tipo de homem com quem as mulheres de todas as idades sonham, e se masturbam secretamente.

Minha avó também percebe, tanto a possessividade quanto a maneira como as outras mulheres o olham como doce. — Eu tenho que dizer, seu namorado está completamente obcecado por você — diz ela enquanto eu a ajudo a pôr a mesa para o jantar naquela noite. — Mesmo enquanto conversava conosco, ele continuava observando você como se estivesse com medo de que alguém pudesse roubá-la. E *todo* o foco dele estava em você. Zero atenção àquela loirinha que estava quase nua no banco do parque à nossa frente. O atleta que disse *oi* para você, no entanto... — Ela solta um assobio baixo. — O pobre teve sorte que Marcus não deu um soco nele.

— Vovó, por favor. — Sinto um rubor subindo pelo meu rosto novamente. — Está exagerando. — Estou razoavelmente certa de que Marcus não daria um soco em um cara só por me dizer *olá*. Ele não é *tão* territorial.

Será que ele é?

— Não, estou lhe dizendo, querida. O que os jovens dizem? Ele tem tesão por você? Não, isso não está certo, embora ele claramente tenha isso também. — Colocando o saleiro, ela pisca para mim, e eu quase morro de mortificação porque só há uma coisa a que ela poderia estar se referindo: os sons que saem do nosso quarto à noite.

Eu faço o meu melhor para ficar quieta, mas Marcus torna isso impossível. No quarto ou quinto orgasmo, perco toda a noção de tempo e lugar – e meus avós devem ter notado.

Vovó começa a rir. — Oh, você devia ver a expressão em seu rosto agora. Você acha que seu avô e eu não nos divertimos muito? Estou feliz por você, querida – por vocês dois. Mas especialmente você, pois é sempre mais difícil para uma mulher.

Oh, meu Deus. Me mate agora. Tipo, literalmente agora. Não quero imaginar meus avós tendo "momentos divertidos", e, definitivamente, não quero discutir minha vida sexual com Marcus com minha avó. Era uma coisa ela ter conversas sobre 'abelhas' e contraceptivos quando minha menstruação começou aos doze anos, mas isso? Minha capacidade orgástica não é um tópico para conversas antes do jantar – mesmo que essa capacidade tenha crescido tremendamente desde que conheci Marcus.

— Tudo bem, tudo bem, vou me calar — diz Vovó quando eu escondo meu rosto vermelho tomate esfregando diligentemente um local quase inexistente na toalha de mesa com uma toalha de papel molhada. — Você pode...

— Calar o quê? — Vovô pergunta, entrando com Marcus ao seu lado. Marcus estava lhe mostrando algum tipo de software comercial nos últimos vinte minutos, e os dois parecem cada vez mais unidos.

— Nada — Vovó diz com um sorriso furtivo para mim. Diante dos homens, ela diz rapidamente: — Vamos sentar e comer.

Marcus

EU NUNCA PENSEI EM DIZER ISSO, MAS ESTOU apaixonado pelos avós de Emma. Talvez seja porque nunca tive meus próprios avós – ou pais normais –, mas esse longo fim de semana com Emma e sua família é um dos melhores dias da minha vida. Talvez até *o* melhor, porque não me lembro da última vez em que tive uma sensação tão prolongada de bem-estar.

Principalmente, é claro, devido à própria Emma. Todas as noites desde a minha chegada aqui, eu me deliciei com seu corpo doce e exuberante, deleitando-me sem restrições. Eu a tomei em nossa cama, dentro do chuveiro, encostada na parede e até no chão, quando não chegamos à cama uma noite. Mas, por mais maravilhoso que tenha sido, tive quase tanto prazer pelo simples fato de adormecer com Emma em meus braços – e acordar ainda segurando-a, respirando seu aroma quente e delicioso. A satisfação profunda que experimentei naquela primeira noite com Emma não foi por acaso; está lá toda vez que eu a abraço.

E a família de Emma adicionou outra camada a esse sentimento, um sentimento de pertencimento que eu não sabia que estava sentindo falta. Mesmo quando criança, eu sabia que não devia confiar em ninguém além de mim mesmo e, embora nunca tivesse tido problemas para fazer amigos, a maioria dessas amizades tinha sido leve e casual, apenas superficial. O mesmo para os meus relacionamentos com adultos. Até o Sr. Bond, o professor da segunda série que se tornou meu mentor, realmente não tinha visto o comportamento confiante e a capa de ambição que eu usava como escudo.

Mas de alguma forma, os avós de Emma sim. Mary não trouxe à tona meu passado novamente, mas cada vez que seu olhar cai sobre mim, é suave e caloroso, mantendo uma riqueza de compreensão gentil. Ela se preocupa comigo, assim como o marido e a neta, constantemente me alimentando, preocupando-se com o calor ou o frio, se o café que tomei no jantar me manteve acordado à noite. E Ted, à sua maneira áspera, é igualmente gentil, me fazendo pensar em como seria ter um homem mais velho na minha vida que não fosse apenas um mentor, mas um amigo, alguém com quem conversar sobre as coisas menores e importantes.

Alguém como um pai... ou um avô.

— Eu gostaria que vocês dois não tivessem que partir já — Ted me diz no café da manhã de domingo e sorrio desconsolado, desejando a mesma coisa. Este fim de semana de férias foi um interlúdio fora do tempo, uma pausa banhada pelo sol da realidade da minha vida ininterrupta e estressante. Os parques, a praia, o ar quente e úmido – sinto-me rejuvenescido por tudo isso, renovado de uma maneira que não experimento há anos. E não é porque eu não trabalhei neste fim de semana. Eu o fiz. Apesar de todos os passeios e o tempo em família, consegui fazer quase tudo nos últimos dias como normalmente faço nos fins de semana. A diferença é que foi principalmente com Emma ao meu lado. E ela estava lá quando eu fui para a cama e acordei, seu sorriso tímido me cumprimentando, seus braços macios me abraçando sempre que eu a procurava.

Com seus avós como reserva, a tensão residual entre nós se dissipou, sua resistência a mim diminuiu até que foi como se meu erro estúpido de ficar longe dela nunca tivesse acontecido, em primeiro lugar. Ela nem se opôs quando eu paguei o almoço de todos no restaurante italiano, embora eu tenha encontrado uns vinte dólares na carteira mais tarde naquela noite.

Quando voltarmos a Nova York, será diferente, posso dizer. A próxima grande batalha – convencer Emma a se mudar – já está se formando. Quando saí do banheiro hoje de manhã, vislumbrei as listagens de apartamentos na tela de seu laptop antes de ela fechar o computador – o que significa que minha manobra com sua senhoria está tanto funcionando quanto não.

Minha Gatinha está planejando se mudar, mas por conta própria. Apesar da crescente proximidade nos últimos quatro dias, ela ainda tem medo de confiar em mim, de me deixar entrar totalmente em sua vida.

— Marcus, a que horas é seu voo? — Mary pergunta, enchendo minha xícara com mais de sua bebida colombiana – um café tão bom que meu mordomo já pediu para mim. — Suponho que seja novamente de Daytona?

— Sim. — sorrio para ela. — Eu disse ao meu piloto para ter o avião pronto às três da tarde, para que Emma e eu pudéssemos ficar para o almoço.

— Espere, o quê? — Emma ergue os olhos da omelete. — Quer dizer, *você* pode ficar para almoçar. Meu voo é às 12h45, então, Vovô e eu temos que partir para Orlando em uma hora.

Eu a encaro. — Orlando? Gatinha, eu tenho um avião inteiro só para nós dois. Por que você faria seu avô levá-la até Orlando quando Daytona está a meia hora de distância, e podemos voar juntos para casa?

— Foi o que *eu* disse a Emma ontem — diz Ted, olhando para nós dois. — Mas ela disse que foi o que havia sido decidido.

O queixo de Emma se aperta, e eu percebo que estava errado. A próxima grande batalha não é fazê-la se mudar; é isso. Por alguma razão, presumi que ela voaria para casa comigo, que seria como o barco, onde ela veria a utilidade de se juntar a mim, já que eu usaria o jato de qualquer maneira.

— Eu posso pegar um *Uber* para Orlando — diz ela rigidamente. — Se tiver problema em me levar.

Ted suspira. — Não seja boba. Fico feliz em levá-la, é claro. É só que...

— Só que eu tenho um avião perfeitamente bom por perto e um carro estacionado do lado de fora que pode nos levar para lá, liberando seu avô de toda e qualquer necessidade de dirigir — digo, minha determinação endurecendo.

Não são os vinte que ela colocou na minha carteira – e eu coloquei em silêncio na bolsa dela quando ela não estava olhando. É maior, mais importante. Digno de uma luta. Amanhã, voltaremos às nossas vidas regulares, voltaremos ao trabalho e separados (por enquanto) os apartamentos. Esta é a nossa chance de passar mais algumas horas juntos, e não vou deixar isso escapar por causa de sua teimosia.

Os olhos cinzentos de Emma ficam tempestuosos. — Eu tenho um voo, reservado e pago. Eu até chequei online ontem à noite.

— E daí? Vou reembolsá-lo para você.

Ela sorri triunfante. — Você não pode. É tarde demais e, além disso, é uma passagem não reembolsável.

Minha pobre Gatinha. Ela não tem ideia do que posso ou não fazer. Meu sorriso de resposta deixaria um tubarão orgulhoso. — E se eu pudesse? E se eu receber um reembolso agora? Você voaria para casa comigo então?

Mary e Ted olham expectantes para ela, e ela franze a testa, percebendo que eu a manobrei para um canto. O bilhete não reembolsável constituía uma boa desculpa; sem ele, tudo o que resta é sua teimosia irracional, exposta na frente de seus avós.

— Olha, Marcus... — ela começa, mas eu levanto minha mão.

— Deixe-me tentar obter esse reembolso, ok? Talvez não funcione, afinal. — Claro que sim, mas quero que ela pense que ainda há uma chance de ganhar.

— Sim, deixe-o tentar, querida — Mary pede suavemente. — Não seria legal voar juntos, e não separados?

Emma hesita por dois longos segundos, mas, então, ela relutantemente assente. — Certo. Pode tentar. Mas estou lhe dizendo, o melhor que eles poderão fazer é mudar meu voo para outro dia depois de cobrar uma taxa enorme.

— Veremos. Me dê alguns minutos. — Pousando minha xícara de café, levanto-me e saio para a varanda, onde ligo diretamente para o CEO da *United Airlines*. Eu tenho o número do celular dele da nossa conversa na quarta-feira, quando o fiz adiar o voo de Emma por uma hora.

Dez minutos depois, volto à mesa e encontro Emma olhando para o telefone, incrédula. — Como você fez isso? — ela pergunta, virando a tela em minha direção para mostrar um e-mail com uma confirmação de reembolso. — E tão rápido? A última vez que tive que ligar para essa companhia aérea, fiquei em espera por mais de duas horas. E eles nem cobraram a taxa!

Eu dou de ombros inocentemente. — Talvez o serviço ao cliente tenha melhorado.

— Sim, certo — ela murmura, olhando-me tristemente. — Acho que o dinheiro puxa todos o tipo de cordas.

Oh, ela não tem ideia – mas ela terá.

Pretendo que meu dinheiro puxe as cordas necessárias para conquistá-la.

18

EU DEVERIA ESTAR BRAVA, CHATEADA POR TER SIDO enganada com tanta habilidade, mas ao embarcarmos no jato particular de Marcus, não posso deixar de ficar agradecida por termos passado algumas horas extras com meus avós – e por não ter que me separar de Marcus ainda. Tão animada quanto estou para ver meus bebês de pelos hoje à noite, estou com medo de dormir sozinha na minha cama fria e irregular.

E, claro, há o fato de que estou voando em um jato particular em pânico. Por mais que eu queira fingir que luxos exagerados têm pouco interesse para mim, não posso mentir para mim mesma.

Aviões particulares são incríveis.

Primeiro de tudo, dirigimos direto para o avião.

Sem filas de segurança, nada – saímos do carro e embarcamos imediatamente. Acho que o processo de pensamento aqui é que o proprietário do jato provavelmente não explodirá seu próprio avião.

Então, assim que entramos no avião, decolamos, com apenas um atraso de cinco minutos para obter a liberação do controle aéreo. Não há espera para os outros passageiros se instalarem, não há acondicionamento de malas em um minúsculo compartimento aéreo. Nós apenas entramos e voamos, como se alguém entrasse em um carro e dirigisse.

Finalmente, há o próprio avião. Eu já vi jatos particulares nos filmes, mas o luxo obsceno desse modo de transporte não se registrou totalmente em minha mente até que eu o vi na vida real.

O avião de Marcus é enorme. Menor que um avião comercial, obviamente, mas grande o suficiente para acomodar uma dúzia de assentos de couro, um sofá com uma longa mesa de café na frente e um quarto na parte de trás. *Sim, um quarto em um avião.* Tudo é decorado em tons de bege e creme, com detalhes em madeira natural, e parece tão convidativamente confortável que eu me sento no sofá assim que a subida inicial termina, apenas para testá-lo.

— Gosta disso? — Marcus ergue os olhos da cadeira, onde ele está trabalhando em seu laptop, e eu tiro meus chinelos para me esticar na superfície de couro macio. Em breve, preciso trocar minhas roupas de inverno, mas por enquanto ainda estou no modo da Flórida.

— Não é ruim — admito, virando-me de lado para encará-lo. — Quero dizer, não é tão bom quanto um assento do meio da Classe Econômica, mas tem seus encantos.

Marcus sorri. — Fico feliz em ouvir isso. Eu estava começando a me sentir mal por privar você dessa maravilhosa experiência no assento do meio.

Suspiro e me viro de costas para encarar o teto, um pouco da minha euforia desaparecendo. — Você *deveria* se sentir mal. Não posso pagar por isso, você sabe. Todas as minhas economias combinadas não serão suficientes para cobrir este voo privado.

— Me pagar pelo quê? Ter você aqui não está me custando nem um centavo extra. Eu voaria para casa desta maneira; se há algo, você está me fazendo um favor, fazendo-me companhia.

É o mesmo raciocínio que ele usou para me levar no barco, e embora eu o veja agora pela manobra manipuladora que era, não posso deixar de querer acreditar nisso, para comprar a eminente razoabilidade de suas palavras. Kendall estava certa quando me acusou de ser massa de modelar nas mãos dele. Eu sou, porque lá no fundo, quero as mesmas coisas que ele.

Estou perdendo essas batalhas porque, quando estou lutando com ele, também estou lutando contra mim mesma.

— Emma, Gatinha. — Eu o ouço levantar e, um momento depois, o sofá ao meu lado afunda quando ele se senta, colocando uma mão nas costas do sofá para me prender embaixo de seu braço poderoso.

Apesar da postura dominante, sua expressão é calorosa e terna quando ele olha para mim. — Ouça — diz suavemente. — Eu sou rico, ok? Muito rico. O tipo de rico que eles gritam nas notícias. Cheguei lá com noites sem dormir e semanas de trabalho de cem horas, assumindo grandes riscos e vivendo com as consequências, boas ou más. Sim, houve sorte envolvida, sempre há, mas, principalmente, era um trabalho sem parar. E, agora, quero aproveitar a riqueza que ganhei, colher as recompensas do meu trabalho duro. Mas não posso se a mulher com quem estou se recusa a participar comigo. — Gentilmente, ele tira uma mecha do meu rosto. — Eu sei que é difícil para você, Gatinha. Entendo de onde você vem, acredite. Mas, por favor, você pode tentar? Por mim? Deixe que eu me preocupe com os custos das coisas quando estamos juntos. Deixe-me pagar pelos luxos que eu gosto.

Eu mordo meu lábio. — Marcus, eu…

— Por favor, Emma. — Ele coloca a mão no meu braço. — Me faça feliz com essa pequena coisa. Não estou pedindo para você esquecer seus princípios. Se você deseja pagar por si mesma quando formos a um restaurante de sua escolha, faça-o de todos os modos. Mas deixe-me levá-la para os restaurantes que você não escolheria, aqueles onde o chef lhe oferece uma única cereja como sobremesa.

Um sorriso involuntário surge nos meus lábios. — Uma única cereja?

— Oh, sim. É ridículo o que esses chefs de cozinha

consideram o auge da arte culinária. — Apesar de suas palavras alegres, sua expressão permanece séria, seus olhos atentos aos meus, e eu sei que ele não vai ceder nisso. Eu posso sentir a pressão dele sobre mim, como um furacão atingindo a costa, e eu posso me sentir dobrando sob a força dele. Isso é importante para ele e, por mais que eu queira fingir que podemos continuar como antes, eu sei melhor.

Goste ou não, estou namorando um bilionário e não posso esperar que ele viva de acordo com meu orçamento.

Movendo-me em direção à cabeceira do sofá, sento, para não me sentir tão em desvantagem deitada. Não que eu esteja em desvantagem de estar na vertical com Marcus, mas é o sentimento que conta.

— Você está certo — eu digo, ajeitando minha postura. — Não é justo da minha parte pedir que você coma no Papa Mario o tempo todo, ou esperar que você fique em um *Holiday Inn* de férias, porque é tudo o que posso pagar. Você ganhou seu dinheiro e deve poder aproveitá-lo, independentemente de estar sozinho ou comigo. Mas, se quisermos fazer isso, precisamos estabelecer algumas regras básicas.

Seus olhos brilham mais. — Continue.

— Primeiro, você não me compra coisas. Sem roupas, sapatos, bolsas, jóias, eletrônicos, livros de primeira edição, presentes caros de qualquer tipo. Obviamente, pequenos presentes são bons, mas nada que uma pessoa comum, por exemplo, uma Caixa de livraria, não possa pagar.

Seus lábios se apertam, mas ele assente. — Certo. Eu posso viver com isso.

— Segundo, se eu convidar você para um local de minha escolha, eu pago por *nós dois*. — Eu levanto a mão, impedindo suas objeções. — Isso não acontece com frequência, já que meu orçamento de saída é limitado, mas se você planeja pagar por mim em seus restaurantes de frutas silvestres, pagarei por você no Papa Mario e tal.

Ele suspira. — Ok. Algo mais?

Eu considero isso. — Eu acho que isso cobre o principal.

— Deixe-me garantir que estamos na mesma sintonia — Ele se inclina, olhos estreitados. — Se eu deixar você pagar quando formos onde *você* quiser, eu posso levá-la para onde *eu* quiser, correto? E se eu não dou presentes caros, você voará no meu avião comigo e permanecerá em qualquer hotel que eu reservar, além de realizar qualquer atividade que eu aprecie sem falar em pagar por sua parte, certo?

Concordo, embora meu estômago esteja com um nó apertado. Por mais necessário que esse compromisso seja, parece muito com tudo o que lutei, como tudo o que não quero ser. Há quatro dias, eu não poderia me imaginar dando esse passo, mas agora, não consigo me afastar de Marcus – que é a única alternativa real. Uma alternativa impensável, porque se eu já estava apaixonada por ele antes, passar esse longo fim de semana juntos e vê-lo com minha família me deixou irremediavelmente viciada.

Não suporto o pensamento de ir para casa sozinha esta noite, muito menos terminar com ele.

— Ótimo — A intensidade em seu olhar não diminui. — Estamos de acordo então. Estamos fazendo isso, de acordo com as suas regras básicas.

— Certo — digo cautelosamente. Por que sinto que ele está indo a algum lugar com isso e não vou gostar de onde quer que seja?

— Nesse caso, mandarei a equipe de mudança para o seu estúdio hoje à noite. — Um sorriso malicioso curva seus lábios. — Pense no meu apartamento como um hotel que reservei a longo prazo.

19

Marcus

— Isso não significa que vou morar com você — Emma enfatiza pela quinta vez quando nos aproximamos de sua porta. — Eu vou dormir na sua casa *hoje à noite*.

— Certo. Com seus gatos. — mantenho minha voz calma e suave. Não há necessidade de assustá-la, vangloriando-me dessa vitória. — Assim como um teste.

— *Não* é um teste. Apenas uma noite, e apenas porque você tem aquela reunião de manhã cedo e não pode ficar na minha casa hoje à noite.

— Claro. Qualquer coisa que você diga. — dou a ela o sorriso mais inocente que consigo. — Apenas não esqueça as caixas de areia, comida e qualquer outra coisa que eles precisem.

Ela lança um olhar para mim. — Obviamente. Porém, esteja preparado: eles vão causar estragos em seu lugar. Sr. Puffs, especialmente.

— Eu não me importo. — Isso é mentira, não estou ansioso para ter animais correndo pelo meu apartamento meticulosamente limpo, mas Emma se agarra a qualquer sinal de hesitação da minha parte, e não vou permitir que ela use seus animais de estimação para impedir isso.

Se eu a quero na minha casa, tenho que aturar as bestas peludas. Eu venho com dinheiro, ela vem com gatos, esse é o acordo.

Nós dois temos que nos comprometer.

— Ok, tudo bem. Mas é o seu funeral — ela murmura, destrancando a porta. — Ou melhor, o funeral de suas coisas extravagantes.

Não tenho chance de responder porque, no momento em que a porta se abre, Emma é atacada por seus gatos. Miando alto, três persas brancos e macios a atacam como se ela fosse sua refeição favorita. Um sobe em seu jeans, no estilo Ninja, enquanto os outros dois dão laços infinitos entre as pernas em uma tentativa sincronizada de tropeçar nela.

Se fosse eu, estaria correndo para as colinas, mas Emma parece incandescentemente feliz. Sorrindo imensamente, ela usa um braço para abraçar o gato que está usando seu corpo como um poste de árvore - é o de tamanho médio, Cottonball - e simultaneamente se inclina para acariciar os outros dois. A pequena e delicada – Rainha Elizabeth – começa a ronronar imediatamente, enquanto o gigante – o incompativelmente chamado Sr. Puffs – sibila para ela, olhos verdes em fendas e golpeia a mão com uma pata peluda.

— Oh, não fique bravo, Puffs — ela murmura, bravamente aproximando-se dele novamente. — Sinto muito por ter deixado você por tanto tempo, realmente estou, mas está tudo bem agora. Mamãe voltou.

A criatura maligna sibila para ela de novo, mas mantém suas garras recolhidas desta vez, magnanimemente, deixando-a coçar o topo da cabeça e o queixo.

Finalmente, todos os três gatos estão calmos e de volta ao chão, e Emma é capaz de avançar para dentro de seu pequeno apartamento, apesar do risco de tropeçar que seus animais de estimação representam. Entro atrás dela, carregando sua mala e inspeciono o local degradado.

É como eu me lembrava. Praticamente tudo aqui é lixo, com a possível exceção do labirinto de gatos do chão ao teto que decora uma parede. Vou ter que arrumar espaço para isso, ou algo parecido, na minha cobertura, quando Emma der luz verde para que a transportadora leve suas coisas.

Felizmente, os gatos ficarão bem sem o labirinto por quanto tempo durar esse teste – e é um teste, não importa o que ela diga.

Os gatos não iriam com ela de outra forma.

Foi surpreendentemente fácil convencê-la a ficar comigo esta noite – uma vez que sugeri que os animais peludos a acompanhem, é claro. Antes disso, foi uma batalha real, com ela se recusando completamente a ver a razão. Para mim, é além do simples: se ela está bem em ficar em um hotel que reservei, ela deve ficar bem em minha casa. Permanentemente. Começando esta noite. Mas Emma não vê dessa maneira.

Para ela, morar juntos é um grande negócio, e ela se recusa a dar esse passo tão cedo.

É frustrante, mas vou aproveitar todas as vitórias que conseguir, começando por convencê-la a passar a noite em minha casa. Os gatos eram inicialmente um obstáculo para isso – ela não queria deixá-los sozinhos depois de ficar longe por tanto tempo – mas um homem inteligente sabe como lidar com obstáculos e usá-los para saltar em direção a seu objetivo. Por isso, minha ideia de dizer a ela para trazer os gatos.

Para ter Emma, eu suportaria uma horda de demônios acampados na minha casa – que, pelo que sei, os gatos podem ser.

É claro que, com reunião de manhã ou não, eu poderia ficar com Emma na casa dela, mas isso não me aproximaria mais de fazê-la morar comigo. E, francamente, não estou muito interessado em passar mais uma noite em sua cama estreita e irregular.

Me chame de mimado, mas prefiro meu confortável colchão king-size.

— Tudo bem, pessoal, vamos alimentá-los antes de

ir — Emma diz, entrando em sua pequena cozinha, e eu observo enquanto ela abre latas de comida de gato e coloca cada uma em um prato separado. Tomo nota de qual gato obtém qual marca/sabor, caso precise fazer isso, depois, me concentro no que vim aqui.

Colocar Emma com bagagem e pronta para ir para casa comigo esta noite.

Começo tirando de sua mala todas as roupas que ela levou para a Flórida. Ela usou todas, então, elas vão para um cesto de roupa suja. Depois, vasculho o que resta da mala: artigos de higiene, chinelos, laptop e um *Kindle* antigo e surrado. Ela vai precisar de tudo isso na minha casa, então, eu arrumo cuidadosamente e vou até o armário dela para ver o que mais levar.

— O que você está fazendo? — ela pergunta, chegando ao meu lado enquanto tiro três suéteres esfarrapados, dois jeans e algumas de suas blusas mais bonitas. Eu daria meu polegar esquerdo para poder comprar roupas melhores, mas isso não faz parte do acordo que fizemos.

Ainda não, pelo menos.

— Estou ajudando você a fazer as malas — digo, voltando para a mala. Ajoelhando, coloco as roupas em cima da mala e começo a dobrá-las. — Você pode querer pegar roupas íntimas, meias, pijamas e qualquer outra coisa assim.

Há um silêncio mortal em resposta e, quando olho para cima, encontro Emma me olhando com um olhar semicerrado. — Aí tem muita roupa para uma única noite — o tom dela é perigosamente calmo. — E não preciso de instruções sobre o que levar.

Sentindo uma nova batalha, eu me levanto. — Eu não disse que você precisava de instruções. Quanto à quantidade de roupas, por que não trazer mais do que você precisa? Apenas no caso de precisar.

— Porque... — Ela cruza os braços sobre o peito, o rosto bonito em linhas teimosas.

Eu levanto minhas sobrancelhas, esperando por uma elaboração, mas nenhuma aparece no meu caminho. O que vem no meu caminho é o gato dela. Especificamente, o grande, Sr. Puffs.

Olhos verdes se estreitaram em perfeita imitação da expressão de seu dono, ele persegue em minha direção, cauda fofa erguida.

— Puffs! — Emma o agarra, mas ele a evita habilmente, determinado a alcançar seu objetivo, que não sou eu, mas a mala.

Pulando, ele se estica em cima da roupa parcialmente dobrada e olha para mim presunçosamente. — Isso mesmo — diz seu rosto liso e peludo. — Você pode transar com ela, mas eu apenas marquei meu território com pelos brancos de gato, e eu tenho muitos. Muito mais que você.

— Ugh, Puffs, o que você fez? Agora seu pelo está em todo lugar — Emma geme, pegando a mala para tirar o gato. — Aqui, vamos levá-lo à sua caixa antes que você cause mais problemas.

Ela tira a fera e eu rapidamente dobro o resto das roupas, afastando o pelo do gato o máximo que posso

– o que é muito pouco. Os fios brancos devem ter ventosas ou supercola, porque se agarram às roupas de Emma com tanta força como se tivessem sido pintados.

Quando terminei, o Sr. Puffs está abrigado com segurança em uma bolsa rígida e quadrada com laterais de malha que não parece grande o suficiente para acomodar seu corpo peludo. Olhando para mim pela malha frontal, ele tenta abanar o rabo, mas não há espaço e mia ameaçadoramente.

— Está tudo bem, querido — Emma murmura, dando um tapinha na lateral da bolsa enquanto ela a carrega em direção à porta. — Estamos apenas começando uma pequena aventura da noite para o dia. Não vou levá-lo ao veterinário, prometo.

— Aqui, me permita — Pego a caixa dela, pois, parece pesada. Mas é mais leve do que eu esperava. Eu acho que parte do tamanho do gato é todo esse pelo fofo. Ignorando seu uivo indignado com a transferência, pergunto: — Você quer que eu o leve para o carro?

— Ainda não. Ele se preocupará se estiver sozinho lá. Apenas coloque-o aqui. — Ela indica um ponto perto da porta. — Se você quiser ajudar, talvez possa recolher as caixas de areia e levá-las ao carro?

Eu a encaro com cautela. — Recolher as caixas de areia? — Ela quis dizer buscá-las ou...?

— Você sabe, se houver sujeira ou qualquer coisa... — No meu olhar horrorizado, ela revira os olhos e diz: — Não importa. Você pode terminar de arrumar minhas coisas, já que você parece saber o que eu preciso. Vou preparar os gatos e suas coisas.

Soltando um suspiro aliviado, deixo o Sr. Puffs e ando até a cômoda para pegar as calcinhas e as meias de Emma. Por mais que eu a queira na minha casa, não tenho certeza de que posso lidar com apanhar cocô de gato ou o que quer que ocorra. Não sou uma aberração pura, pelo menos não me considero uma, mas definitivamente gosto que as coisas estejam limpas e higienizadas.

Graças ao caso amoroso de minha mãe com álcool, limpei bastante vômito e mijo nos primeiros anos para durar uma vida.

Emma desaparece no banheiro, e eu rapidamente arrumo tudo o que acho que ela pode precisar durante a próxima semana. Podemos lutar a batalha de uma noite ou mais depois. Então, ligo para Wilson, meu motorista, para entrar e pegar a mala.

Ele já está na porta quando Emma sai do banheiro, carregando uma caixa de plástico cheia de areia rochosa – que felizmente está livre de sujeira.

— Aqui, me dê. — Pego a caixa de areia dela – a coisa é surpreendentemente pesada – e a entrego a Wilson, depois, pego a mala e sigo meu motorista até o carro, que está esperando no meio-fio. Carregamos tudo no porta-malas e eu volto para pegar o que sobrou. Acabam sendo mais duas caixas de areia (aparentemente, cada gato exige a sua) e dois porta-gatos, um com o Sr. Puffs e o outro – um maior, de plástico – com os dois gatos menores juntos.

— Eu não saio com os três juntos desde que eram gatinhos — explica Emma enquanto eu levo os dois carregadores dela depois de lidar com as caixas de areia. — Normalmente, eu só preciso levar um ou dois ao veterinário ao mesmo tempo. Felizmente, Rainha Elizabeth e Cottonball ainda se encaixam nesta. — Ela acena com a cabeça em direção à caixa de plástico. — Normalmente, eu a uso para carregar o Sr. Puffs, já que ele é tão grande.

— Certo. — Eu levo os gatos para o carro enquanto ela tranca a casa, e Wilson os coloca no banco de trás.

— Obrigado — digo a ele quando ele se endireita, e seu rosto normalmente sem expressão se abre em um sorriso.

— O prazer é meu, senhor. Gatos lindos, se me permite dizer. Eu tenho um persa, mas ele é cinza, não branco.

Eu pisco. Eu não fazia ideia de que meu motorista reservado, aparentemente sem emoção, tinha animais de qualquer espécie. — Isso é bom. Há quanto tempo você está com ele?

— Ah, quase quinze anos. Já está ficando velho, meu gato. Dorme a maior parte do dia, sabe.

Eu não sei, nunca tendo estado perto de gatos, mas aceno com a cabeça como se eu pudesse compreender.

Afinal, estou prestes a me tornar um dono de animal de estimação.

— Tudo pronto — diz Emma, aproximando-se do carro. Nas mãos dela está uma sacola plástica transparente com algumas latas de comida e brinquedos para gatos. — Nós podemos ir.

— Ótimo. Vamos então. — E, com uma última olhada em Wilson, que está radiante de uma forma incomum, eu conduzo Emma para o carro.

mma

NÃO FAÇO IDEIA DO QUE ESTOU FAZENDO. NENHUMA. Pelo certo, eu deveria estar em casa, voltando à minha vida normal e me recuperando do meu intenso fim de semana de Ação de Graças com Marcus. Em vez disso, deixei que ele me convencesse a passar a noite em sua cobertura ridiculamente sofisticada, e agora estou enlouquecendo porque estou prestes a deixar meus gatos sair de suas caixas.

Meus gatos, que nunca estiveram em nenhum outro lugar além do meu apartamento e do consultório veterinário por anos.

O que diabos eu estava pensando?

Isso vai ser um desastre.

— Eles não podem entrar na piscina, certo? —

Confirmo pela segunda vez, olhando para a grossa parede de vidro atrás das plantas altas que protegem a piscina retangular de 12 metros do resto do apartamento. — Porque acho que eles não sabem nadar e...

— Geoffrey se certificou de que a porta do compartimento da piscina está trancada — diz Marcus, seus olhos brilhando de diversão quando ele fica parado na minha frente. — Liguei para ele quando estávamos a caminho, lembra?

— Certo, é claro. — respiro fundo. — E as coisas quebráveis caras? Porque eles *vão* derrubar as coisas e...

— Que assim seja. Vou substituí-las por coisas menos quebráveis .

— Mas...

Ele me beija. Assim, sem aviso, ele desliza uma mão grande no meu cabelo, inclina meu rosto e mergulha a cabeça para aproximar a boca na minha.

Seus lábios são macios e quentes, sua respiração levemente mentolada pelo doce duro que nós dois sugamos durante nossa descida ao JFK. O beijo é doce e descontraído a princípio, agradavelmente sem pressa. Colocando uma mão gentil na minha parte inferior das costas, ele acaricia sua língua sobre a costura dos meus lábios, provocando e acariciando até meus braços envolverem seu pescoço e meus lábios se separarem em uma expiração sem fôlego para deixá-lo entrar. Imediatamente, ele aprofunda o beijo. Sua mão se movendo para o meu traseiro, apertando através do meu jeans enquanto ele me pressiona contra seu corpo poderoso. Pouco antes do pouso, tivemos uma rapidinha no avião – porque *quarto, né?* –, mas ele já está tão duro como se esse interlúdio nunca tivesse acontecido. O volume espesso de sua ereção pressiona minha barriga, acendendo uma queimação familiar sob a minha pele, e eu me vejo subindo na ponta dos pés, a doçura preguiçosa desaparecendo enquanto minha língua se enrosca na dele e meu corpo aperta com uma onda de necessidade.

Eu o quero. De verdade. Quero sua bunda musculosa flexionando enquanto ele entra em mim, suas mãos segurando meus pulsos e seus olhos cheios daquele escuro, intenso...

Um miado alto atravessa a névoa sexual no meu cérebro, e eu congelo no lugar, percebendo que estamos novamente 'esquentando as turbinas' onde alguém – neste caso, o mordomo de Marcus – pode nos encontrar a qualquer momento. Ofegando, empurro Marcus para longe, e ele me deixa, embora seu peito esteja subindo e descendo no mesmo ritmo rápido que o meu, e seu rosto levemente bronzeado esteja escurecido com um rubor de excitação.

— Os gatos. Eu tenho que... — Eu respiro fundo e me forço a dar um passo para trás, longe da tentação. — Tenho que deixá-los sair.

Seu olhar me segue com intensidade predatória, seus dedos tremendo ao lado do corpo, como se ele estivesse lutando contra o desejo de me agarrar. — Claro. Continue. — Sua voz está rouca quando eu prudentemente dou outro passo para trás. — Geoffrey tem suas caixas de areia prontas.

Certo. Caixas de areia. Isso não é nada sexy. Então, por que ainda estou pensando em como seus lábios estavam nos meus e em quão duro e grosso...

Pare com isso, Emma. Gatos, caixas de areia. Pense em seus bebês de pelo e concentre-se.

Com esforço, afasto meu olhar do calor abrasador nos olhos de Marcus e me ajoelho na frente das duas caixas. Na maior, Rainha Elizabeth e Cottonball estão sentados juntos calmamente, olhando para mim com expressões levemente curiosas. O Sr. Puffs, no entanto, está todo agitado dentro de sua bolsa menor, alternadamente miando e sibilando, seu bonito pelo todo enrugado por esfregar contra os lados da malha.

Ele não sabe onde está e não gosta – o que não é um bom presságio para o lugar elegante de Marcus.

— Por favor, comporte-se — imploro ao gato enquanto abro o zíper para deixá-lo sair. — Muito, por favor.

Ele salta com um uivo sibilante antes de eu abrir o zíper pela metade. Assim que suas patas tocam o piso liso de madeira, ele pula cinco pés no ar e cai com as costas arqueadas e o pelo em pé. Então, sibilando, ele se arremessa sob o ultra moderno sofá de couro cinza de Marcus.

Olho o couro liso com tristeza. Quando o Sr. Puffs se orienta, o sofá está destruído.

Suspirando, volto minha atenção para seus irmãos. A caixa de plástico se abre na frente e, assim que eu destranco a porta, Cottonball a abre com uma pata e sai, seus bigodes se contorcendo de curiosidade enquanto examina o ambiente. Rainha Elizabeth, no entanto, permanece na caixa, sentindo-se insegura em um lugar desconhecido.

— Viu? Até agora, tudo bem — diz Marcus, agachando-se ao meu lado. Cottonball o encara e decide marcar seu território esfregando seu corpo peludo contra a perna de Marcus.

Para minha surpresa, Marcus estende a mão cautelosamente e coça Cottonball atrás da orelha. — Está tudo bem, certo? — Ele me pergunta, e eu aceno com a cabeça, minhas entranhas derretendo com a expressão de medo em suas feições duras, enquanto meu gato mais amigável começa a ronronar com seu toque.

Talvez eu estivesse errada.

Talvez isso não seja um desastre total.

Alcançando a caixa, pego Rainha Elizabeth e a abraço contra meu peito, acariciando seu pelo macio para tranquilizá-la. Marcus olha para mim, depois, para o gato que ronrona enquanto ele o acaricia, e eu assisto, espantada, quando ele pega cuidadosamente Cottonball e o embala contra seu peito, assim como eu estou fazendo com Rainha Elizabeth.

O gato parece ridiculamente pequeno nos braços poderosos de Marcus e ironicamente satisfeito por estar lá. Com os olhos fechados na felicidade felina, ele começa a ronronar tão alto que seu corpo inteiro vibra com ele. E o melhor de tudo, Marcus tem um grande sorriso no rosto, as bochechas magras vincadas com aqueles sulcos sensuais enquanto ele se levanta.

— Ele realmente gosta de mim, não? — Ele diz, olhando para o gato que está segurando, e eu rio com o orgulho indisfarçado em sua voz.

— Ele gosta. Cottonball é fofinho por natureza, mas vocês dois parecem ter um vínculo especial. Acho que nunca o vi tão feliz.

E é verdade. Meu gato está realmente gostando de ser acariciado por aquelas mãos grandes e fortes. Então, novamente, quem não gostaria? Eu sei que sempre que ele me toca, eu me torno uma gosma derretida. Como naquela manhã do outro fim de semana, quando ele me massageou antes de usar a língua para...

— Com licença, Sr. Carelli, Srtª Walsh? O jantar está pronto.

A voz com sotaque britânico me assusta do meu devaneio impróprio, e quando me levanto para enfrentar o mordomo de Marcus, com Rainha Elizabeth apertada contra o meu peito, amaldiçoo minha herança irlandesa por me dar uma aparência tão corada.

Minhas bochechas estão queimando, tão quentes que devem estar vermelhas como morango.

— Obrigado, Geoffrey — diz Marcus sem largar Cottonball. — Já vamos.

Se o mordomo de Marcus se assusta ao ver seu empregador com um gato branco fofo nos braços e uma ruiva corando ao seu lado, ele não mostra, sua expressão tão neutra como sempre. Ainda assim, coloco Rainha Elizabeth por cima do ombro para esconder um pouco da cor reveladora do meu pescoço enquanto sorrio para ele e digo: — Sim, obrigada, Geoffrey. E muito obrigada por arrumar as coisas dos meus gatos.

A expressão do mordomo aquece uma fração. — É um prazer, Srtª Walsh. Informe-me se você ou seus animais de estimação — ele olha para os gatos que seguramos — precisarem de qualquer coisa durante a sua estadia conosco.

— Oh, ficaremos bem, obrigada. É só por uma noite — digo, meu sorriso se alargando. Apesar de toda a sua postura rígida e maneiras formais, o homem magro britânico parece ser genuinamente gentil.

— Ou mais — diz Marcus, chegando ao meu lado. — Geoffrey, se você tiver uma chance, desfaça a mala de Emma enquanto estivermos comendo. Deixei na entrada. Além disso, certifique-se de que os gatos possam encontrar suas caixas de areia, comida e brinquedos.

— Sim, Sr. Carelli — diz Geoffrey e se apressa antes que eu possa protestar que não vou ficar mais tempo e não preciso da minha mala desarrumada.

Virando-me, olho para Marcus, mas ele não está olhando para mim. Ele está olhando para Cottonball ronronar, que estava confortável na dobra do braço, e o fascínio silencioso em seu rosto forte faz-me engolir as palavras de briga.

Eu não sei o que é ver esse homem indomável tão

fascinado por uma bola de pelo, mas meu coração parece que está brilhando e derretendo.

— Que tal *eu* mostrar a eles a localização das caixas de areia? — sugiro suavemente. — Caso eles precisem enquanto comemos.

Marcus encontra meu olhar com um sorriso. — Certo. Eu irei com você.

E com Cottonball nos braços dele e Rainha Elizabeth nos meus, caminhamos lado a lado em direção ao banheiro que ele alocou aos meus gatos.

 mma

— Você sabe, você nunca mencionou seu pai — diz Marcus enquanto nos sentamos para comer, finalmente sem gatos. Cottonball se adaptou em estar em um novo lugar como um campeão, mas convencer Rainha Elizabeth a descer do meu ombro levou quase vinte minutos, assim como tirar o Sr. Puffs de debaixo do sofá para sua caixa de areia. Agora, porém, todos os três gatos estão relativamente calmos e vagando pela cobertura, com Geoffrey fazendo o possível para evitar que eles se metam em problemas.

Eu disse a ele que era inútil, mas ele está determinado a tentar.

Espetando um pedaço de aspargo, considero as

palavras de Marcus. — Sim, suponho que seja verdade. Não sei quem é meu pai, então, nunca penso nele.

— Sua mãe nunca te contou?

— Ela não sabia. Fui concebida durante um dos períodos menos exigentes da história de namoro dela. O que é dizer o mínimo. Meus avós nunca disseram isso de maneira direta, mas pelo que eu entendi, minha mãe pode ter sido uma acompanhante ou uma prostituta completa na época.

A simpatia aquece o azul frio do olhar de Marcus. — Entendo.

Eu sorrio para ele. — Tudo bem. Eu não me importo. Duvido que ele fosse um cidadão honesto, então, é realmente o melhor.

— Pode ter razão. — Marcus corta uma batata perfeitamente temperada em duas e leva a metade à boca. — Talvez seja melhor imaginá-lo como quiser — diz ele depois de mastigar e engolir.

— Sim, exatamente. Quando eu era menininha, fantasiava que ele era um príncipe ou diplomata de alguma terra distante. Mais tarde, quando cresci, decidi que seria suficiente se ele fosse um cara normal, nada extravagante, mas gentil. Comecei a imaginar um motorista de caminhão com uma imensa barriga que estava passando pela cidade na noite em que ficou com minha mãe. Um cara sólido do Centro-Oeste que gosta de tomar algumas cervejas nos fins de semana e possuir um cachorro grande. E talvez um gato ou dois. Porque você sabe, tem que ser genético.

Marcus sorri. — Certo. Então, por que não um veterinário? Ou um tratador?

— Oh, isso seria incrível. — Suspiro com desejo exagerado e mergulho minha batata no delicioso molho em torno do maravilhoso purê. A culinária de Geoffrey é boa para restaurantes sofisticados – não que eu tenha ido a muitos restaurantes sofisticados. No minuto seguinte, minha boca está cheia demais para falar, mas finalmente consigo perguntar: — E você? Você já imaginou algo nesse sentido?

Assim que as palavras saem da minha boca, quero me chutar. O rosto de Marcus se fecha, seu sorriso desaparece sem deixar vestígios. — Não — ele diz uniformemente. — Eu sempre soube de onde eu venho, então, não fazia sentido fantasiar.

Droga. Eu sou tão estúpida. Ele me contou sobre seu pai, como ele foi morto na prisão, onde estava cumprindo pena por roubo e assalto à mão armada. Lembrei-me disso, é claro, mas de alguma forma não foi totalmente registrado. Na minha opinião, a educação de Marcus tinha sido praticamente uma cópia da minha, com uma mãe de merda e um pai inexistente. Mas seu pai tinha sido pior do que inexistente; ele foi um criminoso.

Ou, pelo menos, um cara que foi condenado por assalto à mão armada e agressão.

— Você acha que seu pai poderia ser inocente? — pergunto com cautela. — Porque isso acontece o tempo todo, certo? Prisões injustas?

A boca de Marcus torce. — Oh, ele era

definitivamente culpado. Se não desse crime específico, então, de uma dúzia de outros. Ele já havia sido preso antes, mais de uma vez. Roubo de carros, arrombamento, invasão de domicílio, incêndio criminoso, ele foi condenado por tudo, menos sequestro, estupro e assassinato. E eu não ficaria surpreso se ele tivesse feito isso também, apenas sem ser pego.

Eu olho para ele, meu peito doendo. — Eu sinto muito. Isso deve ser tão difícil para você. Você sempre soube o tipo de homem que ele era ou descobriu mais tarde, quando adulto?

— Eu sempre soube. Minha mãe adorava me contar sobre suas façanhas em detalhes, então, eu cresci ouvindo sobre os roubos dele, como outras crianças têm histórias de ninar. — Diversão amarga brilha no olhar de Marcus. — O que ela mais gostava era me dizer o quanto *eu* era como meu pai, como eu cresceria para ser como ele.

— Bem, ela estava claramente errada — digo com raiva. Eu posso sentir a dor sob suas palavras levemente faladas, e isso faz meu coração parecer que está sendo cortado em pedaços. — Você não é nada como ele, e se ela pudesse vê-lo agora, saberia.

— Eu não sou, será? — Uma sombra passa pelo rosto de Marcus. — Porque às vezes, eu me pergunto.

— Você não é — digo com firmeza. — Nem mesmo por um segundo. Sangue não conta, lembra? São as escolhas que fazemos que determinam quem somos — O homem sentado na minha frente pode exagerar e ser feroz às vezes, mas nunca machucou pessoas inocentes. Eu sei disso sobre ele, eu posso sentir isso. A intensa ambição que queima dentro dele *poderia* levá-lo a um caminho mais sombrio, mas não o fez, porque, desde o início, ele escolheu não ser como o homem que o gerou, assim como eu escolhi não ser como a mulher que me deu à luz.

O olhar de Marcus suaviza, um sorriso puxando um canto da boca. — Escolhas, hein? Parece um daqueles slogans antidrogas para adolescentes.

Eu sorrio — Sim, não é? Eu provavelmente deveria pensar em algo mais criativo.

— Tenho certeza que sim, se você se dedicar a isso. Você é uma ótima escritora — diz Marcus, e eu pisco com a sinceridade em seu tom.

Quando ele viu minha escrita?

— Quero dizer, uma ótima editora — ele emenda, e exalo aliviada. Por um segundo, fiquei com medo de que ele viu a história em que comecei a trabalhar neste fim de semana.

Nesta fase, não estou pronta para reconhecer para mim mesma que estou tentando isso, muito menos falar sobre isso com alguém. Como graduada em Inglês, conheci muitas pessoas que começaram um romance e nunca o terminaram. Como editora freelancer, vi como é difícil criar uma história interessante. Talvez eu conheça a gramática correta e seja capaz de montar frases, mas as chances de eu passar dos primeiros capítulos, e muito menos terminar um livro inteiro, são pequenas. Como adolescente obcecada por livros, tentei e falhei miseravelmente, ficando com menos de duas mil palavras. Mais tarde, na faculdade, pude escrever alguns contos para minha aula de Redação Criativa, mas um romance completo é algo diferente. Requer dedicação e persistência, e esse tipo de coisa que não tenho certeza se tenho – e foi por isso que decidi alavancar meu amor por livros em uma carreira na indústria editorial, em vez de tentar me tornar uma autora.

Editar histórias pode ser tão divertido quanto escrevê-las, especialmente se esse é um gênero que eu gosto.

Estou prestes a brincar com Marcus de que é difícil entender seus próprios clichês – portanto, os editores são uma necessidade – quando um barulho alto da sala me faz pular de pé.

— Puffs! — grito, correndo em direção ao som, e com certeza, o desastre que eu esperava aconteceu.

Uma das esculturas de arte moderna perto do sofá está em pedaços no chão.

22

— Pare de se desculpar — digo a Emma enquanto a conduzo para o quarto, minha mão descansando nas costas dela. — Fui eu quem insistiu que você os trouxesse.

— Sim, mas eu sabia que não devia ouvir. Você nunca morou com o Sr. Puffs; você não sabe o quão destrutivo ele pode ser. Aquele gato é uma ameaça absoluta. — Ela parece tão enojada que não consigo deixar de rir, embora não haja realmente nada engraçado em perder uma obra de arte que custa dois milhões e meio de dólares.

— Está tudo bem — digo, e para minha surpresa, eu falo sério. A escultura quebrada foi um dos primeiros itens colecionáveis que eu adquiri quando comecei a ganhar muito dinheiro e, toda vez que olhava para ela, sentia uma satisfação ao saber até onde chegara. E durante anos, essa satisfação, esse sentimento de orgulho aquisitivo foram suficientes. Mas não mais.

Desde que conheci Emma, quero mais.

Quero me aquecer em seu calor doce e sedutor, para experimentar o carinho que ela dá tão facilmente à sua família e seus animais de estimação. E se isso significa que eu tenho que suportar algumas esculturas quebradas, que assim seja.

Eu quero que Emma me ame, não importa o que seja preciso.

A realização detona em minha mente como uma bomba de hidrogênio, e meu batimento cardíaco dispara, minha mão aperta os dedos de Emma antes que eu possa me segurar.

— O que foi? — ela pergunta, olhando para cima quando paramos a alguns metros da cama.

Eu largo sua mão e dou um passo para trás. — Nada. — Mas, mesmo para meus ouvidos, minha voz soa rouca e chocada.

E me sinto chocado, destruído pela conscientização crescente em minha mente.

Como eu não vi isso antes?

Como eu pude ser tão cego?

— Amor — ela me disse no outro fim de semana, quando perguntei o que mais os gatos dela precisavam depois de alimentá-los, trocar a areia e brincar com eles. Para mim, todas as suas necessidades foram atendidas, mas Emma sabia melhor. Ela sabia que eles precisavam do que só ela poderia fornecer: calor, carinho, afeição.

Amor.

— Sério, você está com raiva de mim? — Uma carranca preocupada vinca sua testa lisa. — Eu posso levar os gatos para casa agora, antes que eles possam causar mais danos. E eu te reembolsarei pela escultura. Sei que provavelmente é muito cara, mas posso fazer pagamentos mensais até...

— Foda-se a escultura. — Minha voz é baixa e selvagem quando vou em sua direção. Meu rosto também deve refletir a turbulência dentro de mim, porque seus olhos se arregalam e ela começa a se afastar. Só que é tarde demais. Agarrando seus braços com força, a arrasto contra mim e, inclinando a cabeça, reivindico sua boca do jeito que preciso para reivindicar seu coração.

Total. Completamente. Sem lhe dar uma escolha no assunto.

Seus lábios se separam em um suspiro quando sua cabeça cai para trás, e eu me alimento de sua boca, deleitando-me com seu gosto, sua sensação, o calor doce e viciante que me obcecou desde o início. Eu inspiro sua respiração nos meus pulmões, cobiçando-*a*. *Tudo* dela. Seu corpo pequeno e gostoso e sua mente inteligente, seu senso de estilo do *Exército da Salvação* e sua obstinada independência. Sua compaixão, seu temperamento ruivo, seu amor por animais – todas as partes deliciosas e confusas que a tornam tão errada para mim, mas tão perversamente certa.

Suas mãos levantam para me abraçar, e seu corpo derrete contra mim quando ela retorna meu beijo voraz, sua língua pressionando contra a minha, invadindo minha boca com tanta avidez quanto eu invado a dela. Ela me beija como se não tivesse o suficiente, como se eu fosse o único homem no mundo para ela, e à medida que mais sangue sobe na minha virilha, perco os últimos fragmentos do meu autocontrole, transformando-me no mais primitivo de todos os seres.

Um homem morrendo de vontade de reivindicar sua mulher.

E ela é minha. Toda minha. Cada polegada exuberante e deliciosa dela. Digo a ela com cada beijo ardente, dado em sua garganta pálida, com cada golpe ganancioso de minhas mãos sobre suas curvas suaves. Eu a marquei com minha boca, dentes e língua, deixando marcas rosadas em sua pele macia. Suas roupas saem por minhas mãos impacientes, assim como as minhas nos próximos instantes, e, então, estamos na cama e eu estou entrando nela, tomando-a com uma violência que eu não sabia que vivia dentro de mim.

Uma violência que deveria aterrorizá-la, mas que ela prefere abraçar.

Minha, digo a ela com todo impulso brutal, e ela responde com um aperto de seus músculos internos, com calor úmido e suavidade sedosa, com os lábios nos meus e os braços em volta do meu pescoço. Suas pernas dobram em volta dos meus quadris, e os dela se levantam para me aprofundar, e é a coisa mais próxima do paraíso que posso imaginar neste mundo. Minha mente está em branco, minha visão está embaçada quando eu a tomo, uma e outra vez, impulsionado por uma necessidade que não conhece limites, nem restrições.

Não sei se ela atinge seu pico primeiro ou se eu o faço, se são seus espasmos orgásmicos que desencadeiam minha liberação ou meu movimento convulsivo na pélvis que desencadeia a dela. Tudo o que sei é que nos encontramos presos na mesma tempestade, presos em uma agitação sensual tão intensa que, quando acaba, nós dois somos deixados completamente esgotados, nossos peitos balançando no mesmo ritmo em que nos enredamos, nossos corações batendo pesadamente, mas em sincronia.

— Você está bem? — Finalmente encontro forças para perguntar, levantando a cabeça e ela assente silenciosamente, parecendo atordoada e abalada quando eu saio dela.

A cama está uma bagunça de lençóis retorcidos, o chão coberto com nossas roupas rasgadas, mas pela primeira vez na minha vida, eu não dou a mínima. Gentilmente, pego Emma e a carrego para o chuveiro, onde lavo nós dois, percebendo enquanto faço isso, mais uma vez, esqueci de usar camisinha. Precisamos tomar outra pílula do dia seguinte hoje à noite – amanhã, o mais tardar –, mas agora, uma gravidez indesejada é a menor das minhas preocupações.

Durante toda a minha vida, fui impulsionado pela

ambição, buscando riqueza e poder, porque pensei que era disso que eu precisava. Orgulhava-me das minhas posses, do meu status social, de tudo o que consegui, e durante todo esse tempo perdi a única coisa que realmente queria.

Como os gatos de Emma naquela noite, todas as minhas necessidades foram atendidas, exceto uma. E, como os animais de estimação dela, não posso obtê-lo de ninguém ou nada além dela.

Amor.

Eu quero isso dela. Eu preciso disso.

Eu preciso disso porque não sou mais obcecado por ela.

Estou apaixonado por Emma Walsh, e saber disso me assusta.

23

Emma

Algo mudou. Eu posso sentir isso do jeito que Marcus me segura, do jeito que ele olha para mim enquanto me carrega de volta para a cama depois de me enxugar como uma boneca. Nossa vida sexual sempre foi intensa, mas ele nunca me tomou do jeito que fez hoje à noite, com um desespero sombrio, quase selvagem... uma fome que parecia ir além do físico.

O que aconteceu não parecia sexo.

Parecia uma união.

Ainda estou tentando reunir meu cérebro frito com endorfina enquanto ele cuidadosamente me coloca de pé ao lado da cama e ajeita os lençóis e cobertores emaranhados. A cama luxuosa parece como me sinto: como se um tornado houvesse passado por cima dela.

Um tornado chamado Marcus, cujo corpo gloriosamente nu é todo pele bronzeada e músculos flexionados enquanto ele se estica sobre a cama, enfiando o cobertor embaixo do colchão como uma empregada em um hotel.

— Geoffrey ainda não foi para casa, então, vou mandá-lo buscar a pílula — diz ele quando se endireita, e eu o encaro inexpressivamente por um momento, minha mente ainda no modo como sua bunda musculosa parecia quando ele estava curvado, fazendo sua coisa esquisita. Então, me lembro de que pílula ele está falando.

— Esquecemos o preservativo *de novo*?

Ele assente, seu olhar encoberto.

— Merda. — Não acredito que não vi isso. Na verdade, não, eu acredito. Com o sexo tão intenso, eu poderia ter um rim retirado e não ter percebido. Caso em questão: ele está me carregando hoje à noite como se eu não pesasse mais do que meus gatos, e agora, percebi isso.

Esses músculos grandes e sensuais não são apenas para mostrar. E nem o pênis semi-ereto está pendurado entre as pernas. Minha boca fica cheia d'água ao pensar em envolver meus lábios em torno daquele mastro longo e grosso e...

Oh, meu Deus, Emma, pare com isso. Você acabou de fazer sexo com o cara. Já chega.

— Eu acho que preciso começar a tomar pílula — digo, me forçando a olhar para o rosto de Marcus, em vez de toda a tentação muscular. — É ridículo que isso continue acontecendo.

Ele para, algo indecifrável obscurecendo seu olhar. — Gatinha... — Sua voz é baixa e suave. — Voce quer ter filhos?

Espere, o quê? — Você quer dizer como... algum dia? Ou logo?

Tenho certeza que ele não quis dizer o último, mas tenho que verificar, porque o tempo dele é estranho, para dizer o mínimo. Seria uma coisa se estivéssemos tendo um bom jantar e a conversa se desviasse para nossos sonhos e objetivos futuros, mas temos uma situação de camisinha esquecida em nossas mãos. Neste exato momento, seus pequenos nadadores estão dentro de mim e, se estiverem tão orientados para objetivos quanto o pai, precisamos da pílula do dia seguinte. E preciso arranjar dinheiro para uma visita atrasada ao meu ginecologista.

Não ter seguro de saúde é uma merda.

O olhar de Marcus não pisca. — Qualquer um. Ambos.

— Bem, eu... — respiro fundo. — Eu quero filhos. Eventualmente. Com a pessoa certa.

Deve haver uma resposta suficientemente neutra. Na verdade, meu sonho é ter três filhos, duas meninas e um menino, espaçados cerca de dois anos, mas não vou contar isso a Marcus. Os homens tendem a ficar assustados quando as mulheres se tornam muito específicas sobre coisas assim, como se uma mulher fantasiando com crianças no futuro significasse que ela quer roubar o esperma dele naquele mesmo dia.

Estou prestes a me parabenizar por sair dessa situação pegajosa – literalmente, ainda posso sentir um pouco de viscosidade entre as pernas – quando o queixo de Marcus se aperta e ele se vira abruptamente:

— Eu já volto.

Ele desaparece em seu gigantesco closet e surge um segundo depois em um roupão azul escuro. Sem sequer olhar para mim, ele sai do quarto e ouço seus passos no corredor. Eles são rápidos, quase com raiva.

Porcaria. Eu o aborreci de alguma forma?

Espero que ele não pense que estou tentando prendê-lo com um bebê, porque isso seria totalmente injusto. Foi ele quem esqueceu de usar camisinha, não eu. A menos que seja de novo o que o deixou chateado mais cedo?

Meus gatos estão destruindo a casa dele, talvez?

Cada vez mais preocupada, encontro o roupão cor-de-rosa fofo que usei na última vez que estive aqui e o visto, depois, saio na ponta dos pés do quarto para espiar a escada em espiral.

Marcus está lá embaixo, conversando com Geoffrey. Suas vozes, baixas, mas eu pego as palavras "farmácia" e "pílula" e solto um suspiro aliviado.

Por um momento, tive medo de que ele estivesse dizendo a Geoffrey para arrumar as coisas dos meus gatos e jogar todos nós quatro na rua.

Eu me viro para voltar para o quarto, e quase

tropeço no Sr. Puffs, que decidiu que se esticar de lado diretamente atrás de mim é uma ótima idéia.

— Puffs! — Inclino-me para agarrá-lo, mas o gato malvado vira com a velocidade da luz e corre para longe, a cauda fofa levantada alta.

Se esse fosse o meu apartamento, eu o pegaria depois de alguns minutos de perseguição determinada, não existem tantos lugares para correr em um pequeno estúdio, mas a cobertura do tamanho de mansão de Marcus é uma questão diferente, e o gato parece saber disso. Com um olhar ofensivo por cima do ombro, ele desaparece na biblioteca, e eu decido não persegui-lo até lá.

Pelo que me lembro, todas as primeiras edições caras da coleção de Marcus estão em vidro e, de qualquer forma, meus gatos não costumam mexer com livros.

Eu gostaria de pensar que é porque eu os levei a respeitar a palavra escrita, da mesma forma que faço.

Suspirando, volto para o quarto e vou para o closet de Marcus, onde não estou surpresa ao ver meus jeans e blusas penduradas ordenadamente – e parecendo particularmente baratos e sujos ao lado dos elegantes ternos italianos e camisas perfeitamente passadas de Marcus.

Ah, bem. Nem todos nós compramos na *Bergdorf Goodman*, ou onde quer que os bilionários consigam suas coisas.

Estou folheando a seleção escassa, tentando decidir

o que vestir para trabalhar amanhã, quando Marcus aparece na porta.

— Geoffrey foi pegar a pílula — diz ele, encostado no batente da porta. Seu rosto está parcialmente na sombra, dificultando a decifração de sua expressão, mas sua voz é uniforme, a brusquidão anterior desapareceu.

Talvez ele tenha superado o que causou seu surto?

— Ok, obrigada — digo e suspiro. — Então, sobre amanhã... eu tenho que estar no trabalho...

— Wilson levará você. — Ele se endireita e vem em minha direção. — E ele trará você de volta.

— Oh, não, está tudo bem. Vou pegar o metrô e...

— Eu prometi a seus avós. — Ele para na minha frente, seu rosto definido em linhas intransigentes. — Eles querem você segura e aquecida, e eu também.

Eu o encaro, lutando contra uma sensação calorosa no meu peito. Eu deveria estar irritada por sua atitude autocrática, mas acho sua proteção arrogante estranhamente doce. Ainda assim, não posso simplesmente usar o motorista particular dele, quer queira quer não. — Obrigada, mas...

— Sem desculpas. Wilson vai levar você, e pronto.

Ok, *agora* estou irritada. — Marcus...

— E eu não quero que você volte para sua casa amanhã à noite. — Seu olhar queimando em mim, ele captura minhas mãos. — Fique aqui, Gatinha. Permanentemente. Começando por hoje à noite.

$\mathcal{M}$arcus

A EXPRESSÃO DE EMMA FICA TEMPESTUOSA, SUAS MÃOS pequenas tensas no meu abraço, e eu sei que fui longe demais. Mesmo quando as palavras saíam da minha boca, eu sabia que estava cometendo um erro estratégico, mas não consegui me conter.

Eu preciso de Emma trancada, amarrada a mim, e eu preciso agora.

O pensamento de que ela poderia pegar seus gatos e partir amanhã, que ela poderia se afastar de mim, mesmo que apenas por uma noite, está aumentando o caldeirão fervente no meu peito. Sinto que estou a ponto de perdê-la e fazer algo totalmente insano – como algemá-la a mim e pular no meu avião para levá-la a algum local remoto. Digamos, um bunker subterrâneo no Himalaia ou uma ilha no meio do Pacífico. Não importa para onde, desde que fôssemos apenas nós dois e ela não pudesse escapar.

E sim, eu sei o quão fodido e criminoso isso soa.

Com a pessoa certa, ela disse, implicando que não sou eu. Até aquele momento, eu estava debatendo se deveria dizer a ela como me sinto, arriscar a dor da rejeição para descobrir se estamos na mesma sintonia. Sim, eu tive que persegui-la bastante durante todo o nosso curto relacionamento, mas eu poderia jurar que há uma certa suavidade na maneira como ela olha para mim, um vislumbre do mesmo vício na maneira como ela derrete cada vez que a toco.

Até o fato de que ela concordou em voltar para casa comigo hoje à noite, apesar da logística complexa de trazer seus animais de estimação, me dizia que não estou sozinho nessa obsessão, que ela não quer se separar de mim mais do que eu gostaria de ficar longe dela.

Mas obviamente eu interpretei mal os sentimentos dela. Ela não está nem perto do mesmo lugar que eu estou. Ela acha que ainda estamos brincando, namorando casualmente, enquanto eu a estou imaginando como a mãe dos meus futuros filhos – os três. Quando criança, odiava ser filho único e desejava desesperadamente irmãos.

Ela tem três bebês de pelo, então, não deve se importar com três da variedade sem pelo, certo?

No meu plano de AE – antes de Emma –, eu esperaria para ter crianças até ter certeza de que meu casamento foi construído sobre uma base sólida, que minha esposa cuidadosamente escolhida e eu éramos compatíveis a longo prazo. Alguns anos de casamento pareciam uma experiência sólida. Imaginei que poderíamos tentar nosso primeiro filho logo após completar 40 anos e teríamos todos os três em rápida sucessão, para garantir que tivessem idade suficiente para serem companheiros de brincadeira.

Era um bom plano, lógico, e não tenho dúvida de que funcionaria se não tivesse conhecido uma ruivinha. No segundo em que olhei para Emma, meu mundo ficou de pernas para o ar, meu cérebro racional invadido por instintos tão primitivos que eu poderia entrar em uma caverna e começar a usar peles.

Não é à toa que continuo esquecendo os preservativos. Meu subconsciente sabia o tempo todo o que acabei de perceber.

Quero Emma e não apenas por algumas semanas ou meses.

Eu a quero por toda a vida.

Eu a quero como minha esposa.

É um alívio admitir isso para mim mesmo, encarar a verdade que estava roendo o fundo da minha mente desde o momento em que percebi que não posso ficar longe de Emma por uma semana inteira de desintoxicação – que não posso ficar longe dela, ponto final. Todas as coisas que eu pensava que queria em uma parceira de vida – elegância, alta classe, conexões com dinheiro antigo – seriam mais do que eu já tinha. A esposa perfeita que eu imaginava seria o equivalente humano da minha coleção de arte, outro símbolo da minha conquista e não uma pessoa que pode me dar o que eu realmente preciso.

Somente minha Emma pode fazer isso, e ela não está na mesma sintonia.

— Eu não vou morar com você — diz ela, olhando para mim. — Eu já te disse isso um milhão de vezes. Isto é apenas para...

— Certo. — É preciso todo o meu autocontrole para dominar minha mágoa e raiva e liberar suas mãos. O conhecimento de que eu a amo e ela não compartilha meus sentimentos é como uma colmeia em fúria no meu peito, mas não posso forçá-la a me amar, não posso intimidá-la a se casar comigo, por mais atraente que seja a ideia.

Tenho que abordar isso da mesma maneira que enfrentaria qualquer outro desafio: com lógica e intelecto frio. Em outras palavras, eu tenho que recuar e deixá-la pensar que está ganhando, recuar um centímetro agora para que eu possa ganhar quilômetros estrada abaixo.

Eu suavizo minha voz. — Você não vai morar comigo, eu entendo. Vou parar de perguntar, se você fizer uma coisa por mim.

— Que coisa? — ela pergunta desconfiada. Seus cachos ardentes estão mais selvagens do sexo vigoroso que acabamos de fazer, seus lábios rosados e inchados pelos meus beijos, e tudo o que eu quero é agarrá-la e levá-la de volta para a cama, onde posso imprimir minha reivindicação sobre ela novamente.

Talvez goze dentro dela sem camisinha mais uma vez.

Porra. Meu corpo inteiro fica tenso, meu pau endurece com uma onda de luxúria tão intensa que me deixa tonto. Não há como esperar até os quarenta anos para ter filhos com ela. Eu os quero agora. Hoje. Ontem. A imagem mental de Emma suave e redonda com meu bebê é mais sexy do que qualquer filme pornô que eu já vi – e mulheres grávidas nunca foram minha preferência. É só ela; ela me faz regressar a essa criatura atávica.

Esqueça o uso de peles. É melhor eu jogar minha cabeça para trás e começar a uivar para a lua.

Com esforço, volto meus pensamentos para a discussão em questão. — São duas coisas, na verdade — digo, e a suspeita em seus lindos olhos se aprofunda.

— Quais são as *duas* coisas?

— Deixe-me cumprir minha promessa aos seus avós e pedir que Wilson a leve para o trabalho amanhã. Ele recebe um salário anual, por isso, não me custa um centavo a mais. — Eu provavelmente deveria ter liderado com essa última parte, porque assim que digo, grande parte da tensão em seu rosto desaparece e ela suspira.

— Acho que posso viver com isso. Qual é a outra coisa?

— Janto com alguns dos meus investidores amanhã e gostaria que você viesse. É em um restaurante em

Midtown, perto do meu escritório, às sete horas. Wilson pode levá-la diretamente para lá depois do trabalho. Por favor — acrescento, vendo o choque em seu rosto. — Quero você lá, Gatinha. Quero você no jantar ao meu lado.

25

Emma

Estou em pânico durante toda a manhã. A meu pedido, Wilson me levou para o meu apartamento antes do trabalho, para que eu pudesse pegar um vestido para hoje à noite – uma peça de mangas compridas em estilo transpassado que encontrei em uma prateleira de loja de departamentos há alguns anos. Naquela época, parecia bonito e elegante, o material cinza cobrindo minhas curvas com um toque sutil, mas depois de uma dúzia de encontros com uma máquina de lavar, ele se assemelha mais a algo que saiu da bunda de um gato.

Ainda assim, eu peguei essa manhã porque é a única coisa profissional que possuo. Na verdade, eu o usaria em entrevistas de emprego, quando ainda tinha esperanças de conseguir uma vaga em alguma editora de renome. As entrevistas nunca se concretizaram, então, agora eu o visto sempre que preciso parecer um pouco mais arrumada – como, por exemplo, quando vou jantar com meia dúzia de pessoas cuja renda mensal excede o que a maioria das famílias ganha uma vida inteira.

E isso não é um exagero. Pedi os nomes a Marcus hoje de manhã e os procurei. Digamos que ele não será a única pessoa em nossa mesa hoje à noite que saiu na *Forbes*.

Droga. O que eu estou fazendo? Ainda não acredito que Marcus me fez concordar com isso. Eu ainda devia estar aérea depois dessa intensa sessão de sexo, porque, em vez de entrar em pânico naquele momento, fiquei igualmente chocada e lisonjeada por ele querer me apresentar a seus investidores.

Afinal, estou tão longe de ser "uma perfeição para funções sociais" quanto uma garota pode atingir.

Mas Marcus insistiu que ele me queria lá, e eu cedi, parcialmente por causa da parte lisonjeada e parcialmente porque ele prometeu parar de me pressionar sobre a mudança. Então, ele começou a fazer amor comigo novamente, e isso eliminou toda possibilidade de pensar. Só quando acordei esta manhã que percebi que o jantar significa que não poderei voltar para casa hoje à noite, pois, provavelmente ficaria tarde e empacotar meus gatos levaria pelo menos uma hora – mais se eu tivesse que persegui-los em torno da cobertura espaçosa.

Eles *realmente* gostam da casa de Marcus, tanto que passaram a noite toda correndo e explorando. Só os vi brevemente esta manhã, quando pularam na cama comigo por alguns minutos de abraços obrigatórios. Felizmente, Marcus estava no chuveiro; não tenho certeza de como ele se sentiria com as patas peludas em seus lençóis brancos.

Ele pode não pensar que é uma aberração pura, mas é totalmente. Até suas cuecas estão dispostas em quadrados perfeitamente dobrados.

De qualquer forma, está claro para mim agora que fui enganada. Novamente. Graças a este jantar, vou ficar na casa de Marcus duas noites seguidas, que é o que ele queria depois de todo esse tempo. O pior é que estou comprometida em acompanhá-lo a um evento para o qual estou completamente despreparada, e não apenas porque tudo o que ele pegou para mim foram jeans e blusas.

Eu nunca fui literalmente a um jantar de negócios, muito menos com pessoas tão ricas e poderosas. Um dos investidores de Marcus gerencia o fundo de pensão do sindicato dos professores da Califórnia; outro, é um magnata imobiliário; um terceiro é um bilionário de tecnologia nascido na Rússia; um quarto é um guru do fitness; e os dois últimos são praticamente invisíveis online, o que provavelmente significa que eles são de algum tipo de dinheiro antigo secreto.

Enquanto isso, sou uma balconista de livraria introvertida, cuja roupa mais profissional é um vestido que saiu da bunda de gato.

Naturalmente, quando percebi tudo isso ao acordar e tentei sair fora, Marcus se ofereceu para me comprar o que eu precisasse para me sentir confortável – uma oferta que imediatamente recusei, alegando que tinha tudo o que precisava. Mas isso praticamente me comprometeu a ir – daí, estou literalmente respirando em um saco de papel durante a minha hora de almoço.

— Emma, você está bem? — O Sr. Smithson pergunta, me encontrando em uma poltrona nos fundos da loja; abaixo o saco para dar ao meu chefe um sorriso excessivamente brilhante.

— Sim. Apenas testando uma nova técnica de meditação.

— Ah, entendo. — Sua expressão clareia quando um sorriso conhecedor aparece em seu rosto. Se estivéssemos em uma história em quadrinhos, haveria um balão de pensamento acima de sua cabeça que diz: *Millennials. Deveria saber melhor do que perguntar.*

Satisfeito por não estar para vomitar na última fila dos livros de terror, ele se afasta e eu retomo a respiração no saco, esperando que isso me acalme.

Não. Se ajuda em alguma coisa, eu me sinto mais nervosa.

Ugh. Por que eu concordei com isso? E por que Marcus me quer lá, afinal? Acabamos de começar a namorar e não sou nem perto o tipo de namorada que um bilionário estaria morrendo de vontade de exibir. Minhas maneiras à mesa são boas – minha avó do sul se certificou disso – mas todo o resto, como conversa fiada e bajulação, estão além de mim.

Posso discutir os mais recentes best-sellers do *New York Times,* mas só isso.

Parando para pensar sobre isso, não havia como Marcus planejar me levar para este jantar quando paramos no meu apartamento após o voo. Caso contrário, ele traria algo mais sofisticado do que jeans para mim. A menos que ele estivesse planejando me comprar roupas? Mas não, ele sabe como me sinto sobre coisas assim.

Definitivamente, este foi um convite por impulso da parte dele, o que torna tudo mais estranho que ele seja tão insistente para eu aceitar. Em geral, seu comportamento depois do jantar de ontem foi estranho, com esse sexo super intenso e questionamento sobre crianças e tudo. Ele até parecia chateado quando Geoffrey apareceu com a pílula do dia seguinte e eu a tomei... como se o próprio Marcus não fosse quem o mandou para a missão.

É como se algo tivesse acontecido, e pela minha vida, não consigo pensar o quê. Marcus estava convencido de que não era porque Sr. Puffs quebrou a escultura. Mas esse é o único acidente que ocorreu depois que terminamos o jantar. A menos que... fosse algo no jantar?

Talvez ele estivesse chateado por eu ter falado no pai dele.

— Emma. Terra para Emma.

— Sim, Sr. Smithson? — Abaixando o saco novamente, olho para meu chefe, que deve estar ali há um tempo. E ele não está sozinho. Com ele está o sobrinho loiro, o aspirante a autor de fantasia urbana que mostrei a livraria algumas semanas atrás.

Empurrando todos os pensamentos sobre Marcus de lado, levanto-me e sorrio brilhantemente. — Oi, Ian. Como você está? Como está indo o seu livro? — A última vez que conversamos, ele ficou muito empolgado com isso, e eu contei a ele sobre meus serviços de editora freelancer, caso ele decidisse seguir o caminho de autopublicação.

Nunca é demais para animar um pequeno negócio.

Meu chefe sorri para mim e eu estremeço internamente, percebendo que ele está novamente dando um de cupido – e interpretando mal o que está vendo. Embora o Ian tímido e nerd seja o que eu sempre pensei como "meu tipo", meu único interesse nele é como um cliente em potencial.

Não só estou oficialmente namorando Marcus agora, mas desde o momento em que conheci meu titã de Wall Street, não senti mais que uma atração por outro homem.

A pele clara de Ian fica vermelha e o pomo-de-adão balança enquanto ajusta os óculos. — Estou, hum... quase terminando com o primeiro rascunho. Acho que vou terminar esta semana.

— Oh, que maravilha. Entre em contato se precisar de ajuda para editar quando chegar a esse ponto. — Isso é um pouco mais agressivo do que meu MO típico, mas quero deixar claro para o Sr. Smithson que estou vendo o sobrinho dele apenas como uma oportunidade de negócios.

Infelizmente, meu chefe não se intimida. Com um sorriso enorme, ele diz a Ian: — Sim, definitivamente fale com a nossa Emma. Ela conhece bons livros.

E, piscando para mim, ele se afasta, me deixando sozinha com seu sobrinho.

A BOA NOTÍCIA É QUE CONVERSAR COM IAN – OU melhor, ouvi-lo explicar todos os pontos do enredo de seu livro com detalhes indutores de bocejo – serve como uma distração da minha ansiedade em relação ao jantar. A má notícia é que, uma hora depois, quando Ian finalmente sai, eu volto a surtar.

Sério, por que eu concordei com isso? Mais importante, é tarde demais para desistir?

Pego meu telefone para ligar para Marcus, mas lembro que ele deveria estar em reuniões o dia todo hoje – algo sobre o início do mês e a estratégia para a próxima conferência da Zona Alfa. Não tenho ideia do que é a Zona Alfa, mas tenho certeza de que não é uma reunião de lobisomens, que é onde meu cérebro de leitura de romance pensa sempre que ouço a palavra "Alfa".

Dado o contexto, é provavelmente algum termo de investimento obscuro. Eu realmente deveria procurar, mesmo que seja bom para um editor saber essas coisas.

De qualquer maneira, acabo ligando para Kendall em vez de Marcus e derramando todo o meu dilema para ela. — Você acha que eu deveria fingir uma doença, talvez? — Eu digo quando termino. — É temporada de gripe e...

— Não ouse! — ela interrompe e ouço um carro buzinando ao fundo. Ela deve estar do lado de fora, executando uma das milhões de tarefas que seu chefe sempre a envia. — Você é louca? — ela continua quando a buzina para. — Ele está levando você para um jantar de negócios. Você não sabe o que isso significa?

Eu respiro. — Bem...

— Isso significa que é sério, Emma! Ele está integrando você na vida dele, as partes mais importantes da vida dele. — Mais duas buzinas interrompem suas palavras, e eu a vejo passeando por um cruzamento movimentado como a destemida nova-iorquina que ela é. — Um homem como ele nunca leva uma leiga casual para um jantar com investidores. Essa é a merda do próximo nível. Até você, Srtª Lerda, precisa saber disso.

— Bem, claro, eu sei disso! É por isso que concordei: porque fiquei lisonjeada ao ser convidada. Mas essas pessoas...

— São apenas pessoas — diz Kendall com firmeza. — Ser rico e famoso não faz de você um super-humano, eu já disse. Eles são apenas indivíduos; trate-os como tal, e você ficará bem.

Fácil para ela dizer. Com sua personalidade extrovertida, ela poderia ter uma bate-papo espirituoso com uma árvore. Enquanto eu...

— Pare com isso, Ems. — Outra buzina alta ao fundo. — Eu posso ouvir você pensando e não gosto.

— Meu pensamento?

— Você está pensando demais! Basta colocar o vestido saído da bunda do seu gato e seguir o fluxo. E da próxima vez, deixe Marcus comprar uma roupa como ele ofereceu. Agora, eu tenho que ir; estou entrando no metrô. Tchau!

E ela desliga, me deixando nem um pouco mais calma do que antes.

26

Marcus

O PRIMEIRO DIA DA SEMANA DO MÊS É SEMPRE OCUPADO para mim, pois passo o dia todo conversando com meus gerentes de portfólio. Sento-me com cada um individualmente e reviso o resultado de sua equipe no mês anterior, os negócios passados e futuros e qualquer outra coisa sobre à qual eles desejam falar, como contratar novos analistas ou obter uma parcela maior dos ativos do fundo sob gestão. E em dezembro, é também quando as conversas sobre bônus começam, embora eu só esteja divulgando os números oficiais em janeiro.

Em nossos negócios, muita coisa pode acontecer em um mês, tanto boas quanto ruins.

Ao me encontrar com uma pessoa após a outra,

meus pensamentos ficam à deriva para Emma. Eu me pergunto o que ela está fazendo, como ela está se sentindo, se ela ainda está em pânico como estava nesta manhã. É certo que não foi legal da minha parte falar do jantar com ela assim, mas uma vez que a ideia me veio à mente, não pude deixar de lado.

Quero minha Gatinha no restaurante comigo esta noite, e não apenas porque isso significa que vou vê-la mais cedo.

Quero que ela saiba que não é apenas sexo entre nós.

Quero mostrar a ela que estou nisso para sempre.

Claro, seria melhor se eu decidisse isso antes, para que eu pudesse dar a Emma mais tempo para se preparar, talvez até convencê-la a me deixar comprar algo adequado para o evento. Ela alegou que tem algo em casa, mas eu já vi o armário dela e duvido muito que seja esse o caso.

Não que eu me importe com o que ela veste; é mais sobre ela estar confortável. A versão AE – antes de Emma – de mim ficaria horrorizada por levar uma namorada com roupas baratas e gastas para um jantar com investidores, mas a versão DE (depois de Emma) não dá a mínima. Emma é mais importante para mim do que todos os meus investidores juntos e, de qualquer forma, neste momento da minha carreira, eu poderia aparecer nu neste jantar, com os três gatos de Emma sentados nos meus ombros, e essas pessoas ainda pulariam aros para me dar dinheiro.

Os resultados do meu fundo falam por si.

Então, sim, não preciso impressionar ninguém com a mulher com quem vou me casar, mas suspeito que Emma os impressione de qualquer maneira. Quanto mais eu estou perto dela, mais vejo que a beleza dela não vem das roupas que ela veste ou como ela arruma seus cabelos; brilha do fundo dela, sua sensualidade quente e doce é uma atração tão poderosa quanto qualquer coisa que eu já tenha conhecido. Só esse sorriso meigo é suficiente para enviar calor à minha virilha, e sei que não sou o único suscetível a ela. Quando estávamos na Flórida, homens de todas as idades a olhavam como chacais famintos; apenas a minha presença que impediu os filhos da puta de se aproximarem para convidá-la para sair.

Eu não tenho ideia de como ela ficou solteira por tanto tempo, realmente não.

O que me lembra... Levantando a mão para que meu gerente de telecomunicações pare de falar por um segundo, eu me inclino sobre minha mesa e pressiono um botão no meu interfone.

— Lynette, preciso que você entre no meu escritório assim que Henry aqui terminar — digo quando minha assistente responde. — Eu tenho uma missão especial para você.

Comprar um anel pode ser prematuro, mas ainda não cheguei onde estou não planejando o futuro. Levará tempo para fazer Emma se apaixonar por mim, mas assim que ela estiver, eu estarei pronto.

Vou me casar com ela, e rápido.

27

Emma

RESPIRANDO FUNDO, ALISO AS PALMAS DAS MÃOS SOBRE O vestido que Geoffrey passou para mim e tento esfregar as marcas nas minhas botas de salto alto – as novas que usei no meu primeiro encontro real com Marcus. Dentro do meu estúdio mal-iluminado e nas ruas lamacentas de Nova York, elas pareciam boas, até agradáveis, mas aqui, no meio do lobby brilhante e cintilante de Marcus, não há como esconder o que realmente são: imitações baratas que passaram por dias melhores.

Ah, bem. Pelo menos meu vestido cinza e o casaco de lã bege que estou prestes a vestir estão abençoadamente livres de pelos de gato, novamente cortesia de Geoffrey. Saí do trabalho meia hora mais cedo em caso de trânsito, mas Wilson me levou para Manhattan em tempo recorde, então, decidi parar na casa de Marcus e me colocar o mais apresentável possível antes de ir para o restaurante.

Não quero envergonhar Marcus na frente de seus investidores – pelo menos, mais do que estou fadada a envergonhá-lo apenas por ser quem sou.

As marcas de arranhão nas botas não mostram sinais de desaparecer, então, desisto e me endireito, prestes a sair, quando uma grande bola de pelo branco se aproxima de mim e pula direto nos meus braços.

— Puffs! — Instintivamente, pego o gato no meu peito, o que significa que meu vestido cinza – que já estava cheio de pelos e de aparência um pouco triste apesar do engomado – agora também está coberto de pelos brancos.

— Srtª Walsh, você está bem? — Geoffrey aparece na minha frente como que por mágica, embora seja mais provável que ele estivesse perseguindo o Sr. Puffs. O gato, sem dúvida, entrou em alguma brincadeira e, sendo esperto e sorrateiro, decidiu procurar refúgio comigo. — Aqui, deixe-me tirar Puffy de você.

Puffy? Suprimindo uma risadinha histérica, entrego o gato – que me dá um olhar sentindo-se traído, que promete muito castigo mais tarde – e ando até o espelho do corredor.

É ainda pior do que eu pensava. O pelo branco está em todo o meu peito, braços e até a parte superior da saia do vestido, provavelmente como resultado do rabo longo e fofo do gato.

— Aqui, deixe-me ajudá-la. — Habilmente, o mordomo abaixa o Sr. Puffs no chão, tira um rolo pegajoso do bolso e retira todo o pelo preso ao meu vestido.

Três minutos depois, o vestido novamente parece melhor – o que não significa muito. Mas você tem que trabalhar com o que tem, então, agradeço a Geoffrey, visto meu casaco e corro para o carro antes que meus gatos decidam compartilhar mais pelo comigo.

***

A VIAGEM DO APARTAMENTO DE MARCUS, EM TRIBECA, para o Centro leva cerca de vinte minutos e, durante todo o tempo, faço exercícios respiratórios para tentar me acalmar. Eu odeio me sentir tão ansiosa e insegura; isso me lembra quando eu era uma adolescente desajeitada tentando me adaptar às mudanças de corpo e cabelo que nunca quis se comportar. Isso também me lembra como me senti antes do meu primeiro encontro real com Marcus. Felizmente, não estou mais insegura com ele – não há nada como um homem fazendo sexo com você três vezes por dia para garantir atração a uma mulher – mas ainda estou profundamente ciente de que não sou o que Marcus originalmente queria.

Geoffrey poderia passar e aspirar minhas roupas a partir de agora até a eternidade, e eu ainda não seria capaz de chegar aos pés de alguém como Emmeline.

Para meu alívio, os exercícios respiratórios ajudam e, quando chegamos a um hotel chique na Park Avenue, estou calma o suficiente para atravessar o saguão dourado em direção ao restaurante nos fundos sem tropeçar nos pés. Cheguei cinco minutos adiantada, mas todos já estão sentados à mesa redonda no recanto semi-privado para onde a hostess me leva. Duas garrafas de vinho, tinto e branco, estão no meio da mesa e os copos de todos já estão cheios. Apenas uma cadeira vazia permanece, e fica ao lado de Marcus, cujo olhar se volta para mim assim que entro.

— Aí está você — diz ele, levantando-se para me cumprimentar, e quando ele aperta minhas mãos em um aperto forte e quente e se inclina para roçar um beijo em minha bochecha, sinto mais meu nervosismo diminuindo.

— Gostaria de algo para beber, senhora? — o garçom pergunta enquanto eu me sento na cadeira que Marcus puxa para mim. — Talvez um pouco de vinho? O Sr. Carelli encomendou um excelente Cabernet Sauvignon e Pinot Grigio para a mesa, mas também temos uma ampla seleção de...

— O Pinot Grigio é perfeito, obrigada. — Eu normalmente bebo apenas água, mas um pouco de vinho pode ser a coisa hoje. Agora que estou sentada e todo mundo está olhando para mim, meu coração está acelerando novamente.

Deus, espero não ter um pedaço de brócolis preso nos dentes – ou algum pelo de gato em algum lugar.

— Todo mundo, essa é Emma Walsh — Marcus anuncia, examinando nossos companheiros de jantar como um monarca faria com seus súditos, então, ele passa pela mesa apresentando cada pessoa – ou melhor, cada homem, como eu sou a única mulher presente.

À minha esquerda está Ashton Vancroft, o magnata do império fitness que Marcus apresenta como "um bom amigo da escola de negócios". Diferente de todos os outros na mesa, ele está vestido casualmente, de jeans e um suéter de caxemira cor creme que se encaixa em seu torso musculoso como uma luva. Seu cabelo manchado de sol está um pouco comprido, passando pelas orelhas e, aos meus olhos levemente admirados, ele parece um cruzamento entre Brad Pitt em *Troy* e Chris Hemsworth em *Thor*. Apertando minha mão, ele sorri, com os dentes brancos e deslumbrantes, e diz com uma voz suave e profunda que me faz pensar em caramelo derretido: — Prazer em conhecê-la, Emma.

Antes que eu possa me recuperar da potência desse ataque de charme, as apresentações continuam. Do outro lado de Ashton está Robert "Bob" Johnson, um homem mais velho e de aparência rígida que administra o fundo de pensão do sindicato dos professores. À esquerda de Bob estão Jack e James Gyles, dois irmãos de rosto redondo, na casa dos quarenta, que Marcus apresenta como seus "investidores de longa data". Eles não aparecem na mídia, o que significa que são dinheiro antigo ou algo ainda mais suspeito. Ao lado deles está Grigori Moskov, o bilionário da tecnologia, e imediatamente à direita de Marcus está Weston Long, o magnata imobiliário. Ambos são homens altos e atléticos, com a idade de Marcus, e, embora não se pareçam com ele fisicamente, projetam um tipo semelhante de poder e autoconfiança.

É a aparência de "eu poderia comprar um país pequeno com meus trocados", e eles têm tudo isso.

Sorrindo o mais brilhantemente possível, aceno e repito todos os nomes como Marcus diz, para que eu possa me lembrar melhor deles. É bom que ele tenha me dito quem são essas pessoas com antecedência, e eu fiz uma pesquisa no *Google* sobre elas. Sou uma aluna altamente visual, o que significa que é mais fácil para mim reter as informações que eu vi anotadas ou gravadas na barra de pesquisa do meu telefone.

Finalmente, as apresentações são feitas e, à medida que os homens retomam suas conversas, mudo com gratidão meu foco para o menu à minha frente. Infelizmente, é tudo em francês, ou pelo menos metade das palavras, porque não faço ideia do que é a maioria dos pratos. Bem, eu sei o que é escargot e pretendo evitá-lo.

Nunca tentei caracóis antes e prefiro fazê-lo quando meu estômago não estiver tão perturbado.

Além disso, não há preços ao lado de nenhum dos itens no menu. Isso é normal? Isso significa que é algo como um buffet com tudo incluído, ou os preços são tão altos que os deixaram de fora para não estragar o apetite das pessoas?

Uma mão grande e quente cobre meu joelho debaixo da mesa, e eu olho para cima para encontrar Marcus me olhando. Inclinando-se, ele pergunta baixinho: — Como vai, Gatinha? Você teve algum problema em chegar aqui?

Minhas bochechas esquentam, embora eu duvide que alguém tenha ouvido o carinho de Marcus. — Não, sem problema — murmuro, ciente de todos os olhos curiosos nos observando secretamente. Eu meio que esperava que Marcus me ignorasse depois das apresentações, afinal, ele está aqui para conversar com seus investidores, mas não é isso que parece estar acontecendo.

Embora ele não tenha me apresentado como sua namorada, o jeito possessivo em que ele está debruçado sobre mim o proclama tão alto quanto se ele tivesse colocado um rótulo no meu peito.

— Então, Emma, você está nos visitando de Boston, certo? — uma voz suave e masculina diz da minha esquerda, e me viro para encarar Ashton.

— Boston? Não, receio que não. — De onde ele tirou isso?

— Oh. — Ele faz uma careta. — Eu poderia jurar...

— Você está pensando em outra pessoa — diz Marcus, seu tom endurecendo. — Emma é do Brooklyn, nascida e criada.

O rosto de Ashton muda. — Deixa pra lá então. Pensei por um momento... mas sim, o sobrenome também é diferente. Então, você é nova-iorquina nativa, Emma?

Eu me forço a sorrir e acenar com a cabeça. — Sim, de fato. E você? — Para meu alívio, minha voz sai normal e firme, sem ser afetada pelo repentino aperto no meu peito.

Há apenas uma razão pela qual o amigo de Marcus pensaria que eu sou outra pessoa.

Ele me confundiu com Emmeline – o que significa que Marcus falou com ele sobre ela, mas não me mencionou.

— Na verdade, *sou* de Boston, ou, pelo menos, minha família é — diz Ashton, dando-me outro de seus sorrisos deslumbrantes. Só que desta vez, não me sinto nem um pouco deslumbrada, o aperto no meu peito se transformando em uma dor aguda. Não quero que minha mente siga esse caminho, mas não posso evitar. É impossível ignorar as implicações do erro de Ashton.

Em algum momento de um passado não muito distante, Marcus tinha levado a sério o suficiente sobre Emmeline para falar sobre ela com seu amigo, contar seu nome completo e onde ela morava.

Isso significa que ele mentiu para mim? Houve mais do que aquele jantar entre ele e Emmeline? Ele a estava vendo enquanto me perseguia? É por isso que Ashton sabe tanto sobre ela, mas nada sobre mim?

Ele ainda poderia vê-la?

— Com licença — digo firmemente, empurrando minha cadeira para trás enquanto me levanto. — Eu volto já.

E antes que alguém possa me parar, eu corro para o banheiro nos fundos.

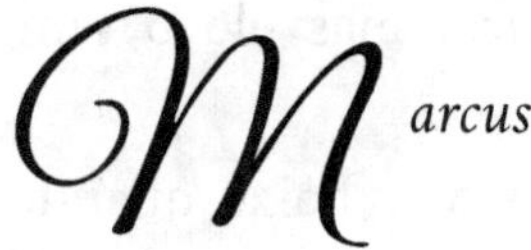

arcus

Caralho. Somente a presença de meus investidores na mesa me impede de correr atrás de Emma – e reorganizar as feições perfeitas de modelo de Ashton com meu punho.

Eu sou totalmente idiota, e ele também. Esqueci completamente que mencionei Emmeline para ele quando estivemos no bar naquele momento, e agora, Emma está pensando Deus sabe o quê.

Eu quero ir atrás dela e explicar que Ashton só conhece Emmeline porque ele foi quem me apresentou à casamenteira, mas se eu levantar agora, vai parecer que estamos envolvidos em algum tipo de drama doméstico – isso ou uma rapidinha secreta no banheiro. De qualquer maneira, minha Gatinha tímida se sentiria envergonhada, e essa é a última coisa que eu quero.

Minha melhor aposta é deixá-la se acalmar e voltar para a mesa, e depois explicar tudo. Espero que ela não use essa estupidez contra mim. Ashton não deveria estar neste jantar originalmente. Ele não é um investidor do meu fundo, pelo menos ainda não. Mas ele me enviou um e-mail no fim de semana, querendo me encontrar para discutir como lidar com todo o dinheiro que seu negócio em rápido crescimento está trazendo, e eu decidi convidá-lo para este evento.

Ele pode não querer o dinheiro, mas ele o tem, então, é melhor investir comigo.

— Desculpe, cara — diz ele em voz baixa quando Emma desaparece atrás de uma coluna e os outros à mesa educadamente retomam suas conversas. — A coisa toda da Emma-Emmeline me confundiu totalmente. Foi Emmeline que a amiga casamenteira da minha tia arrumou para você, certo? Errei o nome dela?

Eu forço minha mão firmemente apertada para relaxar. — Não, você não errou. E isso é ruim. Eu deveria ter informado você. — E eu teria, se tivesse me lembrado. Mas minha mente está tão ocupada com todas as coisas sobre Emma ultimamente, é uma maravilha não ter esquecido completamente esse jantar. — Falaremos mais sobre isso mais tarde — continuo, minha voz baixa e uniforme. Não preciso de todos aqui xeretando em meus problemas. — Por enquanto, esqueça Emmeline e nunca mais a mencione.

— Entendido. — Diversão brilha nos olhos cinza-azulados de Ashton quando ele pega seu copo de vinho. — Acho que as coisas estão indo bem com você e a nova Emma?

Idiota. — Ela é a *única* Emma, e sim, eu vou me casar com ela.

Ele congela, o copo de vinho na metade do caminho ao rosto. — Você está brincando, certo?

— Pareço estar brincando, porra?

— Eu ouvi algo sobre casamento? — James corta do outro lado da mesa, seus olhos redondos brilhando com excitação mal escondida enquanto se inclina para frente. — Carelli, os parabéns estão em ordem aqui? O *Herald* estava certo pela primeira vez? Jack e eu ficamos céticos quando vimos esse artigo, mas ela é a ruiva misteriosa, não é?

Merda. É muito cedo para isso. Eu nem convenci Emma a ir morar comigo, muito menos a convenci a retribuir meus sentimentos, e os irmãos Gyles são fofoqueiros notórios, por tudo o que eles têm de tão íntimo em suas próprias relações quanto possível.

James Gyles deve ter a audição de um cão de caça, porque não havia como ele ouvir minha conversa particular com Ashton.

— Ainda não propus, portanto, mantenham em segredo — aviso, apesar de ser inútil. Amanhã, todo mundo em nosso círculo social saberá sobre meu casamenyo vindouro e, além de matar algumas pessoas muito importantes, não há nada que eu possa fazer para impedir isso.

Com minhas palavras, todas as conversas na mesa param, e Jack Gyles bate palmas, parecendo tão animado quanto seu irmão. — Uma proposta secreta, que divertido! Onde você planeja fazer isso? Não da *Disney World*, tenho certeza.

Eu aperto meus molares. — Ainda não decidi.

— Então, você não está brincando. — Ashton finalmente se recupera o suficiente para largar o copo. — Você foi fisgado. Pela nova Emma.

Eu o encaro, lutando contra um desejo renovado de arrebentá-lo. — Sim. Pela primeira e única Emma.

— Essas são notícias maravilhosas. Parabéns, Marcus — diz Bob Johnson, educado e reservado como sempre.

— Sim, parabéns — ecoam Weston e Grigori, embora exista algo de cínico no sorriso de Weston.

Com certeza, um momento depois, o magnata imobiliário se inclina para mim e diz baixinho: — Informe-me se precisar de um bom advogado. Conheço alguém especializado em acordos pré-nupciais.

— Obrigado, mas isso não será necessário. — Com Emma, eu teria que ir ao tribunal para forçá-la a aceitar parte do meu dinheiro em um divórcio, não que algum dia haverá um divórcio.

Não há como deixar minha Gatinha ir embora depois que nos casarmos.

— Para o lindo casal jovem — diz James, levantando seu copo de vinho com um sorriso do gato de *Alice no*

País das Maravilhas. — Que sua união seja longa e proveitosa.

— Sim, para Carelli e sua noiva — seu irmão pula, levantando seu próprio copo, e todos na mesa – até Ashton, que ainda está me olhando como se eu tivesse perdido a cabeça – segue o exemplo dele, parabenizando-me pelo meu casamento vindouro com um brinde.

NÃO TIRE CONCLUSÕES PRECIPITADAS. NÃO TIRE conclusões precipitadas.

Repito as palavras como um mantra enquanto lavo as mãos e as seco na toalha de papel parecida com um pano, fornecida no luxuoso banheiro do restaurante. Apesar do pouco de maquiagem que apliquei nas bochechas na casa de Marcus, meu rosto parece muito pálido no espelho, minhas sardas claramente visíveis. Apesar de determinada a não tirar conclusões precipitadas, não posso ignorar o fato de que as conclusões não são boas.

Homens são cachorros, Kendall me disse antes do meu segundo encontro com Marcus, e eu sei que ela falou por experiência própria. Ao contrário de mim, ela namorou todos os tipos de homens, ricos e pobres, bonitos e simples. E ela foi traída, mais de uma vez. Considerando que eu só tive dois namorados antes de Marcus, e os dois tinham sido muito nerds e socialmente desajeitados para pensar em me enganar.

Eles estavam seguros, até porque nenhuma outra garota os queria.

Marcus, por outro lado, é atraente para a população feminina. Eu sei disso, vejo nos olhares cobiçosos que o seguem cada vez que saímos em público. Sua aparência, a aura de poder que ele projeta – ele nem precisaria sorrir para uma mulher para que sua calcinha caísse como um elevador com cabos cortados. E isso sem que ela saiba que ele é um bilionário.

Não é à toa que o jornal o chamou de "um dos solteiros mais cobiçados de Nova York". Ele está longe, muito fora da minha liga, e eu não posso me esquecer disso, não importa quanto tempo passemos juntos e até que ponto ele pareça afim de mim.

Então a pergunta é: ele está vendo Emmeline? Eu sou apenas uma companhia, alguém com quem ele se diverte até que decida que é hora de se casar com o tipo certo?

Não quero acreditar nisso de Marcus, mas que outra explicação existe? Por que mais ele mencionaria Emmeline para seu amigo? É verdade, eu contei a Kendall sobre todos os encontros que participei, mas é diferente para os homens, especialmente os tipos alfa como Marcus. Não consigo vê-lo ligando para o amigo para contar detalhes depois de algum encontro aleatório indo a lugar nenhum, ou mesmo mencionando esse encontro de passagem.

Se ele falou de uma mulher, é porque ela significa alguma coisa.

É porque foi mais do que um único jantar.

Então, sim, é para esta conclusão que tenho que chegar, a única dedução lógica a ser feita. Mas se eu sou apenas uma transa temporária, por que me levar a este jantar e me apresentar a todas essas pessoas importantes? Para o amigo que sabe sobre Emmeline?

Mais importante, por que tentar tanto me fazer me mudar?

Eu respiro calmamente, depois outra. Talvez haja uma explicação lógica para o erro de Ashton. No mínimo, devo a Marcus a chance de fornecer uma. O homem por quem me apaixonei pode ser ambicioso e implacável, mas ele não é trapaceiro. Talvez ele tenha visto Emmeline algumas vezes depois que eu o mandei embora após o incidente com a porta quebrada, ou talvez...

— Emma? Oh, meu Deus, é você?

Assustada, me afasto do espelho e fico cara a cara com Janie, minha outra melhor amiga da faculdade. Eu não a vejo há meses, desde que ela começou a namorar Landon. Ela o encontrou no mesmo aplicativo de namoro que levou ao meu fatídico encontro com Marcus – o aplicativo em que ela me fez participar.

— É você! — Sorrindo, Janie me envolve em um abraço perfumado que eu retribuo ansiosamente antes de voltar a estudá-la. Ela parece diferente de antes, mais elegante e mais rígida, como se tivesse perdido peso. E essa não é a única mudança.

— Você pintou o cabelo — exclamo, maravilhada com as mechas loiras platinadas e lisas que substituíram as ondas loiras mais escuras que eram seu estilo desde o Ensino Médio. *Srtª Natural,* Kendall apelidou Janie na faculdade, como nossa amiga evitava religiosamente produtos químicos, fragrâncias e corantes, sempre deixando o cabelo secar ao vento e usando apenas um toque de rímel caseiro nos cílios. Agora, porém, parece que ela saiu de uma revista brilhante, com uma camada completa de base no rosto bonito e os lábios cobertos de batom vermelho-sangue.

— Oh, sim. — Conscientemente, ela toca seu cabelo na altura dos ombros, perfeitamente estilizado, com os dedos vermelhos. Até suas unhas estão brilhantes e pontudas. — Landon gosta assim.

— Bem, você está maravilhosa — digo honestamente. Não é como ela mesma, mas definitivamente elegante e polida, sua figura recém-aparada vestida com um elegante vestido preto. — O que você está fazendo aqui? O que você tem feito?

Ela sorri, revelando dentes vários tons mais brancos do que eu me lembro. — Eu estava prestes a perguntar a mesma coisa. Estou aqui com Landon. Ele conseguiu uma posição de vice-presidente na Goldman Sachs há alguns meses e estamos aqui com sua equipe, comemorando uma abertura de capital que eles acabaram de lançar. E você? O que te traz aqui? — Seu olhar viaja sobre mim da cabeça aos pés, permanecendo por um momento nas minhas botas gastas, e eu posso sentir sua confusão.

Um restaurante chique de Midtown, popular entre o povo de Wall Street, deve ser o último lugar que ela espera encontrar comigo.

— Oh, eu estou... estou aqui com alguém também. — Naturalmente, eu coro enquanto digo isso, e os olhos verdes de Janie brilham com curiosidade.

— Quem?

— Um cara que estou vendo. — Faz tanto tempo que Janie e eu conversamos que ela parece quase como uma estranha, e hesito em detalhar toda a história bagunçada – especialmente porque Marcus e os outros estão esperando por mim.

Infelizmente, minha não resposta apenas desperta sua curiosidade. — Quem é esse cara? O que ele faz? Onde ele trabalha? Eu não tinha ideia de que você estava namorando alguém.

— É um relacionamento relativamente recente, e ele... ele trabalha com finanças.

Janie engasga. — Mesmo? Como meu Landon? Oh, devemos sair em um encontro duplo um dia desses, deixar os garotos se conhecerem.

— Hum, claro. — Até ela mencionar o Goldman Sachs, eu esqueci que Landon também trabalhava em Wall Street, ou talvez eu nunca soubesse disso. Eu só vi o cara algumas vezes, no começo do relacionamento, e a única coisa que lembro dele é que ele gosta de sacanear e adora diminuir outras pessoas. Nem preciso dizer que estou menos do que interessada nesse encontro duplo. Mas sinto falta de Janie e, como ela e Landon parecem sempre grudados, talvez seja necessário tolerá-lo por ela.

— Oh, incrível! — Ela me abraça de novo, me envolvendo em uma nuvem de perfume – a tolerância a fragrâncias é outra coisa que aparentemente mudou – e diz: — Eu tenho que correr agora, mas eu ligo para você em breve e vamos definir algo, Ok?

— Parece bom — digo e a vejo sair correndo do banheiro, seus sexies sapatos de sola vermelha clicando alto no chão de ladrilhos. Quando ela se vai, eu me viro para o espelho, ajeito meus cachos macios o melhor que posso e saio do banheiro atrás dela.

30

QUANDO VOLTO PARA A MESA, MARCUS ESTÁ FALANDO sobre as estratégias mais recentes de seu fundo e todo mundo está ouvindo atentamente, então, eu silenciosamente me sento ao lado dele e estendo o guardanapo sobre o meu colo. O encontro com Janie me distraiu da minha angústia induzida por Emmeline, mas agora que voltei para cá, estou pensando sobre isso novamente, e é por isso que levo um minuto para perceber que sou o destinatário de todos os tipos de olhares secretos.

Mesmo enquanto os homens ouvem Marcus falar sobre os retornos do fundo, eles estão me olhando com expressões que variam de confusão (Ashton), diversão (os irmãos Gyles), cinismo (Weston Long) a uma mistura peculiar dos itens acima (o resto).

Aconteceu alguma coisa, ou cometi algum erro ao ir ao banheiro?

— Com licença, senhores e senhora. — O garçom não deve ter me avistado a princípio, porque a última parte é acrescentada às pressas. — Estão pronto para pedir ou gostariam de mais alguns minutos?

Marcus olha para ele. — Acho que estamos prontos. A menos que... — Ele olha para mim. — Emma, você gostaria de mais alguns minutos?

— Tudo bem. — Eu sorrio amplamente para esconder meu nervosismo. — Por favor, comece com outra pessoa e decidirei quando for a minha vez. — Eu espero. Ainda não tenho idéia do significado da metade dessas palavras no menu.

Marcus parece discernir meu dilema porque, quando o garçom começa a receber os pedidos de todos, ele se inclina e murmura no meu ouvido: — Você gostaria que eu pedisse para você, Gatinha?

— Sim, por favor — sussurro de volta. — Nada muito exótico, ok? Eu não quero caracóis.

Ele sorri. — Entendido.

Quando o garçom chega até nós, ele pede um *Canette Sainte-Baume* para si e *Coquilles St. Jacque* para mim, com um aperitivo *Céléri rémoulade au crabe* para compartilhar. Novamente me pergunto sobre a falta de preços no menu, mas decido que é o melhor. Só o custo desse aperitivo pode exceder meu orçamento semanal de compras, então, por que me estressar desnecessariamente?

Prefiro não saber quanto Marcus está gastando com essa saída – embora, se for uma despesa comercial, possa ser dedutível nos impostos.

— Então, Emma — diz Ashton quando o garçom sai, e Grigori distrai Marcus perguntando sobre seus pontos de vista sobre as empresas de tecnologia na China. — O que você faz e há quanto tempo você e Marcus estão se vendo? — Enquanto fala, ele me observa atentamente, como se eu fosse um quebra-cabeça que ele precisa descobrir.

Isso é por causa da coisa Emmeline?

Ele está surpreso que Marcus esteja comigo?

Empurrando o pensamento agitado da minha cabeça, pego meu copo de vinho e tomo um gole. — Trabalho em uma livraria e nos conhecemos há um mês. E você? Marcus disse que vocês se conhecem desde a escola de administração?

— Está certo. — Ashton parece se livrar do que quer que esteja causando sua confusão e me dá outro de seus sorrisos impressionantes. — Fomos designados para ser parceiros em um projeto de finanças corporativas. Como pode supor, Marcus assumiu completamente o controle e, antes que eu percebesse, ele tinha feito tudo. Eu mal tive que levantar um dedo – não que eu quisesse. Foi logo após essa aula que eu descobri que toda essa besteira de MBA não era para mim e desisti.

Meu nível de interesse aumenta. — Mesmo? Você abandonou a escola de negócios? — Essa é a última coisa que eu esperava de um homem tão bem-sucedido quanto este. Não que não haja muitos exemplos de alunos que saíram da faculdade – Bill Gates e Steve Jobs imediatamente vêm à mente –, mas a escola de negócios é diferente. Na minha experiência, as pessoas que trabalham em seus MBAs tendem a ser mais parecidas com Marcus: ambiciosas e super focadas. Elas sabem o que querem da vida, e o MBA é um trampolim para levá-las até lá. A menos que... — Isso foi porque sua empresa estava começando a decolar?

Ashton ri. — Dificilmente. Eu não tinha negócios na época e não queria. Ainda não quero, mas o que se pode fazer? — Ele suspira e bebe seu vinho em alguns goles longos. Pousando o copo, ele diz: — Você sabe como algumas pessoas estragam tudo o que tocam?

— Uh-huh. — Ele está dizendo que o império de fitness que está construindo é uma merda de sua parte?

— Bem, esse sou eu ao contrário. O toque de Vancroft-Midas acabou sendo uma aflição genética. Tudo o que eu queria era ser um personal trainer, deixar meus clientes saudáveis e em forma. Mas, então, isso aconteceu. — Ele acena com a mão com um olhar tão enojado que uma risada borbulha na minha garganta.

— Riquezas indesejadas, hein?

— Completamente indesejável — diz ele com uma careta. — Minha família quase teve um troço quando deixei a faculdade de administração, mas agora meu pai está orgulhoso de mim. É horrível.

Eu estalo minha língua. — Pobre coitado... Ou rico

coitado? Não tenho certeza de qual é a expressão apropriada de simpatia aqui.

Ele sorri ironicamente, e eu vislumbro o homem sob a máscara de menino de ouro com a máscara do diabo – um homem que, a seu modo, é tão impulsivo e ambicioso quanto Marcus. Não importa o que Ashton diga, seu sucesso não é um acidente de percurso ou da genética. *Ele* fez isso acontecer, mesmo que não esteja pronto para admitir isso para si mesmo.

— Eu ouvi algumas conversas sobre riquezas indesejadas? — Marcus diz, virando-se para nós. Com os cabelos escuros cuidadosamente arrumados para trás, a camisa perfeitamente engomada e o terno listrado que se encaixa nele como segunda pele, ele parece completamente à vontade em nosso ambiente sofisticado – e, aos meus olhos, infinitamente mais sexy do que todos os outros homens aqui juntos. — Porque, no que me diz respeito, não existe — continua ele, os olhos azuis brilhando de diversão. — E se uma certa pessoa tiver um problema de excesso de fundos, eu tenho a solução perfeita.

Ashton ri. — Deixe-me adivinhar. Preciso dar todo o meu dinheiro para você, para que você possa cultivá-lo e criar uma dor de cabeça ainda maior para mim.

— Você entendeu. — O sorriso de resposta de Marcus é enorme. — Então, e quanto a isso? Podemos começar com algo pequeno, digamos, cinco milhões, e partir daí.

Eu quase engasgo com o gole de vinho que acabei de tomar. Cinco milhões são considerados "pequenos"?

Ashton revira os olhos. — Sim, sim, o maldito dinheiro é seu. Por que mais eu estaria aqui hoje à noite, certo? Mas cinco milhões nem sequer gastam todo esse dinheiro em que estou nadando. Darei vinte para começar e se você não dobrar muito rapidamente, darei mais na época do Natal.

— Eu farei o meu melhor para manter seu retorno moderado — diz Marcus secamente, e do outro lado da mesa, os irmãos Gyles, que devem estar ouvindo a coisa toda, caíram na gargalhada.

Para meu alívio, o jantar transcorre a partir desse ponto. Eu compartilho o delicioso aperitivo de caranguejo com Marcus e até experimento uma mordida no escargot de Ashton – ele me oferece ao saber que nunca experimentei o prato francês clássico. É surpreendentemente bom, todo alho e amanteigado, com uma textura que me lembra um cogumelo firme.

Quando o prato principal sai, eu me sinto infinitamente mais à vontade e me pego conversando não apenas com Ashton, que está sentado ao meu lado, mas também com a maioria dos outros à mesa. Por alguma razão, todo mundo está curioso sobre há quanto tempo Marcus e eu namoramos e como nos conhecemos, bem como o que faço, e quando faço perguntas em troca, acho que Kendall estava certa.

Pessoas ricas são, em última análise, apenas pessoas.

Grigori Moskov, o bilionário da tecnologia, imigrou

para os Estados Unidos quando criança e ainda tem alguns parentes na Rússia. Ele também é um amante sério de cães; seu husky siberiano viaja com ele em todos os lugares – uma grande vantagem de possuir um avião particular, ele explica. Mostro-lhe fotos dos meus gatos e nos unimos aos nossos companheiros peludos, tanto que ele me ensina a dizer "gato" em russo.

É *kot* se macho e *koshka* se fêmea, embora também existam cerca de um milhão de diminutivos fofos como *kotik, kiska, kotyonok* e assim por diante.

Weston Long é uma casca um pouco mais difícil de quebrar. Segundo a explicação discretamente murmurada de Ashton, o magnata imobiliário da Califórnia acabou de passar por um divórcio amargo e acha que todas as mulheres estão atrás do seu dinheiro. Isso me parece um pouco familiar, então, tento ser educada, mas distante, com ele, e acabamos discutindo livros, especificamente, o mais recente mistério de meu autor favorito, que, como se vê, é o favorito de Long também.

Por outro lado, os irmãos Gyles, que são tão parecidos em maneirismos e aparência que tenho dificuldade em pensar neles como indivíduos separados, ficam felizes em falar sobre tudo e qualquer coisa sob o sol. Logo aprendo que eles são realmente dinheiro antigo (algo a ver com a fabricação de armas durante a Segunda Guerra Mundial, embora sejam vagos sobre os detalhes) e que eles conhecem todas as celebridades que posso citar.

Eles também querem saber o fato de que fui criada pelos meus avós depois que minha mãe foi morta em um acidente e que eu não conheço meu pai. A única coisa sobre a qual estou calando a boca é a confusão de nomes através da qual Marcus e eu nos conhecemos; tudo o que venho dizendo hoje à noite é que nos encontramos em um restaurante no Brooklyn, com a chance de alguém aqui conhecer Emmeline.

Os irmãos Gyles parecem conhecer *todo mundo*, então, eu não ficaria surpresa.

O mais reservado do grupo é Bob Johnson, o cara mais velho que administra o fundo de pensão, mas depois de conversar um pouco com ele, vejo que ele é realmente tímido. Eu me identifico imediatamente com ele – eu amo pessoas tímidas – e até o final da noite, eu sei tudo sobre suas duas filhas crescidas e o neto que ele adora, bem como sua longa carreira no sistema escolar da Califórnia. Ele foi professor de matemática por muitos anos antes de trabalhar em alguma loja de materiais de escritório em Wall Street – da qual ele foi contratado recentemente para administrar o fundo de pensão do sindicato dos professores.

— Seus investimentos são completamente não diversificados, muito pesados em renda fixa e ações de primeira linha — ele me diz, e eu aceno com simpatia, embora tenha apenas uma vaga idéia do que isso significa. — Eles nem consideraram fundos de *hedge*, você acredita nisso? Não é à toa que eles estão preocupados em poder pagar todas as próximas aposentadorias.

— Sim, não é de admirar — repito, e isso parece ser o suficiente para mantê-lo falando sobre os retornos subpares que o fundo de pensão está recebendo e como ele planeja mudar tudo isso, começando com a alocação de uma parcela maior de seus ativos a valores mais altos. alternativas de maior recompensa, como o fundo de Marcus.

— Essa é uma ótima idéia — digo a ele, e falo sério. Talvez eu não conheça muito sobre estratégias de diversificação e alocação adequada de investimentos, mas conheço Marcus, e se alguém puder garantir que todos esses professores continuem recebendo suas aposentadorias, ele é o cara.

Bob sorri para mim e começa a usar ainda mais jargão financeiro, quando Marcus se junta à conversa, e fico feliz em me concentrar no meu café e sobremesa, que, felizmente, não é uma única cereja, mas uma *panna cotta* com uma camada de frutas vermelhas em cima.

Finalmente, todos terminaram de comer e beber, e Marcus entrega ao garçom um cartão de crédito para cobrir a conta. Uma conta que deve ser astronômica, porque a maioria dos homens pediu álcool extra durante o jantar – brandy, whiskey, conhaque – e eu suspeito que eles não tenham recebido desconto.

Enquanto Marcus assina o recibo, olho para a entrada e vejo Janie parada lá com seu namorado, Landon. Ele parece exatamente como eu me lembro:

alto, loiro e bonito, de um jeito de clube de campo de lábios finos. Ele e Janie estão me encarando de boca aberta – acho que por causa da minha companhia. Sorrindo, aceno para eles e Janie hesita e sorri de volta. Landon se inclina para sussurrar algo em seu ouvido. Minha amiga parece incerta, mas ele lhe dá um pequeno empurrão, e ela se dirige a mim, com ele o seguindo.

Levanto-me para cumprimentá-los quando eles se aproximam. — Oi, novamente, Janie. E olá, Landon. É bom ver você — digo, estendendo minha mão em sua direção com um sorriso educado. Eu tenho uma forte suspeita de que ele não está aqui por mim, mas sim para meus companheiros – uma suspeita que é instantaneamente corroborada, porque assim que ele aperta minha mão e murmura: — É bom ver você — seu olhar segue para a minha companhia e é como se eu não existe.

— Landon Worth — ele anuncia, estendendo a mão para Marcus. — Eu sou amigo de Emma.

As sobrancelhas de Marcus se erguem quando ele olha para mim, mas eu mantenho meu rosto em branco. Não há como reivindicar esse cara que mal conheço como amigo. Estou começando a formar uma teoria de por que Janie desapareceu depois que começaram a namorar, e não é uma boa.

A introdução de retorno de Marcus é curta, o aperto de mão breve. — Marcus Carelli.

— E esta é minha amiga da faculdade, Janie Brandt — eu digo, apontando para ela. — Nós nos encontramos no banheiro feminino mais cedo — Antes de Landon, eu a apresentaria como "uma das minhas melhores amigas", mas é difícil considerar alguém sua melhor amiga quando você não fala com ela há seis meses, e ela não retornou a maioria das suas mensagens.

— Prazer em conhecê-la, Janie — diz Marcus, apertando sua mão com uma expressão muito mais calorosa. Enquanto isso, Landon gira em torno da mesa, apresentando-se aos investidores de Marcus e distribuindo cartões de visita com letras douradas. — Caso vocês precisem de algum conselho de fusões e aquisições ou investimentos — ele diz a Weston Long com uma piscadela. — Minha equipe da Goldman acaba de lançar o Ações do Guru, sabe.

Todo mundo é educado com ele, mas posso dizer que ninguém está particularmente impressionado. Esses homens devem encontrar dezenas de Landons diariamente; com suas riquezas, não há como evitar todos os puxadores-de-saco e quem procure favores. Ainda assim, me sinto um pouco suja ao ver os flagrantes esforços de Landon para levantar a própria bola, e Janie também parece desconfortável.

Felizmente, a chatura não dura muito. Todo mundo estava se preparando para sair de qualquer maneira, e a chegada de Landon apenas acelera o inevitável. Dentro de minutos, todo mundo sai, deixando eu e Marcus com Janie e seu namorado.

— Então — diz Landon, sorrindo o suficiente para

engolir um barco. — Que tal nós quatro tomarmos uma bebida? Há um bar legal em…

— Talvez outra hora — diz Marcus enquanto o garçom pega nossos casacos. Ele se vira para a minha amiga. — Janie, foi um prazer conhecê-la. Espero vê-la novamente em breve.

E, colocando uma mão na minha parte inferior das costas, ele me leva para fora do restaurante e para o carro que espera.

31

Marcus

Uma vez que estamos dentro do carro, Emma fecha os olhos com um suspiro cansado, e eu a puxo para mim, deixando sua cabeça descansar no meu ombro.

— Cansada? — Eu pergunto, acariciando seus cachos macios. Uma fragrância florida flutua em minha direção, algo desconhecido, mas agradável, embora me dê uma sensação de cócegas nas narinas.

— Estou exausta. — A voz de Emma é abafada quando ela se enterra mais fundo no meu pescoço. — Não socializo assim intensamente desde o aniversário de vinte e cinco anos de Kendall.

Festa de aniversário de *vinte e cinco anos*? Por alguma razão, continuo esquecendo que minha

Gatinha é quase uma década mais nova, com amigas idem. Não estou exatamente com um bebê aqui, mas há uma diferença marcante entre trinta e cinco e vinte e seis. Na minha idade, casamento e família são a norma, mesmo na cidade de Nova York com mentalidade de carreira, enquanto a maioria dos colegas de Emma está ocupada demais para encontrar essas noções.

Não é à toa que é tão difícil fazê-la se comprometer. Ela está acostumada a garotos que não sabem o que querem, não a homens que reconhecem uma coisa boa quando a veem.

— Bem, você foi incrível. Todos eles te amaram — digo a ela, e é a verdade. Suspeitei que Ashton e os outros gostariam de Emma quando a conhecessem, mas levou menos de uma hora para ela enfeitiçá-los. Mesmo notoriamente rígido, Bob Johnson estava sorrindo até o final e, antes de partir, ele se comprometeu verbalmente com mais US$ 150 milhões – cerca de US$ 100 milhões a mais do que eu esperava obter dele nesta fase.

Minha Gatinha não apenas o divertiu com conversa fiada; ela o levou a aumentar seu investimento para o meu fundo.

— Sério? — Ela levanta a cabeça e pisca várias vezes. — Eu me senti tão ignorante com toda essa conversa financeira ao meu redor. Eu pensei com certeza...

Um espirro me atinge tão de repente que mal tenho chance de me virar. É imediatamente seguido por outro, e percebo o que significa essa sensação de cócegas no nariz.

— Você borrifou algum perfume hoje à noite? — pergunto nasalmente, pegando um lenço de papel em uma caixa atrás e pressionando-o no meu nariz enquanto me afasto de Emma. Minha garganta está coçando agora também e meus olhos estão começando a lacrimejar; o que quer que minha Gatinha tenha usado é algo poderoso.

Ela parece assustada. — Perfume? Não posso; meus gatos ficam loucos se eu usar algo com fragrância. Eu nem tenho perfume, e a maioria dos meus produtos não tem perfume. Por quê? Você é alérgico?

Eu espirro novamente no lenço. — Devo ser, pelo menos a certos perfumes. Tem certeza de que não usou nada? — Agora que estou pensando nisso, *é* a primeira vez que sinto cheiro em Emma que não seja seu perfume natural e delicadamente doce.

— Tenho certeza. — Então seus olhos se arregalam. — Ah, mas eu abracei Janie no banheiro, e ela estava coberta de perfume. Talvez um pouco disso tenha passado para mim?

— Deve ser isso — eu digo, pressionando o botão para abaixar a janela. O ar frio da noite sopra, limpando o cheiro de flores e aliviando a coceira no meu nariz e garganta.

— Ugh, me desculpe. — Emma se afasta de mim o quanto a largura do carro permite. — Janie nunca usou perfume, alegando que era sensível aos produtos químicos, mas hoje era como se ela tivesse se banhado nele.

— Tudo bem. A maioria das mulheres usa essas coisas. Fico feliz que você não. — Na verdade, esse era um dos critérios da minha esposa, que eu havia esquecido de contar a Victoria.

Emma sorri tristemente. — Eu usaria se pudesse. Meus gatos não permitem. E agora, você também, eu acho.

— Fico feliz que seus gatos e eu estejamos na mesma sintonia.

Ela ri da minha resposta seca e eu passo o resto do passeio do outro lado do carro. Felizmente, o tráfego está fraco a essa hora e não demora muito para chegar em casa. No meio do caminho, tenho que fechar a janela para evitar que nos congelemos até a morte, e meu nariz está coçando novamente quando chegamos ao meu prédio.

— Vou direto para o banho — Emma diz quando espirro novamente enquanto a ajudo a sair do carro. — Literalmente, no segundo em que passarmos pela porta. E não vou usar essas roupas novamente até que elas sejam lavadas.

— Boa ideia. Pedirei a Geoffrey que limpe seu casaco a seco também. Eu não tenho ideia se o perfume ficou nele também, mas não vou arriscar. — Parando para pensar sobre isso, minhas roupas precisam ser descontaminadas também, já que o cabelo com cheiro de flor de Emma estava por todo o meu ombro.

Eu devo aos gatos de Emma por ensiná-la a não usar essas coisas, realmente.

TODAS AS TRÊS BESTAS FOFAS ESTÃO ESPERANDO NA porta quando entramos, e vejo o que Emma quis dizer com "meus gatos enlouquecem". Assim que entramos, os três narizes sobem, farejando o ar, e as costas peludas começam a se curvar. Cottonball sibila – de verdade sibila – para nós antes de se afastar, e o Sr. Puffs se junta a ele com um uivo furioso. Rainha Elizabeth é a única discrepante; ela fica, embora seus olhos estejam selvagens e suas costas estejam em um arco completo enquanto ela olha para nós, como se não tivesse certeza se atacaria ou correria por sua vida.

— Eu sei, eu sinto muito — Emma diz a ela, tirando o casaco e pendurando-o no armário. — Terei mais cuidado, prometo.

Fiel à sua palavra, ela corre para o chuveiro do quarto principal, e mando uma mensagem para Geoffrey sobre o que fazer com nossos casacos quando ele chegar amanhã de manhã – e, já que Emma colocou sua roupa contaminada lá antes que eu pudesse avisá-la, com tudo o conteúdo do armário do térreo também.

Quando subo, estou nu, deixando todas as minhas roupas na lavanderia lá embaixo, só por precaução.

— Está quase seguro, rapazes — digo a Cottonball e o Sr. Puffs enquanto passo pela biblioteca, onde os dois gatos se refugiam nas estantes de livros. — O odor nocivo está prestes a ser contido.

Os gatos parecem desconfiados e não posso culpá-los. Esse perfume é realmente um assalto aos sentidos.

Entrando no quarto, encontro o vestido de Emma na cesta de lavanderia do meu closet e levo a cesta inteira para o andar de baixo – de novo, apenas para estar do lado seguro. Então eu volto e abro a janela para arejar o quarto.

Rainha Elizabeth se arrasta atrás de mim, com o nariz no ar, e eu a deixo ser o canário na mina de carvão. Depois de alguns longos momentos, ela se senta e começa a lamber delicadamente a pata.

Sucesso. Invasão de perfume contida.

— Tudo bem, agora você sai — digo ao gato enquanto vou para o banheiro, onde o chuveiro está correndo. — Eu tenho grandes planos para esta noite.

Rainha Elizabeth continua se limpando.

Eu paro e olho para ela. — Sério, xô. — Ontem à noite, tínhamos o quarto para nós, e pretendo que isso continue. Ao contrário da casa de Emma, minha cobertura é grande o suficiente para que todos os gatos tenham seu próprio quarto, o que significa que não há motivo para que os animais estejam presentes quando estamos fazendo sexo.

Estou totalmente antropomorfizando aqui, mas foder Emma na frente de seus animais de estimação parecia estranho como fazer na frente de crianças pequenas.

A gata me lança um olhar desdenhoso, depois, se

levanta e sai andando, parecendo tão real quanto a monarca cujo nome ela compartilha. Quando ela está acima do limiar, eu fecho a porta do quarto e a tranco como uma boa medida, meu coração acelerando enquanto meu corpo aperta com antecipação.

Realmente tenho grandes planos hoje à noite e quero zero interferência.

Eu quase terminei de lavar o condicionador do meu cabelo quando Marcus entra no enorme chuveiro comigo, uma pequena garrafa na mão e sua ereção já no mastro completo.

Piscando a água dos meus olhos, olho para aquela coluna impressionante de carne masculina, depois, arrasto meu olhar para o rosto de Marcus. Seus olhos estão ferozmente estreitados, sua mandíbula tensa com uma fome inconfundível.

Eu engulo, meu batimento cardíaco disparando quando eu dou um passo para trás, saindo do jato de água vindo dos cinco chuveiros rotativos. Ainda estou um pouco dolorida com esse sexo intenso na noite passada e não sei se estou disposta a algo excêntrico –

especialmente à luz das perguntas levantadas pelo erro de Ashton no jantar.

Dando outro passo para trás, dou uma olhada na garrafa. — Isso é lubrificante?

— Sim. — A voz de Marcus está baixa e áspera, sua intenção inconfundível quando ele coloca a garrafa na borda onde todos os xampus ficam e vem atrás de mim. Segurando meus quadris, ele me puxa contra seu corpo excitado e inclina a cabeça para me beijar.

— Espera. — Ignorando o calor ondulando em meu núcleo, afasto com minhas mãos entre nossos corpos e viro minha cabeça, fazendo com que seus lábios pousem em minha orelha. — Eu preciso falar com você primeiro.

Seus músculos do peito se transformam em pedra sob as palmas das minhas mãos. — O que é?

Com um empurrão, eu me solto e dou um passo para trás. — Emmeline. — Eu respiro fundo. — Você está ou a estava vendo?

Ele não parece surpreso nem ofendido com a pergunta. — Não. — Seu tom é calmo, seu olhar inflexível. — É como eu te disse: só nos encontramos uma vez. Conversamos por telefone algumas vezes depois disso, antes que eu decidisse persegui-la seriamente, mas isso foi tudo o que houve.

— Então, por que...

— Por que Ashton confundiu você com ela? — Ao meu aceno, ele diz sombriamente: — Porque eu estupidamente contei a ele sobre ela quando estávamos de folga. Foi depois que você me mandou embora, lembra?

Meu peito se contrai. — Quando você arrombou a porta?

— Isso. — Sua mandíbula é como granito. — Fiquei chateado por não poder esquecer você e liguei para ela, esperando que isso me ajudasse a seguir em frente. Alerta de spoiler: não ajudou. Mas durante essa conversa, combinamos de nos encontrar para jantar quando ela viesse a Nova York em uma viagem de negócios, e mais tarde, naquele dia, Ashton e eu nos encontramos para uma sessão de luta e saímos para beber depois. A casamenteira de quem falei é amiga da tia dele – Ashton é a razão pela qual eu a contratei – então, ele perguntou se ela havia me procurado, e eu lhe disse que ela me apresentara a Emmeline Sommers, que mora em Boston. Então, foi assim que Ashton soube sobre ela. E antes que você pergunte, cancelei esse encontro com Emmeline assim que você e eu voltamos. No entanto, não tive a chance de falar com Ashton sobre nada disso novamente, e é por isso que ele ficou confuso. De qualquer forma — Marcus respira fundo — tudo o que Ashton já ouviu falar sobre Emmeline é o nome dela e de onde ela é. Você pode perguntar se não acredita em mim.

A pressão ao redor da minha caixa torácica diminui mais a cada palavra que ele fala. Eu acredito nele. Talvez seja ingênuo, mas confio em Marcus para não mentir para mim – e foi por isso que perguntei a ele sobre isso, em vez de ficar brava, preocupada e bisbilhotar sozinha. — Ok.

— Ok? — Suas sobrancelhas grossas se juntam. — O que isso significa, "ok"?

— Isso significa que eu acredito em você. — Provavelmente isso merece uma discussão mais longa, mas sem o espectro de Emmeline jogando água fria na minha libido, eu tenho plena consciência do fato de que nós dois estamos nus em um chuveiro cheio de vapor e ele ainda está parcialmente excitado, e que ele trouxe uma garrafa de lubrificante com ele por algum motivo.

O cenho dele não diminui. — Bem desse jeito? — Ele avança em mim, músculos firmes. — Você acredita em mim?

Eu engulo e me afasto, recuando instintivamente diante de toda aquela intensa nudez masculina. — Bem, sim. — A batida rápida do meu pulso se intensifica quando minhas costas pressionam contra a parede de vidro do box e ele coloca as palmas das mãos em cada lado meu, me prendendo entre os braços estendidos. — Eu não deveria?

O olhar de Marcus escurece e ele mergulha a cabeça no meu ouvido. — Você deve. Não há outras mulheres para mim, Gatinha, ninguém em quem eu esteja remotamente interessado. — Sua voz é suave e profunda, seu hálito quente na minha pele molhada enquanto ele lambe a borda externa da minha orelha antes de roçar o lóbulo da orelha com os dentes. —

Você é tudo o que eu quero, Emma, tudo o que eu sempre quis, mesmo que nem sempre soubesse.

Enquanto ele fala, sua mão direita sai da parede e acaricia meu corpo, deslizando sobre meus seios e barriga antes de deslizar para o recanto macio entre minhas pernas. Dois de seus dedos empurram em mim, e o raio de necessidade que dispara através de mim é tão intenso que não consigo reprimir um gemido. Cada músculo dentro de mim contrai, apertando aqueles dedos grandes e ásperos, e eu estremeço com o delicioso atrito, mesmo quando suas palavras me aquecem de uma maneira totalmente diferente.

Ele quis dizer isso? E se sim, o que isso significa para nós?

Eu te amo, Marcus. A frase paira na ponta da minha língua, como um pássaro prestes a mergulhar de um penhasco, mas eu a engulo de volta, com muito medo de deixá-la voar. Por mais que eu queira confiar nele com meu coração, ele machucou uma vez e ainda está se recuperando. Em vez disso, estendo a mão e puxo a cabeça em minha direção, dizendo-lhe com um beijo o que não posso dizer em voz alta.

Deixá-lo saber que ele é dono do meu coração, é dono de tudo em mim, mesmo que a noção me apavore.

Nossos lábios tocam com ternura a princípio, nossas línguas acariciam e duelam gentilmente, mas não demora muito para que a fome animalesca domine. O beijo se torna mais áspero, mais intenso, mesmo quando seus dedos se curvam dentro de mim, pressionando em um ponto que faz meus dedos do pé se enroscarem no chão molhado. Com todos os cinco chuveiros jorrando água quente a um metro de nós, o ar dentro da cabine é espesso e úmido, o vapor se condensando nas altas paredes de vidro e sinto que estou em algum tipo de sonho sexual surreal, uma fantasia direta dos cantos mais sombrios da minha mente.

Nessa minha fantasia proibida, estou à mercê de um pirata perigosamente bonito, um homem feroz que desejo e desprezo. Meu corpo anseia por seu toque abrasador, mesmo quando minha mente luta. No entanto, quando sua mão livre segura minhas costas, me levantando contra a parede de vidro, não tenho escolha a não ser me submeter a ele, à sua força e enorme necessidade de mim... e à minha própria fome ardente. Gemendo, arqueio meu pescoço, expondo minha garganta a seus beijos ásperos e cortantes, e o conhecimento de que ele não vai parar, não vai ceder, é tão quente quanto assustador.

A exaustão que me apoderou depois do jantar aumenta a névoa onírica, obscurecendo a linha entre fantasia e realidade, derretendo meus medos e inibições. Seus dedos me penetram mais fundo, seu polegar pressionando meu clitóris, e quando minhas pernas envolvem seus quadris, minhas mãos seguram seus cabelos sedosos, meu coração batendo loucamente com uma onda violenta de necessidade.

— Minha. Você é toda minha. — ele respira, raspando os dentes sobre a pele macia na junção do meu pescoço e ombro, e eu me dissolvo em um ser de pura necessidade, com calor líquido pulsando no meu núcleo e um desejo sombrio correndo pelas minhas veias. Não tenho pensamentos, nenhuma razão, apenas essa necessidade que se intensifica rapidamente, e quando o polegar dele esfrega círculos no meu clitóris, eu gozo com tanta força que quase desmaio.

Ainda estou atordoada quando ele me coloca em meus pés instáveis, depois, me guia em direção à borda em forma de banco do outro lado do box. Gentilmente, ele me coloca de joelhos no chão, com os meus seios e antebraços apoiados no azulejo úmido e quente do banco e seu corpo grande e musculoso me cobrindo pelas costas. Meu cabelo gotejante cai para a frente, obscurecendo minha visão quando ele chega a algum lugar, então, um líquido fresco e viscoso pinga na fenda entre as bochechas da minha bunda, seguido por um dedo deslizando sobre ele.

— Gatinha... eu vou te foder hoje à noite. — Sua voz está baixa e sombria quando seu braço livre envolve a frente dos meus quadris para levantar mais minhas costas. — Vou reivindicar esse seu buraco apertado e doce, então, se você não quiser, diga agora.

A ponta de seu dedo brinca com a minha abertura enquanto ele fala, e eu coro tanto com suas palavras sujas quanto com a sensação dele pressionando lá. Ele me disse no passado que pretendia fazer isso, e eu quero e temo em medidas iguais. Até agora, ele usou apenas o dedo e a língua e ambos foram chocantes e, em seguida, alarmantemente eróticos. Mas o pau dele é muitas vezes maior. Em uma noite diferente, eu poderia ter estado muito nervosa para tentar, mas neste estado de sonho, seu tamanho e a dor provável que isso pressagia parecem menos um impedimento.

Esta noite, ele pode fazer comigo o que quiser. Estou à mercê do meu pirata, seu prêmio de guerra para corromper e desfrutar.

Ele deve ler meu silêncio como complacência, porque a pressão na minha abertura se intensifica e um suspiro assustado escapa dos meus lábios quando seu dedo deslizado pelo lubrificante entra profundamente na minha bunda. Embora não seja mais uma sensação totalmente nova, meu corpo ainda aperta instintivamente a plenitude quase dolorosa, a sensação perturbadora de ser invadida desta maneira perversamente erótica.

— Shh — ele acalma, e sua outra mão desliza entre as minhas pernas, encontrando meu clitóris inchado. — Está tudo bem, Gatinha... apenas relaxe para mim. — Enquanto ele fala, seu segundo dedo pressiona, passando pelo anel apertado de músculo, e eu gemo com o alongamento ardente, mesmo quando meu clitóris palpita com sua manipulação hábil.

— Respire, meu amor. Vamos devagar e com calma. — Sua voz está mais suave agora, mais hipnótica e, apesar do crescente desconforto, a névoa de sonho persiste, auxiliada pela tensão agradável que se enrola no meu núcleo. Ele intensifica a pressão no meu clitóris, revirando-o em círculos, e meus quadris começam a tremer, perseguindo mais a sensação de excitação, precisando atingir o pico de tirar o fôlego. E eu estou perto, muito, muito perto... tão perto que nem me importo quando aqueles dedos invasores começam a se mover dentro de mim, fodendo minha bunda com movimentos lentos e rítmicos.

— Sim, é isso. Que gatinha boa... Não fique tensa agora, fique relaxada. — Sua voz profunda e suave é como um copo de leite quente e biscoitos, mesmo quando seus dedos pegam o ritmo e a outra mão continua a atormentar meu clitóris, arrancando gemidos impotentes da minha garganta. A queima do trecho está diminuindo a cada golpe, mas a plenitude desconfortável persiste, cada impulso me abrindo de novo, aumentando o erotismo peculiar dessa violação. De joelhos, com meus mamilos pontudos esfregando contra a superfície lisa do banco e meu corpo à beira de um orgasmo explosivo, me sinto como uma boneca sexual humana – sua boneca sexual – e a ilusão de estar dentro da minha fantasia pirata fica mais forte, me impulsionando para mais perto dessa borda deliciosa.

Gemendo, aperto seus dedos, empurrando meus quadris para frente. — Por favor, Marcus... — As palavras saem em uma expiração trêmula. Estou quase lá, mas não completamente, o toque dele no meu clitóris está um pouco leve demais. — Por favor, apenas um pouco mais...

— Ainda não — ele murmura enlouquecedoramente, e antes que eu possa protestar, a pressão no meu clitóris desaparece e seus dedos saem de mim, me deixando aberta e estranhamente vazia.

Um segundo depois, há outra gota de líquido frio e algo muito maior pressiona entre minhas bochechas.

É o pau dele, eu percebo, minha respiração fica presa quando a cabeça grossa começa a me penetrar.

Sem a preparação com os dedos, isso não teria sido possível. Mesmo assim, o trecho dolorido é quase mais do que eu posso suportar. Minha respiração fica superficial, meu pulso pulando em pânico enquanto meu corpo cede lentamente. Por alguns momentos, parece que não vai funcionar, mas finalmente, com um *pop* indutor de tontura, a parte mais grossa de seu pênis rompe o anel muscular e ele desliza mais fundo em mim.

Imediatamente, ele para e sinto uma mão gentilmente acariciar meu quadril, mesmo quando os dedos do meu clitóris retomam seu tormento. — Você está bem, Gatinha? — ele pergunta suavemente. — Você quer que eu pare?

Eu respiro fundo nos meus pulmões esvaziados, tentando pensar, mas estou muito impressionada com a cacofonia de sensações no meu corpo. Eu pensei que estava preenchida antes, mas não é nada comparado à sensação dele dentro de mim. Ele nem entrou tudo, e estou completamente cheia. Meu batimento cardíaco é um tambor frenético no peito, meu corpo esticado além de seus limites, mas de alguma forma, a dor latejante de excitação ainda está lá, atiçada por sua hábil manipulação do meu clitóris e pela fantasia sombria que se desenrola em minha mente.

— Não pare. — Minha voz é um sussurro irregular.

— Eu quero... quero sentir isso. — Quero saber como é ser possuída desta maneira.

A voz de Marcus endurece, seus dedos pressionando mais forte no meu clitóris. — Oh, você vai, Gatinha. Você vai. — E segurando meu quadril com a outra mão, ele lentamente trabalha em mim, deixando-me ajustar à extrema plenitude centímetro a centímetro. Quando ele está dentro de mim, faz uma pausa novamente, deixando-me acostumar com a sensação enquanto ele continua brincando com meu clitóris. Então, devagar e com muito cuidado, ele começa a se mover, fodendo minha bunda com um ritmo gradualmente intensificado.

— Oh, Deus. — Minhas mãos se fecham em punhos, minha testa caindo na superfície lisa do banco enquanto meu peito respira instável. O empurrar/puxar de seus impulsos é diferente de tudo que eu já conheci, tanto dor quanto um tipo mais sombrio de prazer. Com meu corpo tão completamente invadido, eu *sou* sua boneca sexual indefesa, uma escrava do prazer agoniado que ele está provocando nas minhas terminações nervosas sobrecarregadas. Meu interior parece que está sendo arrastado para frente e para trás a cada golpe, mas uma tensão vertiginosa e eletrizante está crescendo e enrolando em meu núcleo. Eu posso sentir meu pulso em minhas têmporas, sentir o cheiro de suor de nossos corpos unidos, e quando ele se inclina sobre mim, apertando meu clitóris entre o polegar e o indicador, eu explodo no orgasmo mais intenso da minha vida, a explosão de êxtase através de mim como uma onda de choque.

É tão forte que vejo faíscas atrás das pálpebras fechadas e, ao descer à terra, o ouço gemer roucamente e sinto o calor líquido de sua liberação dentro da minha bunda.

33

MEU CORAÇÃO É COMO UM CARRO DESCONTROLADO NO peito, meus pulmões arfando como foles do orgasmo. Forçando-me a ficar de pé, eu cuidadosamente saio de Emma e pego seu corpo flácido nos meus braços. Ela parece ainda mais do que eu, então, em vez de trazê-la para o chuveiro, eu a coloco gentilmente em uma posição sentada no banco e vou para os chuveiros para me lavar antes de dirigir o spray em sua direção.

A água quente parece reviver Emma levemente, e ela pisca para mim, seus cílios castanhos escuros e pontiagudos quando eu derramo um sabonete na palma da minha mão.

— Como está se sentindo, Gatinha? — Agachado na frente dela, pego um pé pequeno e começo a lavá-lo. —

Eu machuquei você? — tentei ir o mais devagar que pude, mas ela estava além do aperto, sua bunda envolvendo meu pau mais confortavelmente do que qualquer masturbação. Um homem melhor teria recuado, deixando-a em paz, mas o animal selvagem dentro de mim não me permitiria me retirar até que eu a reivindicasse completamente... até que eu a sentisse gozar enquanto eu estava enterrado no fundo daquela bunda deliciosa.

Seu olhar vai para a espuma que estou espalhando sobre os dedos dos pés. — Estou bem. — Ela parece hipnotizada pelo que estou fazendo, como se ela tivesse um pequeno fetiche por pés... e foda-se se eu não achar essa ideia gostosa.

— Então, eu não te machuquei? — confirmo, esfregando seu arco com o polegar e, com certeza, seus olhos ficam pesados, os dedos dos pés se curvando como se eu estivesse chupando seu clitóris.

— Não. Isto é, hum... não muito. — Parece que ela está tendo problemas para se concentrar, e eu levanto o pé mais alto, movendo-o sob o jato de água para tirar o sabão. Quando está totalmente lavado, abaixo a cabeça e chupo os dedos dos pés, observando o rosto dela o tempo todo.

Seus lábios formam um O chocado, e sua pele já rosada fica mais brilhante.

Eu sorrio internamente enquanto massageio seu pé e continuo chupando aqueles dedinhos sensuais. Definitivamente, um fetiche por pés acontecendo, e não apenas do lado dela. Seus pés são tão pequenos quanto o resto dela, todos macios, rosados e bonitos, e eu adoro brincar com eles, principalmente porque ela está me encarando, como se ela não pudesse acreditar no que estava acontecendo, mas que está prestes a chegar ao orgasmo. Eu amo tanto aquele olhar nela que meu pau, que devia estar completamente fora de serviço, está endurecendo novamente.

Repito o tratamento ensaboar e chupar /massagear no outro pé, e quando sua respiração soa como se ela tivesse escalado uma montanha, eu beijo meu caminho até sua perna e a recompenso com uma sucção real no clitóris. Depois que ela goza, eu a puxo para o meu pau agora ereto e desfruto de uma longa e deliciosa foda no chuveiro, durante à qual eu a faço gozar mais duas vezes.

Para mim, não existe orgasmos suficientes para ela.

mma

SE EXISTEM ORGASMOS DEMAIS, TENHO CERTEZA DE QUE cheguei lá ontem à noite. Não só estou seriamente dolorida em *todos* os tipos de lugares, mas durante todo o dia, estou tropeçando como um zumbi, bocejando e bebendo café em uma tentativa fútil de ficar acordada no trabalho.

Marcus claramente não precisa de muito sono ou tempo de recuperação, porque depois daquela *sexatona* excêntrica no chuveiro, ele me acordou às seis horas da manhã para – *o que mais* – fazer ainda mais sexo. E, então, como ele não tinha uma reunião matinal, ele fez uma corrida de 10 quilômetros.

Bilionários não devem ser humanos. Ou, pelo menos, este não parece ser. Talvez ele seja secretamente um cyborg do futuro – *Exterminador*, a edição de robôs sexuais.

Neste ponto, eu não ficaria surpresa.

A boa notícia é que, ao acordar naquela hora ímpia, eu comecei a trabalhar cedo e, portanto, posso sair mais cedo, para poder arrumar minhas coisas, pegar meus gatos e fazer Wilson nos levar para casa durante a noite.

Ou, pelo menos, deve ser uma boa notícia. No momento, estou tão cansada que mal consigo pensar, e muito menos me imaginar fazendo toda aquela bagunça, perseguindo gatos e andando de carro. Entre a energia gasta no jantar do investidor e a *sexatona* que se seguiu, estou tomando toda a minha força para permanecer na posição atrás da caixa registradora e focar nas compras das pessoas – em parte porque são muitas compras, muito mais do que o normal.

O Natal está chegando e os livros impressos são ótimos presentes.

De qualquer forma, talvez esse fosse o plano maligno de Marcus: me esgotar com a socialização e o sexo, para que eu ficasse na casa dele outra noite. Só porque ele prometeu parar de me pressionar para mudar não significa que ele esqueceu a ideia. Até agora, eu o conheço. Sei como sua mente desonesta funciona e é perfeitamente possível que pelo menos alguns orgasmos na noite passada, e nesta manhã, tenham sido dados a mim com o único objetivo de me fazer não ir para casa.

Bem, ele não terá sucesso. Cansada ou não, vou para

casa de qualquer maneira. Caso contrário, eu também poderia fazer a Sra. Metz feliz, encerrando meu contrato com antecedência – o que pretendo fazer, assim que encontrar um apartamento com preço razoável.

Não vou morar com Marcus.

Não importa quão bem as coisas estejam entre nós, é muito cedo para isso.

Infelizmente, meus avós não pensam assim. Na hora do almoço, Vovó me liga, perguntando se a mudança foi como planejada, e como eu não quero decepcioná-la e Vovô, acabo dizendo a ela que estamos fazendo um teste nesta semana para ver como meus gatos se ajustam. *Obrigada, Marcus, por essa ideia.* Dessa forma, poderei culpar os gatos quando contar aos meus avós que decidimos que residências separadas são o caminho a seguir por enquanto.

O que eles estão totalmente. É verdade, todos os meus três gatos adoram a casa dele, e eu sou mimada além do normal por lá, com Geoffrey fazendo jantares deliciosos e me servindo sucos verdes todas as manhãs, mas tenho que manter minha independência. Este jantar em particular com os investidores de Marcus foi melhor do que o esperado, mas ainda não sou a socialite bonita e polida que ele estava procurando. Se ele continuar me trazendo para esses eventos, há uma chance muito grande de que eu estrague tudo e o envergonhe de alguma forma e, então, ele pode decidir que morar junto foi um erro e acabarei lutando por um lugar para alugar. Não que ele me jogasse na rua, mas ainda assim. A chama entre nós queima quente agora, mas não há garantia de que isso dure.

Não é como se ele estivesse apaixonado por mim.

Meu peito aperta com o pensamento, mas não há tempo para insistir nele. O fluxo de clientes continua chegando, e eu continuo registrando as compras deles. Finalmente, por volta das três, há uma pausa, e vou para uma das poltronas nos fundos, esperando fechar os olhos para uma soneca de cinco minutos. Mas assim que estou me sentando em uma cadeira confortável, meu telefone toca.

Bocejando, tiro-o do bolso e olho para a tela, esperando que seja Kendall ligando para obter uma atualização do jantar da noite passada. Mas é Janie, toda brilhante e borbulhante enquanto eu atendo.

— Ei, Emma! Foi *tão* bom te ver ontem à noite. Não acredito que não nos falamos por tanto tempo!

— Hum, sim. — Tendo visto Landon em ação ontem à noite, posso acreditar, mas não digo. Kendall, Janie e eu éramos inseparáveis na faculdade e por alguns anos após a formatura, e não quero perder uma amiga só porque não gosto do namorado dela. Não que ela tenha sido muito amiga nos últimos meses, mas talvez isso mude agora que nos reconectamos. Forçando-me a injetar algum entusiasmo em minha voz, digo: — Devemos definitivamente almoçar ou jantar em breve.

— Sim! Que tal hoje? Landon e eu podemos ir ao Brooklyn depois do trabalho. A menos que... Você esteja morando em Manhattan agora, por acaso?

— Não, mas ficarei por um tempo em Tribeca. Espere, na verdade, hoje à noite não é bom. — Não só estou privada de sono para outro jantar tardio, mas uma saída interferirá nos meus planos de arrumar as malas e pegar os gatos.

Estou determinada a dormir na minha cama hoje à noite.

— Que tal amanhã então? Como eu disse, somos flexíveis quanto à localização. Brooklyn, Manhattan, o que for melhor para você.

Bem, isso é novidade. Poucos meses antes de Janie começar a namorar Landon, ela conseguiu um emprego em uma empresa de relações públicas em Midtown e se mudou do Brooklyn para o Upper East Side, e imediatamente o Brooklyn se tornou como outro país para ela. Kendall, que também mora na cidade, sente o mesmo, então, eu acho que é uma coisa manhattanita. De qualquer forma, a súbita disposição de Janie de ir até os bairros é estranha, para dizer o mínimo.

— Deixe-me verificar com Marcus e ligo de volta para você — digo quando a campainha da porta toca, significando outro cliente. — Ele disse algo sobre trabalhar até tarde amanhã, para que possa ser um bom momento para nós três...

— Oh, nós podemos fazer isso outro dia, então. O que funcionar melhor para você e Marcus. Landon está *morrendo* de vontade de conhecê-lo melhor.

Ah, portanto, não se trata de *me* ver.

— Sim, informarei em que dia funciona — digo,

fazendo o possível para esconder a mágoa na minha voz. Por um minuto, pensei que Janie realmente queria retomar nossa amizade. — Agora, se você não se importa, eu tenho que correr. Está um dia agitado aqui na livraria.

— Claro. Estarei esperando. Adeus por enquanto!

E quando volto para o caixa registradora, tomando um café cheio de açúcar para lavar o gosto amargo da minha boca, percebo que essa será outra desvantagem de namorar um bilionário.

Minha mãe não é a única que acredita no uso de pessoas, e agora sou alguém para ser usada.

———

— Apenas diga a ela que Marcus está muito ocupado para sair com o namorado idiota dela — diz Kendall quando eu conto a conversa depois de contar-lhe rapidamente sobre o jantar da noite passada e tudo o que se seguiu, menos o sexo, é claro.

Não tenho como dizer a ela que fiz anal. Meu rosto arde como a superfície do sol quando penso em como a coisa toda ferveu.

— Então, você acha que minha teoria está certa? — Eu pergunto, tirando minha mente da sarjeta para olhar pela janela o engarrafamento. Saí do trabalho mais cedo, como planejado, mas está nevando novamente, e até as habilidades de direção de Wilson não podem nos ajudar a superar o impasse mais rapidamente.

Se continuarmos rastejando a três quilômetros por hora, eu posso acabar ficando na casa de Marcus mais uma noite.

— A teoria de que Landon pressionou Janie a deixar de ser nossa amiga porque não nos encaixamos na imagem que ele quer que ela projete? É possível — diz Kendall, pensativa. — Ele parece ser do tipo que faz isso.

— Não, eu disse que *eu* não me encaixo na imagem — eu corrijo. — Você sim, e você não disse que Janie a convidou para sair algumas vezes nos últimos meses?

— Bem, sim, mas sempre foi durante as noites em dias úteis, e você sabe que meu chefe muitas vezes exige que eu trabalhe até tarde. E nos fins de semana, quando eu realmente estava livre, ela estava muito ocupada com Landon.

— Mas ela ainda convidou você. Porque você se veste bem e pode se portar em uma festa chique. Eu, por outro lado, não tive notícias dela. E você deveria ver o quanto ela mudou, Kendall. É como se ela tivesse participado de um desses programas de reforma.

— Sim, isso é meio louco — Kendall concorda. — Quero dizer, as pessoas mudam e tudo, mas isso parece bastante extremo. Você acha que é por causa de Landon?

— Tenho quase certeza disso. — Eu assisto flocos de neve gordos pousando nos carros próximos a nós. — Você acha que... — Eu paro, sem saber se devo continuar.

— O quê? Vamos, Ems, desembuche.

Eu respiro. — Você acha que Marcus também espera isso de mim? Quero dizer, se ficarmos juntos por mais tempo, você acha que ele quer que eu me torne como Janie, toda roupa de grife, cabelos lisos e lábios brilhantes?

— E daí se ele quiser? — O tom de Kendall está claramente ausente de simpatia. — Não há nada de errado em colocar algum esforço em sua aparência. Como você se sentiu no vestido saído da bunda de seu gato e nas botas baratas ontem à noite?

— Não foi ótimo — admito. — Quero dizer, quando cheguei lá, eu meio que esqueci, porque todo mundo era legal comigo, mas...

— Mas você se preocupou com isso de antemão. E por quê? Por que não se vestir bem e se sentir bem com o que você está vestindo?

Eu franzi a testa. — Bem, por um lado, eu não posso pagar...

— Emma! Você está namorando um *bilionário*. Deixe o cara comprar a porra de um vestido e um par de sapatos decentes, para que você se sinta à vontade no meio do povo dele. Ou se isso é demais para suas sensibilidades independentes, deixe-me pegar algumas amostras da coleção do meu chefe.

— Eles não têm tamanho zero duplo? — Eu pergunto ironicamente. — A última vez que verifiquei, essas roupas podem nem caber nos meus gatos.

Kendall solta um suspiro frustrado. Eu a peguei, e ela sabe disso. — Certo. Apegue-se aos seus princípios. Mas estou lhe dizendo, Ems, a mudança nem sempre é uma coisa ruim. Talvez Janie tenha exagerado tentando agradar o namorado, mas se ela se sente bem em sua nova pele, seja feliz por ela. Não há nada de errado em querer projetar uma imagem específica – a menos que, ao fazer isso, você negligencie seus amigos.

É a minha vez de soltar um suspiro frustrado. — Eu sei disso. Eu só estou... —*Assustada*. Não digo, mas a palavra soa alta e clara em minha mente, como se empurrada para a frente pelo meu subconsciente.

E eu *estou* com medo.

Não, isto está errado.

Eu estou aterrorizada.

Minha avó e Kendall estavam certas quando disseram que eu não gosto de mudanças, que não sou uma pessoa que corre riscos. Só que é mais do que isso.

Mudanças, convulsões de qualquer tipo, me lembram os primeiros anos da minha infância, quando minha mãe e eu nos mudávamos a cada poucas semanas, passando do apartamento de um namorado para outro. Algumas dessas mudanças foram voluntárias por parte de minha mãe, outras, nem tanto. No caso deste último, muitas vezes precisamos deixar nossas coisas para trás e começar de novo. Eu teria que ir para uma nova escola, me adaptar a um novo bairro, comprar roupas novas, fazer novos amigos – ou, depois de um tempo, nem me dar ao trabalho de fazer amigos.

Por que tentar me aproximar de alguém quando, em alguns meses, tenho que fazer tudo de novo?

Por que arriscar me revelando, quando o pagamento é tão pequeno?

Não foi até meus avós me aceitarem que eu ganhei estabilidade em minha vida, e eu a guardo até hoje. A mudança e o risco que vêm com ela são profundamente perturbadores para mim. Preciso do conforto do familiar, seja minhas roupas desgastadas ou meu trabalho ou até mesmo a maneira como as pessoas me veem – como uma garota livre e desajeitada que, como Kendall apontou no mês passado, estava se transformando em uma senhora dos gatos estereotipada... uma mulher que nunca pode ser o que um homem como Marcus precisa.

— Olha, Ems — diz Kendall, e novamente ouço buzinas ao fundo. — Eu tenho que ir agora, mas você realmente deve pensar no seu futuro e no que deseja. Sei que você ainda tem dúvidas sobre as intenções de Marcus, mas de onde vejo, o principal obstáculo no seu relacionamento é *você*. Se você quer que isso funcione, não pode esperar que ele faça todo o trabalho pesado. Passar um tempo com seus avós, recebendo seus animais de estimação na casa dele, levando você a conhecer pessoas importantes para ele – ele está abrindo espaço em sua vida para você e toda sua bagagem. Cabe a você fazer o mesmo por ele.

Ela desliga e eu sento em silêncio, olhando para o trânsito.

Ela está certa, eu sei que ela está certa, mas isso não facilita o processo.

É verdade que já me comprometi ao concordar em

deixar Marcus pagar pelas coisas quando ele me convidar para sair, usar o motorista e voar no avião e comer refeições preparadas pelo chef. Deixei que ele ficasse na casa dos meus avós durante todo o fim de semana de Ação de Graças e, agora, passei duas noites seguidas na casa dele.

Na superfície, não fiz nada além de ceder, mas a realidade da questão é que não comprometi nada realmente importante, não do jeito que ele fez. Ele é uma aberração pura que nunca quis animais de estimação, mas se esforçou para abraçar meus bebês de pelo. A parceira dos seus sonhos é uma socialite brilhante, mas ele não se incomodou em me levar a um jantar para investidores vestindo minhas roupas baratas e botas gastas.

Ele *fez* todo o trabalho pesado nesse relacionamento e, por mais forte e determinado que seja, não posso esperar que ele continue fazendo isso.

Eu tenho que carregar minha parte justa do fardo.

Para fazer isso funcionar, tenho que correr um risco e abraçar a mudança.

arcus

Durante toda a manhã, eu penso em maneiras de fazer Emma ficar na minha casa mais uma noite. O acordo que fizemos significa que não posso continuar pedindo a ela, então, tenho que recorrer a métodos mais escusos.

Conseguir que Wilson se finja doente para que ele não possa levá-la e os gatos para casa?

Não, só tenho que ligar para um táxi e acabaremos discutindo sobre quem paga.

Incentivar os gatos a fugir de Emma, trazendo alguns ratos vivos para eles perseguirem?

Não, muito cruel com os pobres ratos.

Atacar Emma assim que ela chegar em casa e mantê-la na minha cama a noite toda?

Sim, essa é uma ideia mais promissora, e se tudo mais falhar, eu irei com ela e passarei a noite em sua cama irregular.

Claro, isso é apenas uma solução a curto prazo. Preciso de algo mais permanente, e logo.

No almoço, ligo para o corretor de imóveis que visitou a senhoria de Emma e peço que a procure novamente. — Diga a Metz que você tem um comprador pronto — instruo e, depois de desligar, ligo para Weston Long.

— É Carelli — digo quando o magnata do setor imobiliário atende. — Eu preciso de um favor.

Eu esperava que não chegasse a isso, mas não vejo outra opção.

A fera uivando dentro de mim precisa de Emma em sua caverna.

O RESTO DO MEU DIA É INCRIVELMENTE OCUPADO. Depois que o relatório de empregos é divulgado, a volatilidade do mercado aumenta e eu passo a tarde toda com meus diretores executivos, decidindo quais investimentos desacelerar e quais dobrar. Como resultado, não saio do escritório até as sete, uma hora depois do planejado e, quando finalmente chego em casa, descubro que meus planos de atacar Emma atingiram um grande obstáculo.

Ela está dormindo.

— Ela estava exausta quando chegou meia hora

atrás — Geoffrey me informa enquanto tiro meu casaco. — Disse que estava cansada demais para comer e ia tirar uma soneca.

Um pico de culpa perfura meu peito. Eu devo tê-la deixado exausta completamente ontem à noite. — Ela disse algo sobre fazer as malas e ir para casa?

— Não, Sr. Carelli. Ela foi direto para o quarto e não desceu desde então. — Ele faz uma pausa e depois pergunta cuidadosamente: — Devo esquentar o jantar para o senhor? Ou gostaria de esperar pela Srtª Walsh?

— Dê-me alguns minutos e eu vou lhe informar.

Subo as escadas, parando apenas para acariciar Cottonball, que costuma me cumprimentar todas as noites na porta. É claro que alguns segundos coçando a cabeça são insuficientes para o felino carente, então, quando ele mia alto, olhando para mim com aqueles grandes olhos verdes, eu me abaixo e o pego, levando-o comigo para que eu possa acariciá-lo enquanto eu ando.

Entrando no quarto com Cottonball ronronando nos braços, encontro Emma escondida embaixo do cobertor, com os outros dois gatos enrolados ao lado dela no meu travesseiro.

Há um mês, eu imediatamente arrancaria os lençóis e Geoffrey ferveria minha fronha com água sanitária. Mas, enquanto observo a cena à minha frente, os germes de gatos são a última coisa em minha mente.

Se eu ainda não tivesse percebido que a amo, saberia neste instante. Luxúria e ternura, possessividade e adoração – tudo isso se mistura no meu peito. Emma em repouso é uma visão que derrete meu coração e torna meu pau duro. Ela está deitada de lado, com um braço pálido sobre o travesseiro e os cachos como espirais de chamas em torno de seu rosto suavemente bonito. Com os olhos fechados, seus cílios grossos são como meias-luas avermelhadas nas bochechas sardentas e os lábios de botão de rosa estão levemente entreabertos, fazendo-me querer ajoelhar na frente dela e beijá-los, depois, virá-la de costas e transar com ela a noite toda.

Mesmo com minha Gatinha parecendo um anjo de *Botticelli*, o selvagem dentro de mim está vivo e bem.

Coração batendo forte, eu ando e paro na beira da cama, olhando para ela. A respiração de Emma é completamente regular; ela está profundamente no meio do sono. Os dois gatos levantam a cabeça quando me aproximo, depois as deitam, sem se impressionar.

Não sei quanto tempo fico ali olhando para ela, mas, eventualmente, me afasto silenciosamente e desço as escadas. Com Cottonball sentado no meu colo, como o jantar que Geoffrey preparou, depois, vou para o meu escritório em casa para trabalhar mais. O gato me segue até lá, cochilando na minha mesa enquanto analiso os relatórios de pesquisa. Considero afastá-lo, mas ele não está me incomodando, e tê-lo aqui é um pouco como ter uma parte de Emma comigo.

Quando termino, faço algumas dezenas de voltas na piscina, tomo banho e vou para o quarto para me juntar à minha Gatinha, cuja soneca da noite está em transição para o sono noturno. Silenciosamente, eu me aproximo da cama e acendo a lâmpada de cabeceira. O Sr. Puffs e Rainha Elizabeth ainda estão deitados no meu travesseiro, ignorando-me. Como afastá-los pode acordar Emma, pego outro travesseiro do meu armário e cuidadosamente movo o travesseiro com os gatos de lado. Então, apago a lâmpada e me estico ao lado de Emma, puxando seu corpo macio e quente em meu abraço.

Ela se agita com o meu toque, murmurando, — Marcus?

— Sim, sou eu. Durma, meu amor. — Meu pau está dolorosamente duro, mas quero que ela descanse e se recupere. Estou acostumado com o ritmo sem fim da minha vida, com jantares de negócios que duram até altas horas da noite, seguidos de exercícios ou reuniões matinais. Mas ela é nova nisso, e a última coisa que quero é prejudicar sua saúde, esgotando-a com minhas exigências sexuais, além de tudo o mais.

Ela se aconchega mais perto, bocejando contra o meu ombro. — Eu não fui para casa — diz ela sonolenta. — Eu ia, mas não fui

Eu suprimo um sorriso. — Percebi.

— E eu não quero. — Ela parece um pouco mais acordada.

Meu coração dá um pulo, depois, começa a bater. — Você não precisa. — Ela está dizendo o que eu acho que ela está dizendo? Recuando, acendo a lâmpada e encontro seu olhar. — Gatinha, você não precisa ir a lugar algum. Quero você aqui sempre. Você sabe disso.

Ela pisca algumas vezes, o sono rapidamente

desaparecendo dos olhos. — Marcus, eu... — Ela se senta, segurando o cobertor no peito. — Eu acho que quero tentar isso. Ou seja, se você tiver certeza.

Eu também me sento, meu coração acelerando ainda mais. — Eu tenho. Muita certeza. — Tão certo que acabei de concordar em pagar três milhões de dólares a Weston Long em troca de que uma de suas empresas comprasse a moradia da senhoria. É isso que a está motivando? A mulher já falou com Emma sobre o término do contrato de aluguel mais cedo?

Mas não, é muito cedo. Long disse que precisaria de alguns dias para fazer uma oferta.

— Está bem então. — Emma respira, fazendo com que o cobertor escorregue e exponha um seio pálido com um mamilo tentadoramente rosa. — É um teste. Oficialmente.

— Sim, um teste — eu digo densamente, e incapaz de resistir, tiro os gatos da cama e a puxo para mim.

Na manhã seguinte, ainda não sei o que levou minha Gatinha a mudar de idéia, mas não questiono minha boa sorte. Em vez disso, passo rapidamente para consolidar minha vitória. Enquanto nos sentamos para tomar café da manhã, peço a Emma as chaves de seu estúdio, para que Geoffrey possa enviar as pessoas para lá hoje.

— Eles só pegam o labirinto de gatos, suas roupas e alguns livros — digo a ela quando ela parece em pânico. — Será fácil trazer tudo de volta se este teste não der certo.

Ela hesita, depois, assente. — Tudo certo. Suponho que podemos fazer isso.

É preciso tudo o que tenho para não deixar meu feroz triunfo aparecer. — Ótimo, está resolvido então. Pedirei a Geoffrey que abra espaço no meu armário para as suas coisas. — Não que ela tenha muito. Espero que, quando nos casarmos, ela me deixe comprar mais.

E nos casaremos em breve.

Agora que Emma está morando comigo, será muito mais fácil fazê-la se apaixonar por mim, transformando essa "tentativa" em uma eternidade.

Terminando os ovos pochê, Emma se serve de um copo de suco verde e o engole em alguns goles. Ela parece gostar muito, então, faço uma anotação mental para que Geoffrey sempre o prepare para ela no café da manhã. Também vou pedir que ele leve um almoço para ela todos os dias; não tenho ideia do que ela come no trabalho, mas tenho certeza de que não é tão bom quanto os sanduíches gourmet que meu mordomo faz para mim.

— Ah, quase esqueci — diz Emma, batendo nos lábios com um guardanapo. — Janie me ligou ontem. Ela quer que a gente se encontre com ela e Landon esta semana. Você acha que pode estar muito ocupado?

Eu levanto minhas sobrancelhas para a pergunta estranhamente feita. — Você quer que eu esteja muito ocupado? — Eu tenho muito trabalho e não sou fã do banqueiro insistente, mas para Emma, estou disposto a tolerar o cara por uma noite.

Ocupado ou não, quero conhecer os amigos dela.

As bochechas de Emma ficam rosa. — Bem, tipo isso. Quero dizer, quero ver Janie, mas acho que o namorado dela só quer te bajular.

Isso foi óbvio para todos ontem à noite. — Certo. Então?

Ela parece surpresa. — Então, isso não incomoda você?

— Por que faria? — Pego meu garfo. — O objetivo principal de ter poder e riqueza é estar na posição em que as pessoas *querem* te bajular. No mundo dos negócios, é chamado de "rede" e é uma habilidade essencial para o avanço da carreira.

Emma empurra o prato para o lado. — Mas isso é usar pessoas. É...

— É da natureza humana, Gatinha. E não *apenas* humano. — Sei de onde vêm as opiniões dela, então, escolho minhas palavras com cuidado. — Observe qualquer animal social e você verá. O animal fraco favorece os fortes; os não qualificados aprendem com os qualificados. Eles os estão usando? Certo. Mas isso está errado? Eu duvido.

Emma me olha com uma careta. — Eu não entendo. Você está dizendo que está tudo bem se uma mulher está com você pelo seu dinheiro? Ou se alguém só quer ser seu amigo para se relacionar com seu namorado bilionário?

— Claro que não. — Empurro meu prato para o

lado e cubro a mão dela com a minha. — Há um mundo de diferença entre enganar e manipular emocionalmente alguém, e saber que uma pessoa pode ser útil para você. Eu nunca ficaria com uma mulher que só me quer pelos luxos que posso oferecer – não se eu estiver procurando por uma conexão emocional genuína com ela –, mas estou mais do que feliz em fornecer esses luxos para a mulher que amo e que me ama de volta... e tudo bem se ela gosta desse aspecto do nosso relacionamento. Na verdade, eu quero que ela goste.

A cor de Emma aumenta e ela desvia o olhar, a voz tensa enquanto diz: — Entendo.

— Gatinha, olhe para mim. — Espero até que ela encontre meu olhar antes de continuar. — Se você não gosta do namorado de sua amiga, eu posso estar tão ocupado quanto você precisa que eu esteja. Não precisamos gastar tempo com alguém que você não gosta. Mas quero que você saiba que se seus amigos ou familiares precisarem de um favor em algum momento, eu estou aqui por eles, assim como estou aqui por você. Eu sei que você não quer meu dinheiro ou minhas conexões, mas você os possui. — Faço uma pausa e adiciono suavemente: — Tudo o que tenho agora é seu.

mma

Quando chego em casa do trabalho naquele dia, os responsáveis pela mudança já trouxeram todas as minhas coisas e Geoffrey as desempacotou. Minhas roupas, todas lavadas, passadas e sem pelos, estão penduradas no armário de Marcus; meus livros, incluindo as primeiras edições que ele me presenteou, estão dispostos nas estantes da biblioteca; e meu labirinto de gatos está parado ao lado da parede de vidro da sala de bilhar, escondido estrategicamente atrás das plantas verdejantes que o protegem da vista. Meus gatos, que nunca perdem a oportunidade de escalar, já estão por todo o labirinto – e pelas plantas altas que o rodeiam. De fato, Rainha Elizabeth está sentada em cima de um figo especialmente resistente, como se fosse um carvalho.

Espero que ela não tente comer as folhas. Meus animais de estimação geralmente não atacam plantas, mas sempre há uma primeira vez.

Marcus ainda está no trabalho – ele me mandou uma mensagem dizendo que uma reunião está atrasada – então, eu ando pelo apartamento, conhecendo minha nova residência. Uma parte de mim ainda não acredita que isso esteja acontecendo, que chegamos tão longe tão cedo. Na última quarta-feira, exatamente uma semana atrás, eu estava a caminho da Flórida, meu coração em pedaços, e agora, estou na cobertura de Marcus, depois de concordar em morar aqui em caráter experimental.

Se isso não está sendo uma mudança, não sei o que é.

Ainda existem um milhão e uma coisas que podem dar errado, centenas de maneiras pelas quais podemos nos tornar incompatíveis, mas a chama da esperança que ele acendeu em meu coração naquela noite na Flórida está ficando mais forte, mais brilhante. Talvez, contra todas as probabilidades, isso funcione.

Talvez um dia ele retorne meu amor.

A mulher que eu amo. Ele disse isso de maneira tão casual ontem, como se não fosse meu sonho mais selvagem ser essa mulher. Não por causa dos luxos que ele está tão ansioso para oferecer, mas por causa dele.

Quanto mais eu conheço meu titã de Wall Street, mais apertado ele está em meu coração.

Ele falou com meus avós esta manhã. Eu sei porque eles me ligaram durante o almoço. Ele queria agradecer à minha avó por um fim de semana maravilhoso e ver como meu avô estava indo com o software comercial que Marcus havia instalado para ele. Ele também ofereceu aos meus avós o uso gratuito de seu avião, para que eles pudessem nos visitar em Nova York a qualquer hora que quisessem, e prometeu me levar à Flórida para vê-los em breve.

Que ele tirou um tempo do dia ocupado já é impressionante o suficiente, mas que outro homem pensaria em ligar para minha família? Ou se oferecer para fazer favores aos meus amigos?

Marcus Carelli é um em um bilhão, e não é por causa dos bilhões que ele ganhou.

Se havia alguma dúvida em minha mente que fiz a coisa certa ao concordar com essa execução de teste, ela está se dissipando rapidamente.

Eu quero fazer o que for preciso para fazer isso funcionar.

Eu quero ser o tipo de mulher que Marcus poderia amar.

 arcus

QUANDO CHEGO EM CASA DO TRABALHO, A MESA DE jantar está posta com velas e uma garrafa de champanhe esfria no gelo.

— Pedi a Geoffrey para fazer isso — Emma diz, descendo as escadas em minha direção. — Espero que você não se importe. Como é o nosso primeiro dia oficial de convivência, eu queria que o jantar desta noite fosse ainda mais especial.

— Claro que não me importo. — Na verdade, meu peito se enche de um brilho quente e suave, o cansaço da longa jornada de trabalho desaparecendo quando ela chega até mim, fica na ponta dos pés e planta o beijo mais doce e sensual nos meus lábios.

Meu pau endurece imediatamente, mas resisto ao

desejo de arrastá-la para a cama. São quase oito horas e, se minha Gatinha me esperou, ela deve estar tão faminta quanto eu. Além disso, quero ter esse jantar "especial" com ela, ver seu sorriso enquanto conversamos sobre o nosso dia.

Quando nos sentamos, Geoffrey aparece da cozinha e faz uma produção desarrolhando o champanhe e servindo uma taça para cada um de nós.

— Obrigada. Você é incrível — ela diz, seus olhos cinzentos brilhando e suas covinhas com força total, e eu assisto divertido enquanto meu mordomo sempre composto, fica vermelho de prazer antes de murmurar seus agradecimentos e se afastar.

Como meus investidores, ele não pode deixar de responder ao charme inconsciente de Emma, àquele calor genuíno e sedutor que me atraiu para ela desde o início.

— Para você, Gatinha — digo, levantando meu copo quando ele desaparece de volta na cozinha. — E para um teste bem-sucedido.

— Sim, para um teste bem-sucedido — diz Emma, batendo o copo contra o meu. — E para novos começos.

— Para novos começos — repito e tomo um gole da bebida perfeitamente nítida e borbulhante.

Um minuto depois, Geoffrey traz costeletas refogadas com vinho tinto e mergulhamos ansiosamente. No início, estamos ocupados demais comendo para conversar sobre qualquer coisa, exceto a qualidade da comida, mas depois de alguns minutos, os sinais de plenitude chegam ao meu cérebro, e pergunto a Emma se ela decidiu se quer ver a amiga e o namorado banqueiro.

Vai ser difícil encontrar tempo, com minha agenda lotada até o fim de semana, mas para Emma, vou encontrar uma noite.

— Na verdade, eu disse a Janie que esta semana não é boa — diz Emma. — Com a mudança e tudo, é muito louco. Além disso, não vejo Kendall há algum tempo e espero que possamos fazer algo no fim de semana com ela. Mas talvez vejamos Janie na próxima semana, se estiver tudo bem com você? Quarta-feira, talvez?

— Isso funciona. Desde que não seja perto da conferência da Zona Alfa, estou bem — digo e pego o telefone para fazer uma anotação no meu calendário.

Quando guardo o aparelho, Emma me pergunta sobre a conferência e o que significa Zona Alfa, e explico que "alfa" é o excesso de retorno do investimento em comparação com uma referência, a verdadeira medida do desempenho de um fundo.

— Atualmente, é barato e fácil investir em algo como um fundo de índice S&P 500 e obter os mesmos retornos que o mercado — digo a ela. — O desafio é sempre superior ao desempenho, e é aí que entra a perspicácia do investimento. A Zona Alfa é uma associação de todos nós que caçamos alfa, seja no sentido tradicional de superar uma determinada referência ou simplesmente obter os melhores retornos possíveis. A maioria dos membros é financiador de *hedge* como eu, mas também existem capitalistas de risco, negociantes de moeda, investidores em capital privado, gerentes de ativos tradicionais, investidores imobiliários e qualquer outra pessoa que esteja de alguma forma no negócio de geração alfa, e tenha sucesso nisso .

— Então, para que serve a conferência? — Emma pergunta. — Só para esfregar os ombros com outros figurões caçadores alfa?

Eu sorrio para ela. — Basicamente. Também lançamos uma ideia de investimento para o próximo ano e, no evento do ano seguinte, vemos a ideia de quem teve o melhor desempenho.

— Ah, entendo. Portanto, sua reputação está em risco.

— Exatamente.

Eu pergunto sobre o dia seguinte dela e Emma me conta sobre um novo cliente que solicitou o desenvolvimento das edições – esses são aparentemente os mais difíceis – e como os feriados estão trazendo mais clientes para a livraria. Então, ela pergunta sobre a reunião que me atrasou hoje à noite e explico sobre o investimento de ações em que estamos investindo nesta semana. A reunião foi com o diretor financeiro da empresa e atrasou-se porque ele fica na Costa Oeste. Como ela parece interessada, eu falo os méritos do investimento e ela ouve atentamente, interrompendo ocasionalmente com perguntas astutas. Embora minha Gatinha não tenha experiência em finanças, ela parece ter uma compreensão intuitiva do cálculo de risco-recompensa que é aplicado nas decisões de investimento, bem como um talento especial para cortar o supérfluo e resumir sucintamente os problemas em questão.

— Sabe, você seria uma ótima analista de pesquisa de ações — digo a ela enquanto Geoffrey traz nossa sobremesa – uma salada de frutas regada com calda de chocolate. — Esses são os caras que publicam muitos dos relatórios que li. No caminho das palavras, você terá muitos seguidores, especialmente se suas recomendações de ações estiverem mais certas do que erradas.

Ela sorri, espetando um morango rechonchudo. — Eles costumam estar errados?

— Na média? Cerca de cinquenta por cento das vezes.

— Sério? Então, por que alguém lê esses relatórios?

— Para informação. — Mordo um pedaço suculento de pera. — Esses analistas pesquisam bastante as empresas que cobrem e seus relatórios geralmente oferecem uma boa visão geral do modelo de negócios, do cenário competitivo e assim por diante. Esse é o valor agregado real deles, não a opinião deles sobre se a ação é uma compra ou venda. Investidores profissionais como eu tomam essas decisões por conta própria.

— Ah, entendo. Então, todas as recomendações de ações publicadas são inúteis?

Eu sorrio para ela. — Bastante. Mas não conte ao seu avô. Eu dei a ele acesso ao nosso banco de dados de pesquisa sobre ações hoje, e ele está no sétimo céu.

Emma ri, balançando a cabeça e enfia uma framboesa chuviscada em chocolate na boca. Imediatamente, seus olhos se fecham, e uma expressão feliz aparece em seu rosto. — Mmm — ela geme. — Isso é tão, tão bom...

Meu coração dispara, minha mente se enche de imagens de como ela fica quando estou dentro dela. Essa expressão é muito semelhante à que ela está usando, e minhas mãos coçam para alcançar a mesa e puxá-la para mim, para que eu possa beijar os lábios que ela está lambendo neste exato momento.

Se não fosse Geoffrey na cozinha, é exatamente o que eu faria.

Ela deve saber o efeito que está causando em mim, porque quando ela abre os olhos, sua boca se curva em um sorriso docemente sedutor e ela se estica sobre a mesa para colocar a palma pequena e macia na minha mão.

— Isso é delicioso, mas acho que estou cheia — ela murmura, olhando para mim por baixo dos cílios – que, percebo, estão mais longos e mais escuros do que o habitual, como se ela tivesse se maquiado. — E quanto a você?

Com ela me provocando assim, estou duro o suficiente para quebrar pedras, mas não é isso que ela está perguntando. — Eu não poderia dar outra mordida — rosno, levantando-me. — Então, se você está cheia, que tal nós...

— Subirmos? Sim, ótima ideia. — Sorrindo, ela se

levanta e corre para a escada, e eu a sigo, subitamente tão faminto quanto um lobo voraz.

QUANDO CHEGAMOS AO QUARTO, ELA ME EMPURRA PARA sentar na cama e começa a se despir, tirando cada camada de roupa com uma lentidão enlouquecedora. É uma tortura do tipo mais delicioso, e apenas o fato de eu nunca a ter visto assim antes – toda misteriosa e adoravelmente sedutora – me impede de agarrá-la ali mesmo no local. Ainda assim, quando ela tira a calcinha, eu estou prestes a explodir – e a julgar pelo sorriso tímido em seus lábios brilhantes, a bruxinha sabe disso.

— Venha aqui — ordeno com voz rouca, estendendo a mão para ela quando ela se aproxima da cama, mas ela evita minhas mãos estendidas, afundando de joelhos na minha frente em vez disso.

— Emma... — Minha respiração assobia entre os dentes quando ela abre a calça e libera minha ereção, a sensação de seus dedos pequenos e frios no meu pau me excitando quase além do ponto sem retorno. — Gatinha, eu não acho...

— Não ache — ela murmura, olhando para mim através de seus cílios enquanto um sorriso suave e adorável curva seus lábios. — Tudo que você precisa fazer é sentir. — E quando ela se inclina para frente, sua boca quente e úmida se fechando ao redor do meu eixo inchado antes de sugá-lo profundamente em sua garganta, eu aprendo novamente como é o paraíso na terra.

Não é até muito mais tarde, quando estamos deitados em um emaranhado de membros suados, tendo feito amor duas vezes seguidas, que me pergunto novamente por que Emma mudou de ideia sobre vivermos juntos, e sinto uma pontada de culpa pelo acordo do imóvel que fiz nas costas dela.

Se ela descobrir, pode me deixar, e é por isso que nunca posso contar a ela.

Isso e sobre o relatório do investigador que eu comissionei e tudo o mais que fiz para chegar a esse ponto devem permanecer meu segredo... porque não posso perder Emma.

Eu a amo demais.

Emma

Nos próximos dois dias, Marcus e eu encontramos uma rotina matinal que funciona para nós. Mesmo sem nenhum tipo de reunião cedo, ele acorda no raiar do dia e, como nós dois aprendemos que eu não sou um ciborgue que pode subsistir do sexo em vez de fechar o olho, ele me deixa cochilar enquanto corre ou treina em sua academia em casa. Quando ele termina, eu já levantei e tomamos um café da manhã rápido antes de corrermos para os respectivos locais de trabalho. Bem, ele corre porque Wilson o deixa primeiro e depois volta para mim – o que me dá tempo para me preparar e até trabalhar em algumas edições. Eu continuo editando durante o meu trajeto confortável no carro de Wilson, com o resultado de que eu estou quase terminando quando chego ao meu emprego de período integral.

Na quinta-feira, Marcus trabalha até tarde novamente, então, eu uso o tempo para revisar a novela do meu novo cliente e, em seguida, porque ainda tenho energia, abro meu arquivo de projeto super-secreto para escrever alguns parágrafos. É lento, então, deixo de lado para brincar com meus gatos, mas, quando estou acariciando Cottonball, uma cena se repete de repente em minha mente.

É tão emocionante que fico completamente absorta ao escrevê-la, a ponto de quando Marcus chega uma hora depois, fico surpresa ao perceber que são quase nove da noite, e eu ainda não comi. Temos outro jantar delicioso juntos, seguido de uma sessão prolongada de fazer amor, e quando acordo na manhã de sexta-feira, sinto-me tão bem com a vida que nem fico chateada que Puffs quebrou outro vaso de valor inestimável da noite para o dia, especialmente porque Marcus não parece se importar.

Quando chego ao trabalho, encontro a livraria novamente cercada de clientes, mas, felizmente, meu chefe está lá para ajudar. Ao meio-dia, o fluxo de compradores de livros diminui um pouco, então, peço que ele me cubra enquanto faço uma pausa para o almoço mais longa. Eu rapidamente devoro o sanduíche de pera e gorgonzola que Geoffrey tão consideravelmente empacotou para mim e saio para executar minhas tarefas.

Minha primeira parada é em uma boutique de

roupas a alguns quarteirões do meu trabalho. Eu já passei por lá uma dúzia de vezes no passado, mas nunca realmente entrei. Tem aquela vibe de algodão orgânico, feita nos EUA, e imaginei que todas as roupas estilosas *hipster* provavelmente estariam fora do meu orçamento.

Com certeza, o primeiro item que pego – uma camiseta simples, mas bem feita – é quarenta e nove dólares. Os jeans que eu pego em seguida – quase duzentos. Desanimada, estou prestes a sair e tentar a minha sorte em outro lugar quando vejo um discreto sinal de 50% de desconto nos fundos.

Agora, estamos nos entendendo.

O rack de vendas não é enorme, mas cada item de roupa é cerca de dez vezes melhor do que qualquer coisa que eu tenha no meu armário. Pesquisando, encontro um vestido casual de mangas compridas, estilo coquetel, azul, três tops fofos e um jeans do meu tamanho. Há também uma pequena seção de sapatos na parte de trás, onde vejo botas de tornozelo na cor marrom acizentado que combinam com tudo e um par de sapatos nude que vestiriam qualquer roupa, e ficariam lindos com o vestido azul.

Quando experimento minhas descobertas, tudo se encaixa, exceto o jeans – ele é muito longo –, mas eu decido comprá-lo de qualquer maneira, pois faz maravilhas na minha bunda. Eu só tenho que encurtá-lo. Os sapatos são o que realmente fazem as roupas, embora, não estejam à venda, levo as botas e os sapatos para o caixa, determinada a não ceder à parte de mim que está surtando com as despesas.

Meu trabalho de edição *está* se recuperando, a ponto de fazer uma reserva com vários meses de antecedência e ter todos esses depósitos parciais na minha conta bancária. O que significa que eu *posso* pagar esse extra, mesmo que pareça o contrário.

Só depois que o caixa registra minhas compras e vejo o total de quatro dígitos na tela que minha resolução falseia. A última vez que passei perto deste valor em roupas foi... bem, talvez nunca. Eu não faço compras; pego um item aqui, outro lá. Meu guarda-roupa atual, como é, foi montado aos poucos ao longo dos anos e, enquanto eu mentalmente faço essa matemática, fico surpresa ao perceber que algumas das minhas coisas datam de quando eu comecei o Ensino Médio.

Deus, não admira que Kendall tenha falado tanto; meu visual pode estar desatualizado há mais de uma década.

Resolvendo minha determinação, entrego meu cartão de crédito ao caixa. Talvez eu não consiga deixar Marcus comprar roupas para mim, mas isso não é motivo para envergonhá-lo na frente de seus amigos e conhecidos. Todo mundo pode ter sido legal comigo naquele jantar para investidores, mas tenho certeza de que eles se perguntaram por que a namorada de um bilionário usava o equivalente moderno a trapos. Marcus *não parecia* envergonhado, mas tenho Certeza de que ele preferiria que eu usasse uma roupa melhor, e agora posso.

O vestido azul e as sapatos podem não ser de algum estilista sofisticado, mas eles são de boa qualidade e não parecerão fora de lugar em nenhum jantar de negócios.

Sacolas de compras na mão, vou para a minha segunda parada – um salão de cabeleireiro que encontrei esta manhã. Localizado a apenas cinco quarteirões do meu trabalho, é pequeno e modesto, com uma placa discreta acima da porta e apenas duas estações de corte de cabelo no interior. No entanto, ele tem ótimas críticas no *Yelp*, com pessoas dizendo que é barato e muito bom. Eles não aceitam marcação de hora, apenas por ordem de chegada, então, eu dou meu nome e espero.

Dez minutos depois, estou sentada na frente de um espelho, com um homem asiático muito estiloso examinando meus cachos despenteados. — Cores lindas, mas muitas pontas duplas — diz ele, levantando uma mecha para espiar através do óculos de armação roxa. — Muito frizz também. Que produtos você usa?

Eu digo a ele, e ele estremece, como se eu tivesse acabado de lhe dar um golpe físico. — Não é de admirar que seu cabelo esteja tão seco. Você está matando com todos esses sulfatos duros. Vou ensiná-la a cuidar adequadamente. Primeiro, porém, vamos ver se podemos dar alguma forma. Você tem alguma preferência quanto ao comprimento?

Meu pulso salta. A gata resistente a mudanças

dentro de mim está surtando com a ideia de conseguir algo mais do que o meu caimento básico habitual, mas estou determinada a não ouvi-la. — Depende de você — digo, minha voz quase firme. — Quero o que parecer melhor e o mais fácil de cuidar.

— Entendi. Farei um corte a seco, para que possamos ver como cada cacho se comporta. — E antes que eu possa entrar em pânico com o brilho animado em seus olhos, ele pega a tesoura e vai trabalhar. Quinze minutos depois, há cabelos ruivos suficientes no chão para fazer um tapete, mas, de alguma forma, ainda tenho um pouco de comprimento, e, pela primeira vez na minha vida, meu cabelo parece enrolar ao redor do rosto de maneira proposital, se não domado, manso.

— Vou fazer um tratamento de condicionamento profundo a seguir — anuncia o cabeleireiro e, embora não estivesse contando com essa despesa adicional, aceito sem um gemido.

Quarenta minutos depois, saio com meus cachos tão macios, sedosos e saltitantes que considero me inscrever em um comercial de xampu. Eles precisam de ruivas naturais, não precisam? No telefone, há uma lista de produtos recomendados, incluindo, a meu pedido, uma marca de xampus e condicionadores sem perfume para cabelos cacheados, juntamente com géis, cremes, máscaras e outras necessidades aparentes para cabelos como os meus.

Talvez eu nunca faça uma transformação parecida

com Janie, mas não há motivo para que eu não pareça o meu melhor.

Parando em um cruzamento, pego meu telefone para enviar uma selfie para Kendall, mas antes que eu possa tirar uma foto, minha tela acende com uma chamada recebida.

— Oi, Sra. Metz — digo, atendendo, e então a ouço se desculpando por ter recebido uma oferta incrível pela casa e adoraria se eu acelerasse meus planos para encontrar um novo lugar.

— Sinto muito, querida, mas o comprador realmente quer fechar antes dos feriados. Claro, se você precisar de mais tempo, posso ver se eles estão dispostos a esperar, mas...

— Oh, não, está tudo bem, Sra. Metz. Na verdade, eu ligaria para você na próxima semana para lhe contar as boas notícias. — Eu respiro. — É oficial. Marcus e eu vamos morar juntos.

Ela festeja como uma menina, e eu sorrio apesar do aperto no meu peito. Talvez sejam as roupas novas e o ótimo corte de cabelo, ou apenas o acúmulo de hormônios do bem-estar de todos os orgasmos desta semana, mas o pânico que primeiro me dominou ao pensar em desistir do meu lugar agora é apenas uma leve ansiedade. Gosto de morar com Marcus – adoro, de fato – e não é difícil para mim imaginar que o teste desta semana se estenda a um arranjo mais permanente, em parte porque Marcus age como se isso já fosse um dado, convidando meus avós a ficar no "nosso apartamento" quando nos visitarem em Nova

York. Minha avó ficou muito alegre quando me contou sobre essa parte da conversa deles outro dia.

Para alguém cuja carreira tem tudo a ver com análise de risco e recompensa, meu bilionário parece ter zero cuidado.

A Sra. Metz desliga depois que eu prometo tirar minhas coisas do apartamento dentro de duas semanas, e penso no que fazer a seguir. Eu poderia acelerar minha (reconhecidamente lenta até agora) busca de um apartamento, apenas por precaução, mas, a menos que eu tenha sorte em um sublocação conveniente, terei que assinar um contrato de aluguel de doze meses – um desperdício total se as coisas continuarem como estão. Outra alternativa é alugar um depósito e colocar todos os meus móveis lá; será mais barato do que conseguir um aluguel e, se pelo menos algumas das peças sobreviverem à mudança, não começarei do zero, caso precise ter um apartamento mais tarde. Ou – e esta é a opção que mais me emociona e me assusta – posso jogar minha própria cautela ao vento e me livrar de meus móveis antigos, confiando em que Marcus e eu daremos certo.

Emma

AINDA ESTOU REFLETINDO SOBRE O DILEMA NA MANHÃ seguinte, quando Marcus e eu nos encontramos para um brunch no West Village, em um local popular e muito caro que Marcus escolheu, o que significa que vou ter que deixá-lo pagar. Pensei em argumentar por uma alternativa mais barata, já que ele já pagou um jantar esta semana, mas eu não estava a fim e deixei passar. Além disso, Kendall quase teve um derrame quando soube que Marcus fez uma reserva de brunch no sábado, naquele local.

Aparentemente, é um ponto de acesso de celebridades e, para os mortais não bilionários, há uma espera de dezoito meses no período menos popular em dias da semana.

Quando nos aproximamos do restaurante, um homem pula na nossa frente, com uma câmera sofisticada na mão, tira uma foto, depois, foge antes que qualquer um de nós possa piscar.

— Espere — diz Marcus, pegando o telefone. — Vou colocar minha equipe de relações públicas nisso. Eles vão saber lidar.

— Isso foi um paparazzi? — pergunto incrédula.

— Algo assim — diz Marcus, olhando para cima da tela. — Eles tendem a ficar por aqui. Mas não se preocupe; minha equipe nos manterá fora dos trapos de fofocas. De qualquer forma, eles buscam celebridades de verdade.

— Certo, ok. — Um paparazzi, de verdade? Como esta é a minha vida? Antes que eu possa perguntar a Marcus como exatamente sua equipe de relações públicas faz sua mágica, seu telefone toca e ele volta sua atenção para a tela.

— Ashton acabou de mandar uma mensagem para nos convidar para almoçar — diz ele, olhando para cima. — Você se importa se ele se juntar a nós aqui?

— Claro que não me importo, e tenho certeza de que Kendall também não. — Minha melhor amiga sempre flerta com homens bonitos. — Você acha que ele chegará aqui a tempo?

Marcus sorri para mim. — Ele mora a uma quadra de distância, então, eu presumo que sim.

— Está bem então. — dou uma sacudida no meu cabelo bonito quando ele abre a porta do restaurante para mim. Mal posso esperar para ver o que Kendall diz sobre meu novo corte de cabelo e roupas. De uma maneira típica masculina, Marcus não notou nada sobre meu cabelo quando cheguei em casa ontem, apenas comentando no jantar que "pareço muito bonita", embora ele tenha elogiado minha roupa nova esta manhã.

Ei, pelo menos ele percebeu que eu estava bonita, mesmo que ele não soubesse o porquê.

Estamos alguns minutos adiantados, mas Kendall já está nos esperando à mesa nos fundos, olhando descaradamente para os outros clientes. Também olho em volta e, para minha surpresa, reconheço algumas pessoas. As duas mulheres no canto são populares estrelas de *reality* da TV, o cara do balcão é um ator de grande nome e, se não me engano, o homem loiro e bonito ao lado de um homem musculoso de meia-idade é um famoso modelo masculino. Alguns outros rostos também são familiares, mas não consigo identificá-los. De qualquer forma, quase todo mundo aqui parece ter saído das páginas da *Vogue* e da *GQ*, incluindo a equipe de garçons. O restaurante deve contratá-los com base em seu estilo e aparência.

A antiga eu se encolheu, sentindo-se terrivelmente fora de lugar, mas não essa nova Emma com a combinação moderna de vestido e botinha e cabelo bonito. Ainda estou longe de ser tão brilhante quanto a maioria das mulheres daqui, mas quando nossa linda hostess loira nos leva através do restaurante depois de tirar nossos casacos, eu mantenho minha cabeça erguida, como se estivesse exatamente onde eu pertenço.

E com Marcus ao meu lado, o blefe funciona totalmente. Várias mulheres – e o modelo masculino – me olham com inveja, sem dúvida, perguntando quem eu sou e como eu peguei o bilionário alto e bonito cuja palma está descansando possessivamente na minha região lombar e que está olhando para cada homem que ousa olhar para mim.

— Ems! — Kendall se levanta quando nos aproximamos da mesa, seus olhos castanhos se arregalando quando ela olha minha aparência. — Uau, olhe para o seu vestido! E seu cabelo! O que você fez e quando?

Agora, esses são dois cromossomos X para você. — Fiz um corte de cabelo em um novo local ontem e fiz algumas compras — digo, radiante. — Você gosta?

— Eu amo! — Ela me abraça, depois se vira para Marcus, que está nos observando, perplexo. — Ela não parece absolutamente deslumbrante?

Seu olhar viaja sobre mim, permanecendo nos meus lábios. — Sim. Sempre.

Eu coro. Não posso evitar. Sua voz tem uma nota rouca que torna tudo profundo e estridente, e eu sei que se não estivéssemos em público agora, ele estaria me puxando para ele para um beijo que inevitavelmente levaria a mais. Além disso, o brilho carnal em seus olhos *não* é apropriado para o restaurante. Em absoluto.

Kendall deve pensar também, porque ela limpa a

garganta e estende a mão para Marcus. — Kendall Bryce — ela diz num tom muito brilhante. — Acho que nunca nos apresentamos formalmente.

Marcus afasta os olhos de mim e aperta a mão dela. — Marcus Carelli. — Seu tom é irônico; ele deve ter percebido que estava me olhando como se *eu* fosse o que está no menu. — É um prazer conhecê-la formalmente, Kendall.

— O amigo de Marcus, Ashton, está se juntando a nós para o almoço — digo a ela enquanto todos sentamos e o garçom traz uma jarra de água para a mesa. — Eu disse a Marcus que você não se importaria.

— Claro que não. Quanto mais, melhor. — Ela espera até Marcus olhar para o menu e, assim que ele o faz, finge desmaiar.

Eu sufoco uma risada antes de olhar de relance para meu companheiro. Sim, definitivamente digno de desmaio. Mesmo entre todos os famosos, ele se destaca como o homem mais atraente do lugar, suas características fortes e poderosas chamam a atenção de muitas mulheres aqui, e de muitos homens. E quem pode culpá-los? Mesmo em sua roupa casual de fim de semana, jeans escuro e camisa azul clara, Marcus parece um milhão de dólares, ou melhor, um bilhão. Ou são vários bilhões?

Não tenho idéia de qual é o seu patrimônio líquido.

— Então, Marcus — Kendall diz quando ele olha para cima do menu. — Emma me disse que vocês dois estão fazendo um teste de morar juntos. Como isso está indo? Você está sobrevivendo à invasão felina?

Seus dentes brancos brilham em um sorriso. — Em geral. Acordei na outra manhã com uma bunda peluda no rosto, mas Emma me garantiu que os gatos se limpavam completamente, e que o Sr. Puffs não entrou furtivamente no quarto e tentou me sufocar de propósito.

— Ah, não. — Kendall ri. — Eu teria cuidado se fosse você. As coisas que ouvi sobre esse gato...

— Tudo verdade — garante Marcus. — Ele pode realmente ser de origem demoníaca. Felizmente, seus irmãos são bastante inofensivos, e eu me dou bem com eles.

— Ele está sendo modesto — digo, colocando a mão na manga. — Cottonball se apaixonou por ele. Ele segue Marcus como um filhote.

Antes que Kendall possa responder, o garçom chega para anotar nossos pedidos de bebida – apenas a água sobre a mesa para mim e um chá gelado de hibisco para Kendall e Marcus – e, quando sai, Ashton chega à nossa mesa, parecendo estrela de cinema, bonito em outra combinação casual legal de jeans e um suéter de cashmere de cor clara.

— Ótima escolha de local — diz ele a Marcus, sentando-se ao lado de Kendall. — Eu pretendia experimentar, mas você foi na minha frente. — Com um sorriso de megawatt, ele se vira para a minha amiga. — Ashton Vancroft — diz ele, sua voz suave e profunda caindo outra oitava enquanto ele estende a mão. — E você é?

Para minha surpresa, em vez de parecer

deslumbrada, minha amiga está olhando furiosamente para ele. — Kendall Bryce — ela diz entredentes, ignorando a mão estendida. Quando ele a abaixa, ela vira os cabelos escuros e elegantes por cima do ombro e inclina a cadeira de modo a ficar de costas para ele.

Eu olho para ela, incrédula. Eu nunca vi Kendall ser tão rude com ninguém, nem mesmo naquela época da faculdade, quando um bêbado ficou futucando ela durante toda a festa. O mais estranho é que, em vez de se ofender, Ashton parece divertido, seu sorriso se alargando para um sorriso perverso quando ele se recosta na cadeira e cruza o tornozelo sobre o joelho na última pose de homem à vontade. — Então — ele fala, como se Kendall não estivesse a um bloco de gelo ao seu lado, —, o que há de bom aqui?

Parecendo tão confuso quanto me sinto, Marcus diz ironicamente: — Tudo, eu presumo. — Então, ele arqueia uma sobrancelha. — Vocês dois se conhecem?

— Não — Kendall diz antes que Ashton possa falar. Seus traços perfeitos estão dispostos na coisa mais próxima de uma carranca que eu já vi em seu rosto. Com um movimento brusco, ela chama nosso garçom e, quando ele se apressa, pede uma jarra de sangria.

— Você vai compartilhar isso? — Ashton pergunta, olhando para seu perfil rígido. Seus olhos estão brilhando com a mesma diversão perversa. — Ou você está planejando beber a coisa toda sozinha?

Eu limpo minha garganta. — Então, Ashton, como vão os seus negócios? — Eu acho que é melhor intervir antes que Kendall dê-lhe um soco – porque ela parece que realmente quer. — Alguma sorte desacelerando o crescimento da receita?

— Receio que não. — Ele faz uma careta, mudando o foco para longe da minha amiga fumegante. — É como uma bola de neve descendo uma montanha, continua ganhando força — Seu sorriso deslumbrante retornando, ele olha de mim para Marcus. — E vocês dois pombinhos? Como está tudo? A data do casamento já está marcada?

Caio na gargalhada. — Ai, sim. É amanhã à noite na *Disney World*. Seis horas. Esteja lá ou conheça a ira de *Mickey*.

Espero que Marcus participe da diversão, mas quando olho para ele, não há diversão em seu rosto. Em vez disso, ele está olhando para Ashton como se quisesse matá-lo. Lentamente. Depois de algumas horas de tortura.

Ashton deve perceber que sua piada não foi muito boa porque ele pigarreia e também faz um gesto para o garçom, que chega com a mesma velocidade recorde. — O que você tem de cerveja? — ele pergunta, e o garçom recorre a uma lista de nomes de cervejas, a maioria das quais eu nunca ouvi falar. Ashton pede uma e Marcus também, deixando-me a única na mesa sem uma bebida alcoólica, ou uma pista de por que todo mundo está tão tenso.

Para meu alívio, Marcus sacode todo o humor que se apoderou dele e assume a conversa, perguntando a Kendall e Ashton sobre seus planos de Natal – ambos pretendem ir para casa de suas famílias – antes de habilmente guiar a conversa de volta para meus gatos e suas travessuras. Quando terminamos de contar a história de Rainha Elizabeth roubando um pedaço de bife do nariz de Geoffrey, todos nós estamos rindo e a maior parte da tensão desaparece, pelo menos na superfície. Kendall ainda evita olhar para Ashton, e ele parece gostar muito do comportamento dela, como se ela fosse uma criança mal-humorada, mas fofa.

Eles devem ter se conhecido antes. Não consigo pensar em outra explicação.

Quando os aperitivos chegam, Kendall pede licença para ir ao banheiro, e eu a sigo até lá, determinada a chegar ao fundo do mistério. Mas é banheiro individual, então, acabo esperando do lado de fora, e Kendall evita meu olhar interrogativo quando ela sai e corre de volta para a mesa.

Certo. Vou ter que interrogá-la depois.

— Alguma sorte? — Marcus murmura no meu ouvido quando volto à mesa, e balanço minha cabeça com um sorriso triste. Claramente, ele está tão curioso quanto eu, e teve pouca sorte em obter respostas de seu amigo.

À medida que a refeição prossegue, Marcus e eu empregamos todas as jogadas de conversação em nosso arsenal para evitar que a tensão retorne, e obtemos sucesso, principalmente porque, depois de três copos de sangria, Kendall parece esquecer o homem ao seu lado e se tornar a amiga normal, auto borbulhante. Rindo, ela descreve as tarefas ridículas que seu chefe a envia antes de iniciar uma história hilariante sobre um encontro recente que deu errado. — Ele estava determinado a me mostrar a foto da ex-namorada — diz ela, seus olhos castanhos brilhando enquanto corta seu ovos Benedict. — Não importava o que eu dissesse.

Marcus e eu estamos rindo, mas quando olho para Ashton, percebo que seu sorriso parece forçado, com a mão apertando com força o garfo. Não é até a conversa mudar para nossos programas e filmes favoritos que ele relaxa, seu charme fácil retornando enquanto debatemos os prós e contras de *Avatar* e *Game of Thrones*.

Com habilidade e esforço, conseguimos manter a conversa fluindo até o garçom trazer a conta, momento em que o suspiro coletivo de alívio é quase audível. De maneira típica masculina alfa, Marcus e Ashton discutem sobre quem paga antes de decidir dividir a conta ao meio, com Marcus efetivamente pagando por mim e Ashton por Kendall. Espero sinceramente que ela esteja bem com isso – minha amiga nunca teve problemas em deixar homens pagarem pela comida e bebida – mas ela sacou o cartão de crédito e, olhando para Ashton, o jogou na mão do garçom, instruindo-o a cobrar a porção dela lá.

— Este não é um encontro duplo — ela explica laconicamente quando eu a olho com as sobrancelhas levantadas. Então, ela bebe o resto da sangria e, assim que o garçom retorna com os cartões de crédito, ela pega o dela, assina o recibo e, com um adeus apressado para mim e Marcus, foge.

Emma

Durante a próxima semana, eu faço o meu melhor para arrancar algumas respostas de Kendall, mas de uma maneira muito não-Kendall, ela me impede, alegando que ela acha que Ashton é um idiota. — Eu conheço o tipo dele — diz ela com mais do que um traço de amargura. — Ele é um completo e total galinha, um garoto bonito que nunca teve que trabalhar para nada em sua vida. Tudo foi entregue a ele em uma bandeja de prata, todas as mulheres sempre caindo aos pés dele. Bem, eu vejo através das besteiras dele, e não estou comprando esse ato de charme falso.

E não importa o quanto eu tente interrogá-la sobre o motivo dessa opinião, ela não me conta mais. Marcus também não chega a lugar nenhum com Ashton, embora o cara deixe escapar algo como "um cavalheiro não come e se gaba", confirmando minha impressão de que eles já se conheceram... e possivelmente fizeram mais do que conversar.

Tirando o mistério com nossos amigos, minha segunda semana de vida com Marcus é tudo o que eu poderia esperar e muito mais. Embora na superfície sejamos completamente diferentes, nos unimos perfeitamente, como se tivéssemos sido duas partes de um todo.

Após o brunch no sábado, passamos o resto do fim de semana sozinhos, fazendo uma mistura de atividades e trabalho divertidos. Vemos arte moderna no MOMA e enfrentamos o clima frio fazendo uma longa caminhada no Central Park. Quando ficamos com fome, compro tacos para nós em um caminhão de comida e os comemos enquanto passeamos pela Park Avenue, onde Marcus me mostra seu prédio de escritórios. À noite, relaxamos em casa com um filme alugado, depois, trabalhamos um pouco, sentados lado a lado com nossos laptops, ou seja, até que alguém decida que minha blusa de pijama é uma provocação sexual e me arrasta para a cama.

No domingo, outra tempestade gelada cobre a cidade, por isso não vamos a lugar algum, ficando quentes e aconchegantes dentro da cobertura com meus gatos. Marcus faz seu treino de ginástica hardcore depois do café da manhã e, como não tenho nada melhor para fazer, deixo que ele me ensine a levantar pesos adequadamente. Depois, nadamos na piscina e almoçamos, daí, *Skype* por uma hora com meus avós. À tarde, trabalhamos novamente e eu secretamente escrevo outro capítulo do meu projeto secreto.

Agora, tenho cinco mil palavras e estou ficando seriamente empolgada.

Nos dias úteis, repetimos a rotina da semana passada, exceto que Marcus me convence a nadar com ele à noite. No começo, estou relutante – sempre cansei de me exercitar quando chego em casa do trabalho –, mas a piscina é tão conveniente e refrescante que, no meio da semana, fico ansiosa pela atividade. Não que eu seja uma nadadora habilidosa ou algo assim – faço algo entre nado cachorrinho e um estilo de sapo – mas é o suficiente para meus músculos lentos, porque até terça-feira estou seriamente dolorida. Claro, também poderia ser do levantamento de peso no domingo; foi a primeira vez que entrei em uma academia em anos.

— Pobre Gatinha. Deixe-me ver se posso ajudar. — Marcus canta simpaticamente quando eu reclamo estar toda dolorida. Então, ele me coloca de bruços em nossa cama e vai trabalhar, massageando cada músculo dolorido até que eu esteja derretida demais no sétimo céu, quando ele me vira e me deixa dolorida de uma maneira totalmente diferente.

É tudo tão perfeito que me assusta. Se as coisas terminarem agora, isso não vai apenas quebrar meu coração, isso me devastará completamente. A cada dia que passa, eu me afundo mais sob o feitiço de Marcus, fico cada vez mais viciada em sua presença vital e na maneira como ele me faz sentir como se eu fosse a única mulher no mundo. Quando estamos juntos, o foco dele em mim é tão absoluto que sinto que ele percebe cada piscar dos meus cílios, cada mudança sutil no meu humor. Mesmo quando nós dois estamos trabalhando em nossos laptops, basta uma mudança na minha respiração para que aqueles olhos azuis se concentrem em mim... e se encham com o calor sombrio familiar.

Ele é tão intenso comigo que às vezes deve ser um alívio quando estamos separados, mas não é, porque começo a sentir falta dele nos primeiros dez segundos.

— Pare de ser um gato tão assustado. Por que as coisas iam dar mal? — Kendall diz quando me abro com ela durante a minha hora de almoço na quarta-feira. — Vocês dois são perfeitos um para o outro. Eu nunca vi um casal tão apaixonado.

— Esse é o problema. — Levanto o telefone para ter minhas mãos livres para desembrulhar meu sanduíche – outra mistura sofisticada de presunto em centeio em fatias finas com rúcula e geléia de figo. — Veja bem, *eu* amo Marcus, mas não tenho idéia se ele *me* ama.

Kendall bufa. — Sim, tudo bem, por favor. Aquele homem adora o tapete de pelos de gato em que você anda. Caso em questão: ele deu um jeito de arranjar uma noite para vocês dois jantarem com Janie e o Sr. Baba-ovo.

Eu faço uma careta. — Sim, não me lembre. — Mordendo o sanduíche, murmuro um bocado: —

Concordei em ir na semana passada, mas prefiro me abraçar com Marcus e nossos gatos em casa.

— *Nossos* gatos, não é? — Kendall sorri. — Eles também são bebês de pelo *dele* agora?

— Eles podem muito bem ser — digo depois de terminar de mastigar. — Cottonball mudou completamente a lealdade, e Rainha Elizabeth está se aproximando mais de Marcus a cada dia. O Sr. Puffs é o único do contra, mas acho que é porque ele está lutando pelo terceiro time.

— O pai dele, Satanás? — Kendall adivinha.

Balanço a cabeça. — Geoffrey, o mordomo de Marcus. Esses dois estão ficando unidos. Meu gato realmente se comporta na presença dele. Nem tenta roubar comida quando ele cozinha, você pode imaginar?

— De jeito nenhum. — Kendall parece apropriadamente chocada. — Talvez ele tenha uma queda por homens britânicos.

— É o que parece — digo, depois lembro do mistério que está me incomodando. — Falando em homens, americanos, não britânicos, como você e Ashton...

— Uau, muito suave, Srtª Detetive. Agora, por que você não termina seu sanduíche delicioso e eu vou comer uma salada chata para o almoço? — E quando ela desliga, eu a ouço murmurar invejosa: — Um mordomo que cozinha, uma ova.

Para meu alívio, o jantar com Janie e Landon naquela noite transcorre tranquilamente, com o banqueiro apenas enrugando brevemente o nariz pelo fio de pelo de gato que apareceu na minha roupa nova e elegante quando o Sr. Puffs nos emboscou na saída. Depois disso, o namorado de Janie liga o encanto e, embora seja definitivamente do lado levemente falso, nós quatro acabamos nos divertindo, mesmo depois que Marcus tem outro espirro do perfume de Janie.

— Sinto muito — ela pede desculpas pela décima vez enquanto nos despedimos, evitando prudentemente abraçá-lo desta vez. — Eu juro que nunca usaria se soubesse.

— Não tem problema. É totalmente minha culpa. Eu deveria ter avisado você — digo, me sentindo mal. — Em casa, temos quase tudo sem perfume, então, eu esqueci.

— Certamente evitaremos toda e qualquer fragrância na próxima vez que nos encontrarmos — anuncia Landon, apertando a mão de Marcus com um grande sorriso. Eu o imagino jogando o perfume de Janie fora naquela mesma noite, para que ele não repita o erro com outro contato comercial importante, e escondo meu sorriso.

A alergia a perfume de um bilionário pode poupar o público, e a própria Janie, de pelo menos um cheiro muito forte.

— Você acha que ele vai jogar fora todos os frascos de perfume que tiverem? — Marcus pergunta quando estamos no carro a caminho de casa.

— Oh, sim — digo. É assustador como nossas mentes estão tão frequentemente na mesma sintonia hoje em dia. — É melhor você comprar algumas ações em qualquer empresa que produz produtos sem cheiro. Agora que Landon está no caso, será a próxima grande novidade.

E enquanto rimos dessa maneira de duas pessoas perfeitamente sintonizadas uma com a outra, eu finalmente decido como lidar com a situação no meu apartamento.

Vou me livrar dos meus móveis antigos e confiar que o que temos é real.

Marcus

QUANDO EMMA ME INFORMA QUE ESTÁ COLOCANDO SUAS coisas restantes nos Classificados e desistindo oficialmente de seu apartamento, sinto-me triunfante e aliviado, e para minha surpresa, um pouco culpado.

— Você fez o quê? — Ashton olha boquiaberto para mim, incrédulo, quando o encontro perto de meu escritório, na quinta-feira, e confesso que estou preocupado com a situação.

Esfrego a mão no rosto. — Eu acabei de te dizer. Pedi a Long para comprar a moradia de sua senhoria no Brooklyn por um valor acima do mercado.

— Para forçar Emma a morar com você — Ashton esclarece, olhando para mim como se eu tivesse perdido minhas bolinhas de gude.

— Não, para incentivá-la a morar comigo — argumento. Ashton do caralho; eu estava realmente contando com ele estar do meu lado nisso. — Ela tem todos esses problemas com o dinheiro e não quer tirar vantagem de mim, e eu estraguei tudo com ela uma vez antes, então, ela tem problemas de confiança... Estávamos chegando lá de qualquer maneira, e eu só queria agilizar as coisas, ok? Isso é tão errado?

— Não, se você é Maquiavel. — Ele apoia os cotovelos na mesa, parecendo fascinado. — O que mais você fez com essa pobre garota?

— Nada. — Então, alguma criatura demoníaca - Sr. Puffs, talvez - puxa a minha língua, e admito de má vontade: — Eu também a investiguei quando começamos a namorar.

— Que porra é essa? — Ele se endireita. — Por quê? Você achou que ela é algum tipo de criminosa?

— Claro que não. Ela disse que não queria me ver depois de um encontro particularmente bom, e eu precisava de algumas informações para descobrir como... Sabe de uma coisa? Deixa pra lá. — Não gosto do jeito que ele está olhando para mim, como se estivesse admitindo matar.

Todo homem apaixonado não persegue pelo menos um pouco?

— Ah, não. — Ele larga sua xícara, diversão sombria curvando os cantos da boca. — Você não vai fugir disso tão facilmente. Se eu entendi direito, você praticamente perseguiu Emma até que ela o namorasse, e agora, você também se certificou de que ela não tenha escolha a não ser morar com você.

— Besteira. Ela *tem* uma escolha. Ela poderia ter conseguido um apartamento diferente. Ela decidiu morar comigo por vontade própria. É por isso que não entendo por que sinto alguma culpa por essa situação.

— Sim, claro. — Ashton está rindo agora, o bastardo. — Então, como você vai fazer ela se casar com você? Chantagem? Tortura? Sequestro?

— Foda-se, cara. Um dia, você conhecerá uma mulher que não aguentará suas besteiras e verá a que planos *você* vai ter que recorrer.

Uma expressão estranha cruza o rosto de Ashton, mas eu estou muito chateado para insistir nisso. Pegando minha xícara, tomo meu café em alguns goles e me levanto. — Eu tenho que ir.

— Marcus, espere. — Ashton se levanta e se põe na minha frente antes que eu possa me afastar da mesa. — Ouça, desculpe, cara. — Ele parece genuinamente contrito. — Você acabou de me pegar desprevenido. Você tem que admitir que é meio ridículo que você seja o bilionário mais cobiçado do *The Herald* ou o que quer que seja, e precise recorrer a esse tipo de merda para conseguir que uma funcionária da livraria esteja com você. Mas — ele levanta a palma da mão antes que eu possa colocar meu punho na cara dele —, encontrando Emma duas vezes agora e vendo o jeito que vocês dois estão juntos, eu entendo por que você está tão apaixonada por ela.

Um pouco da minha raiva diminui. — Você

entende?

— Oh, sim. — Ele volta ao seu lugar e, depois de um momento de deliberação, eu me sento também. — Eu sempre admirei seu foco, sabe — diz ele, pegando sua xícara de café. — Lembra-se da primeira vez que fomos a um bar, depois do exame de Finanças Corporativas? Barry estava lá e sua namorada, Lina? Enfim, todos nós tomamos algumas cervejas e você nos disse que seria bilionário. Lembra-se disso? — Ele toma um gole.

Eu forço minha mão firmemente fechada a abrir. — Sim, lembro. — Alguns dias depois de eu e Ashton termos feito parceria em nosso projeto de Finanças Corporativas, antes de nos aproximarmos e nos tornarmos amigos.

Ashton pousa sua xícara. — Certo. Bem, aqui está a coisa. Tão bêbados quanto estávamos, ninguém riu da sua declaração. Ninguém ficou tentado a rir porque todos sabíamos que você faria isso acontecer. Você irradiava ambição; praticamente escorria de seus poros. Você era como um míssil, trancado, carregado e a caminho de seu alvo. Ninguém duvidou que você chegaria lá, nem nossos professores, nem nossos colegas, e certamente não eu.

Eu franzi a testa. — E daí?

— Daí, eu te invejava isso. — O rosto de Ashton está tão sério quanto jamais vi. — Você sabia exatamente o que queria da vida, e eu não tinha a menor ideia. Mas, recentemente, tendo observado você nos últimos dois anos, percebi uma coisa. Aquela determinação de míssil, aquela ambição que o impulsionava a avançar, você não podia desligar. Você ganhou seus bilhões e continuou indo, incapaz de parar, incapaz de apreciar nada disso.

Minha carranca se aprofunda. — Isso não é verdade. Eu gosto...

— Sim, eu sei, você gosta de ter a cobertura, o avião particular e todo esse dinheiro no banco, mas isso realmente te satisfez? Eu nunca vi você parar e apreciar, ou apreciá-lo em qualquer nível além do mais superficial.

Eu expiro uma respiração frustrada. — O que você está dizendo?

— Estou dizendo que parei de invejar você depois de um tempo. Como esse míssil, você precisava seguir em frente, perseguir seu alvo em constante movimento, caso contrário, cairia do céu. Afaste o foco e você quebrará e queimará. Ou você faria alguns meses atrás. Agora, não tenho tanta certeza.

Eu levanto minha cabeça. — Por causa de Emma?

Ele concorda. — Pelo menos eu suponho que é por causa dela. Você estava diferente nas últimas vezes em que te vi. Ainda focado, ainda dirigido, mas... menos parecido com uma máquina, se isso faz sentido. Como se você pudesse se desligar, se quisesse. — Um sorriso triste toca seu rosto. — Em torno de Emma, você é quase humano... embora pelo que você acabou de me dizer, você pode simplesmente ter redirecionado parte desse foco. A pobre garota não tem chance, não é?

— Não — digo baixinho. — Não tem. — Eu desistiria de cada dólar da minha conta bancária para mantê-la, faria mil acordos secretos para garantir que ela permanecesse minha.

A expressão de Ashton suaviza inexplicavelmente. — Você a ama, não?

— Sim, eu a amo. — Respiro fundo e expiro devagar. Está ficando mais fácil dizer as palavras, aceitá-las pela verdade incontestável que são. — E você está certo. Eu sou mais humano perto dela, feliz de uma maneira que nunca conheci antes. É por isso que não quero estragar tudo. Se Emma descobrir o que eu fiz...

— Como ela descobriria? — Ashton diz razoavelmente. — Você não está pensando em contar a ela, certo?

— Não. — Por mais que eu odeie a ideia de ter segredos entre nós, não corro o risco de perdê-la.

Ashton sorri. — Certo, escolha inteligente. As garotas podem ser engraçadas sobre todo o negócio de perseguição e maquinação maquiavélica. E você pode contar comigo para manter minha boca fechada. Quanto à culpa que você está sentindo, isso é apenas mais uma evidência da sua crescente humanidade. Marcus, o míssil, não se importaria com os meios, apenas o fim. Então, pegue essa culpa, enfie-a no fundo e concentre-se no futuro com sua namorada. Faça o que você tem que fazer para torná-la sua esposa.

EU PENSO NA CONVERSA COM ASHTON PELO RESTO DO

dia, fazendo o possível para suprimir a culpa inconveniente. Ele estava certo? Eu forcei Emma a morar comigo, em vez de apenas incentivá-la a tomar a decisão certa?

Mas não. A empresa de fachada de Long fez a oferta a Metz na sexta-feira passada e Emma não me informou sobre sua decisão até esta manhã. Desde que eu suponho que a senhoria ligou para ela imediatamente, isso significa que minha gatinha teve tempo para pensar sobre isso, em vez de agir por desespero. E estou feliz com isso.

Por tudo o que a besta primitiva dentro de mim quer prender Emma em seu covil, o pensamento de que ela pode estar comigo porque precisa é repelente.

Eu quero que ela me queira, me ame tanto quanto eu a amo. O que começou como uma obsessão sexual se aprofundou em uma necessidade tão poderosa que carrega todas as marcas do vício. Exceto, em vez de me destruir, como eu inicialmente temia, isso enriqueceu minha vida. Quando esse negócio de US$ 700 milhões deu errado no fim de semana antes do Dia de Ação de Graças, culpei meus sentimentos por Emma por me distrair do que é importante, em vez de perceber que estava começando a adotar coisas realmente importantes.

As coisas que eu queria desde criança com uma alcoólatra indiferente como mãe.

As coisas que eu não ousava admitir querer para mim mesmo.

Foi fácil reconhecer as privações físicas da minha

infância, dizer a mim mesmo que o dinheiro eliminaria o medo vazio dentro de mim – aquela sensação de sempre me equilibrar na ponta da faca, de estar a um passo em falso de um desastre. Mas não importa o quão rico eu me tornasse, o medo permaneceu comigo, me levando a trabalhar cada vez mais, por mais tempo.

Ashton estava certo sobre mim. Eu não tinha desligado, porque a pobreza nunca tinha sido o que eu realmente temia e o dinheiro não era o que realmente perseguia. Nas últimas duas semanas com Emma, o sentimento de satisfação que senti pela primeira vez ficou mais forte, a ansiedade pelo futuro caprichoso recuou até que não passasse de uma sombra do passado. Agora, posso olhar para o que ganhei e sei – realmente sei, com uma certeza não contaminada por esse medo ao longo da vida – que uma dificuldade não vai me destruir, que se eu me afastar do trabalho uma noite, não vou perder tudo o que consegui.

E perversamente, esse conhecimento tem sido bom para o desempenho do meu fundo. Fiquei mais calmo, menos estressado, o que me permitiu avaliar os investimentos com um olhar diferente. Nas últimas duas semanas, corremos mais riscos em determinadas áreas, enquanto desaceleramos em outras, e aumentamos mais 2% em um mercado que oscila como uma montanha-russa. Ainda estou trabalhando muito, ainda me esforçando para fazer o melhor possível para meus investidores, mas se eu tiver que tirar uma noite para jantar com Emma e seus amigos, eu o faço sem me preocupar se estou minando o trabalho da minha vida, que estou me aproximando daquele vago desastre sempre aparente.

É claro que ajuda Emma entender tão bem quando eu pego meu laptop nos fins de semana ou à noite – que, à sua maneira tranquila, ela é tão viciada em trabalho quanto eu. Eu não entendi isso a princípio, assumindo erroneamente que, como ela não ingressou em uma profissão poderosa como negócios, medicina ou direito, é provável que ela seja menos ambiciosa, mais descontraída. E ela é, de certa forma – os preços cobrados pela edição estão significativamente abaixo da média da indústria, por exemplo –, mas de outras maneiras, ela se dedica tanto ao campo escolhido. Sem fazer uma grande produção, ela edita entre um livro e outro toda semana, além de ter seu emprego em livraria em tempo integral. Cada vez que olho do meu computador, vejo-a trabalhando – e ela nunca parece se cansar ou reclamar.

Quanto mais eu aprendo sobre minha Gatinha, mais eu a quero e a respeito... e mais eu quero a única coisa que agora percebo que estou perdendo.

Uma família de verdade.

Com ela.

AINDA ESTOU PENSANDO NA SEXTA-FEIRA. ONTEM À noite, toda vez que vi Emma abraçando seus gatos contra o peito, imaginei um bebê no lugar deles; cada vez que ela sorria, eu via uma criança com as mesmas covinhas. É muito cedo para isso, eu sei, mas não posso evitar.

Se Emma me desse luz verde, eu a engravidaria num piscar de olhos.

Ela não deu luz verde, porém, longe disso, por isso tenho sido mais cuidadoso com os preservativos desde a nossa última falha. Embora nenhuma das duas pílulas do dia seguinte que ela tomou a deixasse doente, li sobre os possíveis efeitos colaterais e não quero que ela tenha que tomar outra. Em vez disso, tenho estudado formas seguras e eficazes de controle de natalidade que dependem menos da minha força de vontade no calor do momento.

Por mais que eu goste de um bebê com Emma, é o corpo dela e sua decisão. Minha tarefa é convencê-la de que sou a "pessoa certa", para provar que serei um bom marido e pai, que ela pode confiar em mim para nunca mais se afastar ou priorizar algo sobre ela novamente.

Para esse fim, embora segunda-feira seja a conferência da Zona Alfa, encerro meu dia de trabalho sexta-feira mais cedo, às cinco, uma hora após o fechamento do mercado, e decido surpreender Emma em seu trabalho. Ela está trabalhando horas extras esta semana por causa das festas de fim de ano, e eu ainda não vi sua livraria, embora ela tenha me contado algumas histórias engraçadas sobre seus frequentadores peculiares e seu chefe, que está sempre de dieta.

Já são seis e seis quando chego ao Brooklyn, o tráfego extra pesado derrotando até as habilidades de navegação de Wilson. A livraria está escondida em uma rua tranquila no bairro de Prospect Heights, e o sino de bronze sobre a porta toca quando eu abro e entro. Lá dentro, o lugar cheira a café e papel impresso, com o aroma fresco de volumes misturados com o odor mais forte proveniente de edições mais antigas. Eu inspiro tudo apreciativamente. Embora a maior parte da minha leitura hoje em dia ocorra na tela, eu realmente amo livros em papel.

Emma não está no Caixa, ninguém está cuidando disso, de fato, então, eu ando pelas fileiras de estantes procurando por ela. Alguns clientes estão navegando sem pressa nas várias seções, mas ela não está em lugar algum, ou seja, até eu chegar à pequena área de estar nos fundos.

Eu ouço as vozes antes de vê-las. A gargalhada de Emma se mistura com os tons mais profundos de um homem, e meu pulso dispara antes mesmo de eu virar a esquina e vê-los.

Emma e um jovem loiro de óculos estão sentados em poltronas adjacentes, olhando as folhas de papel espalhadas sobre a mesa de café em frente a elas, com as cabeças tão juntas que quase estão se tocando.

Minha pressão sanguínea atravessa o teto, uma névoa vermelha oculta minha visão enquanto capto o sorriso com covinhas no rosto de Emma, e a resposta na pele clara do cara. Seu pé está batendo nervosamente no chão, como se ele estivesse tentando se convencer de alguma coisa, e há uma tenda definitiva na virilha de sua calça cáqui.

Um tesão.

Ele tem a porra de um pau duro.

Estou tão enfurecido que não consigo me mexer, porque, se o fizer, posso matá-lo com minhas próprias mãos.

— Então, sim, acho que a cena de luta de abertura é ótima, mas bem aqui — Emma pega uma das folhas — é muita exposição, especialmente para o primeiro capítulo. É importante não sobrecarregar o leitor com uma enxurrada de informações; você quer facilitar a entrada deles no mundo, em vez de jogá-los de cabeça.

— Certo. — O pomo-de-adão do cara balança quando ele se inclina mais uma polegada e sorrateiramente cheira o ar, como se estivesse cheirando o cabelo dela. — Eu vou tirar. Além disso, eu queria perguntar a você... — Ele espera até Emma olhar para ele. — Você tem planos para hoje à noite?

Minha paralisia induzida pela raiva desaparece com um violento pico de fúria. — Sim. Ela tem. — Minha voz racha no ar como um chicote, e quando os dois se separam, suas cabeças se erguem daquele jeito culpado de gente assustada, é tudo o que posso fazer para permanecer imóvel em vez de bater com o punho na agora incolor cara dele.

Não posso ceder à violência dentro de mim, não quando meu rival é menor que eu em altura e largura.

O que posso fazer, no entanto, é deixar claro a quem Emma pertence. Quando ela se levanta com uma surpresa — Marcus! O que você está fazendo aqui? — Eu ando e passo meu braço em volta de seus ombros, colocando seu corpo pequeno e cheio de curvas contra o meu lado.

— Minha *namorada* vai passar a noite comigo. — Meu tom é agudo quando olho para a companhia dela, que agora está se afastando com prudência. — E todas as outras noites no futuro.

— Marcus! — Emma parece chocada, mas, na verdade, ela deveria estar agradecida por eu estar sendo rude em vez de bater no cara, como todo instinto territorial em mim está gritando.

O imbecil estava convidando Emma para sair.

Minha Emma.

E ele tinha uma porra de um pau duro.

— Me desculpe — o cara gagueja, parecendo que quer desaparecer do local. — Eu não sabia, isto é... eu tenho que ir.

Virando-se, ele foge como o covarde que é, ignorando o grito de Emma: — Ian, espere!

Assim que a campainha toca, esperançosamente significando sua partida, eu solto Emma e me viro para encará-la. Suas bochechas estão vermelhas, seus cachos tremendo loucamente enquanto ela olha para mim, as mãos fechadas em punhos minúsculos ao seu lado. — Que raio foi aquilo? Ian é um cliente em potencial. Eu estava ajudando-o com seu primeiro livro, e ele...

— Estava dando em cima de você. — As palavras saem por entre os dentes cerrados. — O filho da puta estava sentado perto o suficiente para cheirar seu cabelo, e ele tinha um enorme pau duro.

Os olhos de Emma se arregalam e ela recua,

sentindo-se acuada. — O quê? Não, ele não.

— Sim, ele sim. — Estou pronto para matar só de pensar nisso.

Emma abre a boca, depois a fecha enquanto seu olhar vai para algo atrás de mim. Girando, vejo que alguns dos clientes que estavam andando estão parados lá, assistindo a briga com a curiosidade ávida de garimpeiros.

— Desculpe-nos — Emma diz firmemente e marcha em minha direção. Agarrando meu braço, ela me reboca em direção a uma porta na parte de trás marcada "Somente Funcionários". Empurrando para abrir, ela quase me arrasta para um quarto pequeno e abafado, cheio de caixas e fecha a porta atrás de nós.

Então, ela se vira para mim, olhos cinzentos se estreitando e mãos indo para os quadris. — Eu não me importo com o que o pênis de Ian estava ou não estava fazendo — diz ela em voz baixa e furiosa. — Ele é sobrinho do meu chefe e não fazia ideia de que eu tenho namorado...

— Por que diabos não? — Eu avanço nela. — Estamos *morando* juntos.

— Sim, mas aconteceu e ... — Ela engole, se afastando enquanto registra o olhar no meu rosto. — Marcus, seja razoável. Eu só encontrei o cara algumas vezes e...

Eu a pego contra a parede, prendendo-a no lugar, colocando as palmas das mãos em ambos os lados da cabeça dela. Abaixando a cabeça, rosno: — Você acabou de dizer que ele é sobrinho do seu chefe.

Ela corajosamente levanta o queixo. — Sr. Smithson também não sabe de você. Está tão ocupado aqui que não tivemos tempo para conversar. Eu ia contar a ele na próxima semana, quando mudar oficialmente meu endereço, mas...

Eu a cortei com um beijo selvagem, o ciúme se transformando em uma necessidade ardente de reivindicá-la, marcá-la da maneira mais primitiva possível. Agarrando seus cabelos em um punho, eu arqueio sua cabeça para trás, devorando sua boca, e depois de um momento de surpresa inicial, ela responde com a mesma fome feroz, seus braços envolvendo firmemente em volta do meu pescoço e sua língua duelando com a minha.

O calor dentro de mim se torna vulcânico, toda a fúria se transformando em luxúria ardente. *Minha. Ela é minha.* Com a mão livre, arranco o botão da calça jeans, cego para tudo, menos o desejo de estar dentro dela, e ela retribui, suas mãos pequenas atrapalhadas com a minha braguilha enquanto eu a levanto para sentar na pilha de caixas próxima e puxo o jeans e a calcinha por suas pernas.

É estranho como o inferno com os tornozelos trancados e o tênis no caminho, mas todo o meu foco está na fenda apertada e lisa de seu corpo enquanto eu entro nela, em seu suspiro abafado contra meus lábios e em como suas mãos espasmodicamente agarram meu cabelo. Nossas línguas emaranham novamente, o beijo imitando a união desenfreada de nossos corpos. Nós fazemos isso como animais, alheios ao nosso ambiente, e é apenas no último segundo, quando sinto os espasmos de seu orgasmo começarem, que uma lasca de razão corta a névoa da luxúria e eu lembro de me afastar quando gozo.

Respirando pesadamente, eu assisto minha semente pousar em sua coxa nua, o líquido espesso e branco decorando sua pele pálida e, então, encontro seu olhar. O olhar dela, terno e atordoado, as pupilas ainda dilatadas pela excitação, mas posso ver a clareza retornando às profundezas cinzentas à medida que a consciência de onde estamos e o que fizemos retorna.

— Aqui — murmuro, puxando um lenço de papel do bolso da jaqueta antes que ela possa entrar em pânico. — Deixe-me limpar você. — Movendo-me rapidamente, eu limpo as evidências visíveis de nossa união, mesmo enquanto eu me xingo mentalmente por mais uma falha.

Ao sair, tornei a gravidez menos provável, mas não impossível.

— Gatinha — começo me desculpando, mas Emma já está balançando a cabeça, os olhos arregalados e horrorizados enquanto a mão dela voa para pressionar contra a boca.

— Eu não posso acreditar que apenas – oh, meu Deus, é aqui que eu trabalho. Há clientes lá fora e... — Seu olhar cai sobre as pernas nuas, e seu rosto e garganta ficam rosados. — Oh, porra. Me larga. Agora.

Eu dou um passo para trás e ela pula das caixas, puxando freneticamente o jeans e a calcinha enquanto coloco o lenço usado de volta no bolso e fecho a zíper.

Sua bunda deliciosamente redonda balança enquanto ela trabalha o jeans apertado em suas coxas cremosas, e embora eu deva estar completamente exausto, meu pau tenta uma demonstração de interesse renovado em minhas calças.

Agora não é hora de entregar o bastardo ganancioso, pois minha Gatinha parece mais do que um pouco chateada. Cuidadosamente, estendo a mão em sua direção. — Emma...

— Não fale — ela rosna, afastando-se. — Nem faça barulho. Nós apenas... onde alguém podia ouvir ... Oh, Deus, eu nem posso...

— Shh, está tudo bem. — Pegando seus braços, eu a puxo contra meu peito para um abraço reconfortante. — Ficamos aqui apenas por alguns minutos e fomos bastante quietos. — Ou pelo menos acho que fomos; pelo que me lembro, nossas bocas estavam ocupadas principalmente com beijos. De qualquer forma, digo a ela tranquilamente: — Você não vai se meter em nenhum tipo de problema, eu prometo.

— Você não pode prometer isso. — Suas palavras são abafadas contra o meu peito.

Eu acaricio ela de volta. — Sim, eu posso. Pelo que eu vi dele, esse idiota do Ian provavelmente ficará muito envergonhado por sua gafe para reclamar com seu tio, e se algum dos clientes disser algo sobre as coisas dos bastidores... Bem, eu vou lidar com as consequências se isso acontecer. Um pedido de desculpas pessoal meu, acompanhado de um cheque de cem mil ou mais, deve ajudar bastante a suavizar as penas de seu chefe, caso algum deles se irrite em primeiro lugar.

Em vez de acalmá-la, minha explicação traz de volta sua raiva. Se afastando, ela me prende com um olhar estreito. — Você acha que dinheiro é solução para tudo?

— Não tudo. — Não há quantidade no mundo que possa me transportar de volta no tempo, para que eu possa me lembrar de usar camisinha. Mas o que está feito está feito, então, respiro e digo sem rodeios: — Não usei proteção novamente.

— Eu sei, eu vi! — Então, ela se segura e acrescenta em um tom mais calmo: — Acho que estamos seguros. Eu devo menstruar neste fim de semana.

— Ah, bom. — Fico feliz que ela não precise tomar outra pílula do dia seguinte, mesmo que uma parte de mim se sinta irracionalmente decepcionado. Empurrando essa parte no fundo, digo: — Procurei alguns métodos mais seguros de controle de natalidade para nós. Os DIUs parecem particularmente promissores e também existem...

— Mais tarde, ok? — Ela lança um olhar preocupado para a porta. Me afastando, ela tenta domar os cabelos – um esforço fútil, dado o que meus dedos fizeram com seus cachos – depois, alisa as palmas das mãos sobre as roupas.

— Você parece bem, minha querida — eu asseguro a ela, e apertando sua mão com força, eu a conduzo até a porta.

Ainda estou furiosa quando jantamos em casa uma hora e meia depois. Embora nenhum dos clientes tenha dito nada ou sorrido muito quando saímos da sala dos fundos, nos quinze minutos restantes do meu turno, senti como se tivesse uma marca escarlate na testa – talvez uma tatuagem que dizia "Propriedade de Marcus".

Certamente estaria de acordo com seu comportamento em relação a Ian. Marcus quase mijou um círculo ao meu redor, então, literalmente me marcou com seu esperma.

Empurrando um pedaço de frango na minha boca, eu imagino o pânico de olhos de inseto no rosto de Ian quando Marcus veio em nossa direção, então, os barulhos sexuais óbvios que devem ter saído da sala dos fundos, apesar do que Marcus disse sobre estarmos calados, e embora eu ainda queira morrer de vergonha, uma risada escapa da minha garganta, fazendo-me engasgar com a comida.

— Você está bem, Gatinha? — Marcus pergunta, imediatamente preocupado, e por algum motivo, isso me leva ao limite. Gritando histericamente entre crises de tosse, empurro meu prato e fico de pé.

— Você, ele... — Estou rindo tanto que lágrimas escorrem pelo meu rosto. — Oh, Deus, nós fizemos sexo no *quarto dos fundos.*

Rainha Elizabeth, que estava calmamente cochilando em uma das cadeiras de jantar vazias, levanta a cabeça e me dá uma olhada, sugerindo que estou louca, e não posso culpá-la. O comportamento de Marcus foi atroz, nem um pouco engraçado. E o meu não foi melhor. O que eu estava pensando, arrastando meu pirata insaciável para a sala dos fundos quando o ar entre nós quase estalava com uma carga sexual?

Se eu for demitida na segunda-feira por comportamento inadequado no trabalho, não será mais do que eu mereço.

O pensamento me deixa sóbria, e eu volto para o meu lugar, enxugando as lágrimas enquanto Marcus olha para mim, confuso. Eu também não posso culpá-lo. Mal falei duas palavras com ele desde que saímos da sala dos fundos, mesmo que ele esperasse que eu terminasse meu turno e voltássemos para casa juntos. Ele até tentou se desculpar por agir como um idiota no meu local de trabalho, mas eu poderia dizer que ele não quis dizer isso.

Ele acha que está certo de alguma maneira, como se eu tivesse aceitado o pobre Ian.

— Você sabe que eu nunca trairia você, certo? — digo, imaginando que eu poderia muito bem afirmar o óbvio. — Não com Ian, nem com mais ninguém.

O olhar de Marcus afia e ele abaixa o garfo. — Eu sei. Eu confio em você.

— Então, por que...

— Porque eu não confio *neles*.

Eu pisco. — Eles?

Sua mandíbula aperta. — Homens. Especialmente desesperados, como aquele idiota loiro. Ele teria corado e gaguejado, e você se sentiria mal por ele, como por um cachorrinho triste. Ele abriria caminho em suas boas graças, se tornaria seu amigo, e a próxima coisa que você se daria conta é que ele estaria esfregando sua merda por todos os lados.

— Marcus! — Não acredito que ele é tão vulgar. — Ian não...

— Oh, sim, ele faria — diz ele sombriamente. — Você simplesmente não sabe como os homens pensam e até onde eles conseguirão o que eu tenho.

— O que, sexo?

— Você. — Seu olhar queima em mim. — Você, Emma, é um maldito prêmio, e você nem sabe disso. Cada vez que você sorri, um idiota fica duro, e não estou falando apenas de mim.

Eu rio incrédula. — Sim, ok, agora isso é...

— Nada além da verdade. Você os nocauteia – e a mim – sem nem tentar. E não apenas porque essa sua bunda poderia iniciar uma guerra. É você, Gatinha, tudo em você.

Paro de rir, minha respiração presa no peito com a intensidade sombria em seu olhar. Ele quer dizer isso – não são apenas palavras vazias – e, pela primeira vez, me pergunto se Kendall pode estar certa.

Poderia o bilionário que eu amo já estar apaixonado por mim?

Com o coração martelando loucamente no peito, reúno toda a minha coragem e me preparo para correr o maior risco de todos. — Marcus, eu...

— Com licença, Sr. Carelli, Srtª Walsh... Terminaram o prato principal?

A chegada de Geoffrey é como ser rudemente acordada de um sonho. Piscando, puxo a mão que estava prestes a colocar em cima do braço de Marcus e me forço a sorrir. — Sim. Eu acho que já. Na verdade, estou bem cheia, então, acho que vou pular a sobremesa. — Olho interrogativamente para Marcus, e ele assente.

— O mesmo aqui, Geoffrey. — Sua voz é firme quando ele se levanta. — Obrigado pelo jantar, e nos vemos amanhã. Por enquanto, estamos indo para a cama.

E, pegando minha mão na palma da mão grande, ele me leva para o andar de cima, onde demonstra exatamente o quanto meu sorriso o pega.

Durante todo o fim de semana, tento ter coragem de dizer as palavras, mas nunca consigo encontrar o momento certo. Parcialmente, é porque Marcus passa um monte de horas se preparando para a apresentação da Zona Alfa que ele deve dar às oito da manhã de segunda-feira, verificando dupla e triplamente todos os fatos no deck de cem slides que seus analistas fizeram. Mas, principalmente, é porque estou novamente insegura, me perguntando se pode ter sido uma ilusão da minha parte, se li demais o que ele disse no jantar.

Ele definitivamente me quer, disso, não tenho dúvida. Em vez de desaparecer, o fogo entre nós queima mais a cada dia que passa, a química sexual fica mais intensa com o tempo. Agora que estamos morando juntos, parece que tudo o que tenho que fazer para ligar Marcus é respirar, e tudo o que ele precisa fazer é olhar para mim. E não importa quantas vezes ele me tome, ou quão quentes e excêntricos nossos encontros ficam, nunca é suficiente. Anal, oral ou "papai e mamãe"; sexo violento ou amoroso, fazemos tudo isso e ainda queremos mais um do outro.

Será isso que Marcus quis dizer quando me chamou de prêmio? Ele estava se referindo a essa química fora de cena entre nós?

No domingo à noite, eu quase me convenci a dizer as palavras de qualquer maneira, mas no último momento, eu me desespero. Em vez disso, mostro a Marcus como me sinto adorando cada centímetro de seu corpo do jeito que ele adora o meu e, em seguida, fazendo uma massagem para desestressá-lo antes da apresentação de amanhã de manhã.

— Quantas pessoas estarão lá? — Eu pergunto, espalhando óleo de coco sobre o plano largo e musculoso de suas costas. — Em geral, qual é o tamanho dessa organização da Zona Alfa?

— São apenas algumas centenas de pessoas — ele responde, estendendo-se ao meu toque como um gato preguiçoso, o tipo grande da selva, não meus gatinhos fofos. — Mas será transmitido ao vivo, e os repórteres de todas as principais agências de notícias estarão lá.

Eu massageio os músculos travados de seus ombros.
— Foi aí que você fez sua famosa apresentação da empresa de pneus? Aquela que destruiu o estoque?

— Sim, alguns anos atrás. — Ele boceja. — Você sabe disso?

— Claro, quem não sabe? — Eu li mais sobre isso nos últimos dias e, aparentemente, Marcus não apenas havia vasculhado os registros públicos de seu alvo e entrevistado centenas de revendedores de pneus; para aprender sobre os defeitos de fabricação e o uso de mão-de-obra escrava, ele tinha gente disfarçada nas fábricas reais na China. Seus métodos haviam sido brilhantes e limítrofes ilegais, seu ataque às ações sem precedentes, tanto em seu escopo quanto em sua ferocidade.

O documentário da *Netflix* chamou sua apresentação de "um torpedo voltado para o coração de uma cidadela podre" e rotulou Marcus de "um pirata dos dias atuais", uma descrição que achei perversamente sexy, adequada às minhas fantasias de piratas, não politicamente corretas.

Quando olho para baixo, no entanto, encontro o pirata fora de combate, minha massagem tendo realizado o feito raro de fazer meu robô sexual inesgotável adormecer diante de mim.

Sorrindo, eu desço dele, limpo o óleo das minhas mãos com um lenço de papel, apago as luzes e deito ao lado dele. Eu já estou caindo no sono quando sinto seus braços poderosos em volta de mim, me colocando contra seu corpo duro. Soltando um suspiro contente, eu me enterro mais fundo em seu abraço quente e juro que amanhã é o dia.

Quando Marcus voltar de sua apresentação, não importa o que aconteça ou o quão assustada eu fique, eu direi a ele como me sinto.

arcus

EU NUNCA FUI PROPENSO A TEMER FALAR EM PÚBLICO — É
tão fácil para mim fazer uma apresentação na frente de
centenas quanto falar com alguns dos meus gerentes —
mas não posso negar que meus níveis de adrenalina
aumentam antes de cada Zona Alfa, o conhecimento do
que está em jogo acelerando minha frequência cardíaca
e aprimorando meu foco.

Como a massagem de Emma me derrubou mais
cedo do que o planejado, acordo às quatro e passo as
próximas duas horas analisando todos os números da
minha apresentação. Meu argumento hoje é sobre um
estoque de biotecnologia subvalorizado. Se a pesquisa
de nossos analistas estiver correta, ela será lançada em
seis meses, quando o FDA aprovar seu revolucionário

medicamento para pressão arterial. A aprovação é um tiro no escuro – ou pelo menos a comunidade de Wall Street pensa assim –, mas os dados que reunimos ao entrevistar os participantes do estudo clínico e examinar seus registros médicos sugerem o contrário, e estamos construindo uma posição substancial no setor de estoque nas últimas semanas.

É um investimento de alto risco e alta recompensa – do tipo que, se for o esperado, pode ganhar o prêmio máximo na Zona Alfa no próximo ano.

Por hoje, porém, minha tarefa é convencer várias centenas de participantes da Zona Alfa e dezenas de repórteres que minha ideia tem mérito, o que significa que preciso conhecer a empresa de dentro para fora e garantir que todas as notas de rodapé da apresentação de cem slides estejam corretas.

Cottonball me faz companhia enquanto trabalho, e para minha surpresa, depois de uma hora, o Sr. Puffs se junta a ele. Ronronando, o enorme gato se estende sobre a minha mesa e me observa como se eu fosse um rato particularmente saboroso. É muito provável que ele esteja planejando algumas travessuras, mas estou muito ocupado para me preocupar com isso.

Metade da minhas obras de arte de valor inestimável está quebrada neste momento, pelo menos.

Estou quase terminando a minha apresentação quando me afasto para uma pausa no banheiro. Quando volto, a xícara de café pela metade que deixei na mesa está deitada de lado, com o conteúdo líquido em todo o teclado do meu laptop.

— Caralho! — Não preciso procurar um culpado; ele está deitado na minha mesa, me olhando com uma expressão presunçosa. O gato sabe exatamente o que fez. Nem por um momento considero que poderia ser seu irmão; Cottonball é tão bem comportado quanto um gato.

Não, foi Puffs quem fez isso, e de propósito.

Ele sabe o quanto isso é importante para mim.

— Saia — digo a ele, apontando meu dedo à porta. — Fora. Agora. Ou vou te arrastar pelo rabo peludo.

O gato sacode desdenhosamente o rabo para mim e preguiçosamente se levanta. Saltando da minha mesa, ele se afasta, seu comportamento presunçoso quase gritando: "Missão cumprida".

Bem, a piada é dele, porque o disco rígido do meu laptop sempre faz backup em um pen drive conectado. Eu usaria a nuvem, mas tenho muitas informações confidenciais aqui – e as soluções de baixa tecnologia são sempre mais seguras.

Respirando fundo, certifico-me de que está tudo bem com o pen drive – para meu alívio – então, pego meu laptop avulso e termino de ler a apresentação, com apenas Cottonball permitido em meu escritório.

Logo depois das seis, Emma acorda; eu empacoto meu laptop avulso e o pen drive conectado e me junto a ela no café da manhã. Vou pular meu treino do dia, quero economizar toda a adrenalina para o pódio, assim que terminamos, me visto e me preparo para ir ao *The Plaza*, o hotel onde a conferência está ocorrendo.

— Boa sorte. Eu sei que você vai se sair bem — Emma diz, sorrindo para mim quando a beijo na porta, e meu peito se enche de calor ao saber que ela estará me esperando quando eu voltar para casa.

Hoje à noite, eu decido quando entro no carro.

Depois da minha apresentação, direi a ela como me sinto e, se ela sentir o mesmo, a peço em casamento.

O calor fica comigo durante todo o caminho de carro até Midtown, enquanto atravesso o saguão reluzente até a área de conferências nos fundos, minha bolsa de laptop pendurada no ombro. Permanece enquanto saúdo conhecidos e estranhos, apertando a mão de amigos e rivais.

Minha apresentação é a primeira, minha reputação me rendeu a honra de ser a palestra das 8 da manhã. Às 7h20, vou para o salão para me arrumar e, quando chego ao pódio, abro minha bolsa de laptop para retirar meu computador.

Exceto que um pedaço está faltando, especificamente, o pen drive que eu deixei conectado ao lado.

A unidade que contém a minha apresentação, com todas as minhas anotações desta manhã, pois não me incomodei em carregar os arquivos do pen drive no disco rígido do laptop avulso.

Que porra é essa? Para onde poderia ter ido?

Estou vasculhando minha bolsa, esperando que tenha caído em algum lugar no fundo, quando meu telefone vibra no meu bolso. É Emma, mesmo que minha pressão arterial esteja subindo a cada momento, eu atendo imediatamente. — Gatinha? Está tudo bem?

— Não tenho certeza. — Ela parece sem fôlego. — Puffs quase engoliu alguma coisa - um pen drive de algum tipo. Eu o encontrei engasgado no canto. Gato mau! Mau! Não tenho ideia de onde ele conseguiu, mas, por via das dúvidas, achei que devia ligar para você.

Aquele gato demônio. Ele estava realmente determinado a foder comigo esta manhã.

Fechando os olhos, conto até três e pergunto em tom calmo: — O Sr. Puffs está bem?

— Sim, ele vai ficar bem, não que ele mereça. — O Sr. Puffs ainda deve estar por perto porque ela sussurra novamente: "Gatinho ruim! Mau!" antes de dizer em voz normal: — Então, sobre o pen drive...

Abro os olhos e respiro firme. — Você fez a coisa certa me ligando. Minha apresentação está nesse pen drive. Puffs deve ter roubado da minha bolsa enquanto eu estava comendo. Geoffrey está aí? Preciso que ele o conecte a um computador para garantir que ainda esteja funcional e, se estiver, entre em um táxi e traga-o para mim. Diga a ele para ir ao Grande Salão, no *The Plaza*.

Emma engasga. — Ah, não. Geoffrey saiu para fazer compras. Mas eu posso fazer isso - não preciso trabalhar até as dez hoje.

Eu expiro. — Isso seria ótimo, obrigado. Ligue para mim assim que souber se funciona.

— Ok. — Ela desliga e eu abro meu email para

recuperar uma versão mais antiga da minha apresentação. Faltam todas as alterações dos últimos dois dias, mas se o pen drive estiver muito mastigado, será necessário.

Seis minutos depois, meu telefone vibra. — Funciona — Emma relata, sua voz estranhamente fria. — Eu vou levar imediatamente.

Franzindo a testa, começo a perguntar a ela o que há de errado, mas ela já desligou – e não importa quantas vezes eu ligue para ela, ela não atende novamente, dizendo apenas que está "a caminho". Somente vinte minutos depois, quando ela me envia uma mensagem de que está entrando no hotel, percebo o que mais tinha no pen drive, e me xingo de uma dúzia de maneiras diferentes.

Emma

Estou tremendo, literalmente tremendo, enquanto atravesso o saguão ostensivo, o pen drive firmemente apertado no meu punho. O sentimento de traição é tão nítido que nem consigo começar a processá-lo, não consigo pensar em todas as implicações.

Emma Walsh.

Esse foi o nome da pasta no pen drive que chamou minha atenção quando eu o conectei no meu laptop para garantir que funcionasse. A apresentação de Marcus também estava lá, junto com várias outras pastas, mas eu vi o rótulo "Emma Walsh" e só precisei clicar.

Havia muitos arquivos na pasta, mas o primeiro que eu abri foi rotulado simplesmente como "Relatório". E dentro havia de fato um relatório sobre mim. Era completo, contendo tantos fatos sobre mim que eu nem conhecia alguns deles, como o nome do hospital onde nasci. Falava sobre minha família e qual escola fui, listou todos os lugares que já morei e trabalhei, mencionou todos os amigos que já tive e todos os homens com quem já namorei. Tinha capturas de tela dos meus perfis de mídia social desde a adolescência e tudo o que eu adicionei à minha lista de desejos da *Amazon*.

Atordoada, dei uma olhada em tudo e abri alguns dos outros arquivos. Um, era o meu pedido de locação para o meu estúdio; outro, era o meu ensaio de admissão na faculdade. Alguns outros eram tarefas escolares que eu fiz na faculdade, incluindo algumas histórias curtas para minha aula de Redação Criativa. Ignorando a náusea que contorceu meu interior, continuei clicando. Meus pedidos de empréstimo estudantil, extratos bancários, registros de vacinação, histórico médico, estava tudo lá, toda a minha vida nessa pasta, desde minhas esperanças e sonhos até quantas cáries eu tive quando criança.

Operando exclusivamente no piloto automático, liguei para Marcus para dizer que o pen drive funcionava. Então, me vesti e peguei um táxi, meu estômago doendo e meus pensamentos girando como um tornado.

Marcus me investigou. Quando? Por quê? Ele pensou que eu era algum tipo de vigarista para pegar seu dinheiro? Foi porque eu estava me mudando agora, uma precaução para garantir que eu não sou uma exploradora como minha mãe?

Mas não, eu percebi a meio caminho do meu destino. Lembrei-me dos livros da primeira edição que ele me presenteou semanas atrás – meus três favoritos de todos os tempos – e como ele parecia saber exatamente quais flores eu amava. E o cachecol branco, aquele que parecia suspeito com o da minha lista de desejos da *Amazon* – ele até me disse que eu deveria mudar minhas configurações de privacidade lá, admitindo saber coisas sobre mim nas minhas mídias sociais.

Eu o acusei de ser um perseguidor, mas não fazia ideia.

Eu nem tinha ideia.

Ele continuou me ligando durante todo o percurso até aqui, mas eu não aguentaria atender o telefone. Raiva e traição são um nó espesso dentro da minha garganta, minha caixa torácica tão apertada que é tudo o que posso fazer para respirar superficial e rapidamente.

Marcus, o homem que eu amo, o homem com quem eu concordei viver, encomendou esse relatório terrivelmente invasivo quando começamos a namorar, e não consigo imaginar o porquê.

Meus dedos estão gelados, meus ouvidos zumbem

quando saio do saguão e entro na área de conferências nos fundos. *Conferência de Investimentos Zona Alfa*, o cartaz no meio dos principais locais dos corredores, com homens e mulheres em trajes de negócios espalhados por toda parte. O Grande Salão fica à minha direita, e corro para lá, ignorando a batida nauseante do meu pulso.

Entregue o pen drive e vá embora – essa é minha missão. Não consigo pensar além disso, não consigo pensar além da simples tarefa de colocar um pé na frente do 'outro. Quando o pen drive estiver em segurança nas mãos de Marcus, vou me preocupar com os próximos passos, com o que essa descoberta significa para nós e o futuro de nosso relacionamento... se é que pode haver um.

Faltam seis para as oito, e o salão já está cheio, com câmeras e equipes de notícias por toda parte. Ao meu redor, há ternos sob medida e bolsas de cinco dígitos, homens e mulheres que controlam mais riqueza do que os reis da antiguidade. Em circunstâncias diferentes, eu me sentiria intimidada, deslocada em meus jeans e tênis casuais, mas, no momento, não podia me importar menos.

Marcus está no pódio no palco, conectando o microfone, e meu coração sobe na garganta ao ver suas características fortes, como as sobrancelhas grossas e escuras se angulam enquanto ele fala com o técnico em voz baixa. Lembro-me daquela voz profunda e suave murmurando carinhos para mim ontem à noite, lembro como seus lábios eram quentes e carinhosos quando beijaram os meus esta manhã, e a dor que flecha através de mim é tão incapacitante que, por um segundo, não consigo encontrar força para me mover.

Como se sentisse minha presença, Marcus se vira e olha diretamente para mim, seu olhar azul frio me encarando com precisão sobrenatural. Com uma palavra curta para o técnico, ele solta o microfone e se dirige a mim, descendo do palco com passos longos e determinados.

O calafrio dentro de mim se intensifica até eu tremer, os tremores correndo sobre a minha pele enquanto estou ali, esperando que ele me alcance. Mesmo agora, sua presença é magnética, seu efeito sobre mim é mais potente do que nunca.

Marcus Carelli.

Meu namorado.

Meu amante.

Meu perseguidor.

Tudo nele é dolorosamente familiar, desde a orgulhosa inclinação de sua cabeça escura até a poderosa largura de seus ombros, naquele terno perfeitamente cortado. Mas eu realmente o conheço? Quem é o homem por quem me apaixonei?

Alguma coisa sobre nós tem sido real?

— Emma — Ele está agora a poucos metros de distância, e vejo as linhas de tensão gravadas em seu rosto, a culpa e a preocupação naqueles intensos olhos azuis. Ele deve ter percebido o que descobri, lembrado do que mais há no caminho. Com certeza, assim que ele para ao meu lado, ele diz em voz baixa: — Emma, Gatinha, me escute. Eu posso explicar.

— Aqui. — Enfio o pen drive na mão dele. — Boa sorte com a apresentação e adeus.

E antes que eu possa explodir ou quebrar em pedaços, eu dou meia-volta e corro.

*M*arcus

CARALHO. O PEN DRIVE QUEIMA UM BURACO NA PALMA da minha mão enquanto vejo Emma fugir, seus cabelos brilhantes como um raio de sol em uma sala cheia de pessoas vestidas principalmente em cinza e preto. À minha direita, um conhecido de negócios começa a falar comigo; à minha esquerda, dois repórteres disputam minha atenção. Mas as palavras que saem de suas bocas são ruído branco, assim como o barulho da plateia esperando minha apresentação.

Eu nunca vi Emma tão pálida, tão profundamente ferida. É como se a vida a drenasse, todo o seu calor e fogo se foram.

No momento em que percebi o que aconteceu, eu queria voltar e esquecer tudo sobre pedir a Emma para trazer o pen drive. Eu poderia me contentar com a versão mais antiga da minha apresentação; e daí se alguns slides não fossem tão detalhados quanto eu gostaria? Mas tudo o que pude fazer foi esperar que ela chegasse e continuar com os preparativos para o meu discurso, como se eu ainda desse a mínima para o estoque de biotecnologia ou minha reputação... como se meu mundo não estivesse prestes a desmoronar.

No entanto, por mais que eu temesse esse confronto, a realidade acabou sendo infinitamente pior, a dor nos olhos de Emma mais devastadora do que qualquer chicotada verbal. Eu estava preparado para a raiva dela, mas não aquele "boa sorte" e "adeus" sem vida.

Sua cabeça brilhante desaparece pelas portas do salão e é como se o sol se pusesse, roubando todo o calor da sala. E sei que, se ela sair da minha vida, esse frio irá crescer e me envolver, revestindo-me de uma camada de gelo que nenhuma quantidade de alegria ou felicidade jamais penetrará.

Eu não faço conscientemente a escolha de começar a andar; meus pés avançam por vontade própria. Ao meu redor, há olhares e murmúrios confusos, meu nome sendo chamado por todos os lados. O organizador da conferência corre em minha direção, sibilando: — São quase oito horas. Precisamos de você lá em cima agora, Carelli — mas eu passo em volta dele, acelerando o ritmo.

A multidão está aumentando com as chegadas de última hora, e eu passo por elas, murmurando "com licença" para a esquerda e para a direita. Assim que estou no corredor, começo a correr.

Emma já está atravessando a rua quando saio correndo do hotel, com o organizador da conferência nos meus calcanhares.

— Emma, espere! — chamo, mas ela não me ouve, sua pequena figura entrando e saindo do trânsito, alheia aos carros em movimento lento. Ela está tão chateada que não percebe que o sinal acabou de ficar vermelho, compreendo com uma onda de pavor e, ignorando a tentativa do organizador de agarrar minha manga, pulo para o cruzamento atrás dela.

É hora do rush, com a insanidade habitual na Quinta Avenida – o que significa que qualquer aumento na distância habitual de 60 centímetros entre carros é recebido por motoristas que avançam loucamente para a frente, desesperados para entrar na frente dos outros. E eu vejo um acontecimento tão prolongado na frente de Emma quando uma van branca acelera muito mais devagar que o ágil carro esportivo que está seguindo.

— Emma! — grito no topo dos meus pulmões, mas com o barulho do trânsito, ela não consegue me ouvir. Sua cabeça está abaixada quando ela pisa na frente da van, as mãos segurando as lapelas do casaco velho para proteger o pescoço contra o vento gelado. Ela não vê o perigo, não percebe o táxi amarelo acelerando o motor ao lado da van – e com a van bloqueando a visão do motorista, duvido que ele a veja.

Meu ritmo cardíaco dispara, eu corro para uma

corrida, ignorando as buzinas em pânico ao meu redor. Meus pulmões bombeiam como se eu estivesse nos últimos trechos de uma maratona, minha visão se estreitando até que tudo o que vejo é aquela pequena figura ruiva e o táxi prestes a desviar sobre ela.

— Emma!

Agora, estou perto o suficiente para meu frenético berro alcançá-la, e ela se vira, apenas para congelar no lugar, seus olhos se arregalando quando ela me vê, e o táxi correndo para ela. Num piscar de olhos, eu pego o rosto aterrorizado do motorista enquanto ele registra a presença dela, ouço o som dos freios e sei que ele não vai parar a tempo.

É fisicamente impossível.

O tempo parece lento, cada milissegundo surpreendentemente vívido quando o rugido ensurdecedor do meu pulso se separa em batimentos cardíacos distintos.

Tum-tum. Eu coloco velocidade à minha corrida.

Tum-tum. Eu me lanço no ar, meus braços estendidos.

Tum-tum. O rosto de Emma, branco fantasma, seus lábios formando meu nome quando minhas mãos colidem com seu peito, o impacto a jogando para trás um metro e meio, e fora de perigo.

Tum. Uma força maciça bate no meu lado, e a escuridão me envolve.

MMINHAS COSTAS ATINGEM O ASFALTO COM TANTA FORÇA que, por alguns longos segundos, não consigo respirar, minha visão indo e voltando. Então, com um chiado no peito, meus pulmões se puxam o ar, e eu pulo de pé, impulsionada por um terror tão hediondo que estou alheia a toda e qualquer dor.

— Marcus! — Ignorando a tontura tentando me derrubar, corro em direção à figura de bruços em um terno de negócios esparramado no asfalto a alguns metros de distância.

Todos os carros estão agora a todo vapor, os motoristas pulando e gritando. O motorista de táxi amarelo começa a gritar xingamentos para mim, mas eu não lhe dou atenção. Todo o meu foco está no homem deitado em frente ao táxi, com o rosto parcialmente virado e o braço em um ângulo estranho.

Caindo de joelhos na frente de Marcus, procuro freneticamente o pulso em seu pescoço, e um soluço de alívio explode em minha garganta quando o sinto, forte e firme. Mas, então, eu noto sangue acumulando em volta de sua cabeça, e o medo hediondo retorna com uma vingança.

— Ele precisa de uma ambulância! — Olho em volta, procurando no meu bolso o meu telefone. Não consigo encontrá-lo, e meu pânico aumenta. — Alguém ligue para o 911!

— Eles já estão a caminho — diz um homem de terno cinza, parecendo sem fôlego enquanto se ajoelha ao meu lado. — Não acredito que Carelli pulou na frente disso – merda, você está prestes a desmaiar.

Não percebo que ele está falando de mim até que alguém agarra meus braços e me faz deitar ao lado de Marcus, dizendo algo sobre choque e possíveis ferimentos. À distância, as sirenes tocam, e minha tontura se intensifica, trazendo consigo uma onda de náusea.

Rolando para o meu lado, eu vomito, e quando meu estômago está vazio, estamos cercados por um enxame de paramédicos.

— EMMA? GATINHA?

O som rouco da voz de Marcus me acorda, e eu pulo de pé, quase derrubando a cadeira em que adormeci.

— Você está acordado! Graças a Deus, finalmente. — Eu agarro sua mão direita na minha, tão aliviada que mal registro a dor nas costas. — Como você está se sentindo?

Ele pisca para mim lentamente, e eu sei que ele ainda está conectando os pontos, me perguntando por que meus olhos estão molhados e ainda estou sorrindo. Mas essa confusão é normal, esperada. O importante é que, depois de dezoito horas sem recuperar a consciência, Marcus está acordado e sabe quem eu sou.

— O que... — Ele umedece os lábios secos enquanto eu me empolgo na beira da cama. — O que aconteceu? — Seu olhar afia. — Espera. O táxi. Você está...

— Estou bem. Aqui, beba isso. — Soltando sua mão, seguro um copo d'água com um canudo na boca e o vejo tomar um grande gole, os músculos em sua garganta poderosa trabalhando enquanto ele engole. Meu peito aperta com a visão, minha alegria tão intensa que quase agoniza. Com uma barba pesada cobrindo as bochechas magras, o lado direito da mandíbula inchado e uma enorme bandagem branca enrolada na cabeça, ele parece tão terrível quanto um homem magnético, mas está acordado e funcionando.

Ele vai ficar bem.

— O que aconteceu? — ele repete quando está cheio de água. Sua voz parece que sua garganta foi esfregada com uma lixa, mas seus olhos azuis estão claros e afiados quando ele vê o gesso no braço esquerdo e todos os intravenosos e monitores conectados a ele.

Coloquei o copo d'água na mesa de cabeceira. — Diga-me como você se sente primeiro.

— Como se meu crânio fosse serrado aberto e cheio de cacos de vidro — Ele toca o curativo na cabeça com a mão não machucada, estremecendo quando seus dedos roçam o queixo inchado. — Também como se eu tivesse sido atropelado por um carro. Foi o que aconteceu?

— Sim. — Eu respiro para me equilibrar. — Você me empurrou para fora do caminho e recebeu todo o impacto. No processo, você quebrou o braço e abriu a cabeça na calçada. Você também está machucado e todo arranhado. Os médicos disseram... — Minha voz está começando a tremer, minha garganta se fechando, então, eu puxo outra respiração. — Eles disseram que era um milagre não haver ferimentos internos ou outros ossos quebrados, e que eles não achavam que você sofreu algum dano cerebral, embora, depois das primeiras horas começaram a ficar preocupados com o fato de você não estar acordando. — Fecho os olhos para conter as lágrimas, mas é um esforço inútil. Elas vazam sob minhas pálpebras fechadas, e quando eu abro meus olhos, encontro Marcus me olhando com ternura.

— E você, Gatinha? — Apertando um botão para levantar a cama para uma posição semi-sentada, ele coloca uma mão gentil no meu joelho. — Você se machucou? Eu empurrei você com bastante força.

Um meio soluço, meio risada borbulha na minha garganta. — Sim, você basicamente me abordou no estilo do futebol. Você jogou isso na faculdade ou algo assim?

— Não, só no Ensino Médio. Primeiro ano. Depois, mudei para lacrosse e futebol. Achei que todo aquele choque de cabeça não poderia ser bom para o cérebro, e eu precisava de todos os neurônios para o futuro que eu havia planejado. — Ele sorri; então, a preocupação retorna aos seus olhos. — Então, *você* se machucou?

Balanço a cabeça, um sorriso aguado tocando meus lábios. — Não, na verdade não. Eu bati no chão com muita força, mas minhas costas estão um pouco machucadas. O choque foi o pior; eles continuaram me alimentando com líquidos açucarados na ambulância para que eu não desmaiasse ou vomitasse novamente. — Meu sorriso desaparece e engulo quando minha garganta incha de novo. — Eles disseram que você pode ter salvado minha vida. Com a rapidez com que o táxi estava indo e o ângulo que ele estava vindo para mim... — Minha voz falha. — E você também podia ter sido morto ou seriamente ferido. Se você batesse sua cabeça com mais força ou caísse de uma maneira diferente... — Um arrepio percorre minha espinha. — Nunca faça isso comigo de novo, você me ouviu? — Aperto sua mão, o medo lembrado me arrepiando por dentro. — Prometa-me, Marcus. Prometa que nunca mais fará algo tão louco assim.

Sua mandíbula flexiona. — Eu não posso. Quando vi aquele carro vindo em sua direção e percebi que não seria capaz de parar... — Ele fecha os olhos, apertando os dedos nos meus enquanto revive o que deve ser uma lembrança horrível. E eu sei exatamente como ele se sente. Nunca sairá a imagem dele deitado inconsciente e sangrando, nunca esquecerei como me senti naqueles momentos aterrorizantes antes de sentir seu pulso e saber que ele estava vivo. Se eu o perdesse, se ele fosse morto por minha causa... Deus, nem consigo imaginar essa agonia; o simples pensamento é tão doloroso que é como ter minha alma destruída.

— Marcus... — Espero que ele abra os olhos e pergunto com uma voz tensa: — Por que você não fez sua apresentação? O homem que veio correndo atrás de você disse que você acabou de sair, saiu dali sem nenhuma explicação para ninguém.

Seu olhar escurece. — Por que você acha? Gatinha, sobre o relatório do detetive particular... — ele afasta a mão e pressiona o botão para ficar mais ereto. — Eu não fiz isso por má intenção, eu juro.

Eu respiro e lentamente solto. — Por que você fez isso então? — Fiquei tão preocupada com ele que mal pensei nesses arquivos, mas agora que sei que ele vai ficar bem, a dor da traição está voltando, embora não esteja tão nítida quanto antes.

Tendo enfrentado o espectro de perdê-lo – *realmente* perdê-lo – eu sei que não importa o que ele me diga, eu não vou me afastar.

— Por quê? — Marcus pega minha mão, seus dedos apertando firmemente os meus. — Porque eu queria você, Emma. Porque quando você me mandou embora depois daquela noite de portas quebradas, eu não conseguia parar de pensar em você, por mais que tentasse. Trabalhei, comi, dormi, exercitei-me, saí com amigos e colegas de trabalho, mas tudo isso foi feito no piloto automático, porque o tempo todo, tudo em que conseguia pensar era você. Quando você me mandou uma mensagem de texto, me mandou "Ei", era como se meu mundo mudasse de tons de cinza para alta definição. Mas, então, você disse que não queria me mandar uma mensagem, implicando que estava vendo outra pessoa, e eu... — O queixo dele trava. — Bem, eu fiquei meio idiota.

— Como você fez com Ian? — Eu pergunto

ironicamente, e ele assente, embora não haja nenhum traço de resposta divertida em seu rosto.

— Assim — ele diz sombriamente. — Pior ainda, porque você ainda não era minha, e eu sabia que se não fizesse algo, talvez nunca soubesse como seria se você fosse.

— Então você, o que... encomendou este relatório?

— Sim. — Seu olhar é inabalável. — Há um investigador particular que eu uso para acompanhar executivos importantes das empresas em que investimos. Eu nunca o fiz investigar alguém com quem namorei antes, mas depois daquela mensagem, eu precisava saber se você estava realmente vendo alguém, e mais importante, o que eu poderia fazer para reconquistar você. — Ele respira fundo e diz sem rodeios: — Eu precisava saber o que te afeta, Gatinha, e perseguir você, era o único jeito.

— Uau. — Puxando minha mão do seu alcance, levanto-me e começo a andar, meus pensamentos caindo como roupas em uma secadora. Há muito o que desvendar aqui, tantas camadas de emoções conflitantes para cavar. O que Marcus fez é terrivelmente errado, a invasão da minha privacidade deplorável. Também é assustador que ele *pudesse* fazer isso, tanto que ele tinha os meios e estava disposto a ir tão longe para conseguir o que queria.

O que era eu.

E é isso que complica as coisas... porque não posso pedir desculpas por ele ter conseguido o que queria. Se ele não tivesse me procurado com todos aqueles presentes perfeitamente selecionados, se ele não tivesse sido tão feroz e persistente, talvez eu encontrasse forças para ficar longe dele, e então, não estaríamos aqui hoje.

Eu nunca conheceria o ponto aterrorizante e emocionante de estar apaixonada por esse homem.

Ele me observa com a intensidade de um gato rastreando um lagarto perdido, e eu sei que é porque ele decidiu que essa é a melhor abordagem, que ele precisa me dar tempo para processar essas revelações. Mesmo agora, sua mente desvirtuada está trabalhando em uma maneira de mudar essa situação, para torná-la vantajosa para que ele consiga o que deseja.

Que, presumivelmente, ainda sou eu.

— O que mais? — exijo, parando na frente da cama. — Há mais que eu deveria saber? — Ele hesita por um longo momento, e uma risada incrédula escapa da minha garganta. — Existe, não é? O que é?

Um músculo flexiona sua mandíbula. — Eu posso ter atrasado seu avião no dia em que você estava voando para a Flórida. Além disso, pedi a um corretor de imóveis que falasse com sua senhoria sobre a colocação da casa no mercado e, mais recentemente, organizei a Weston Long para comprá-la.

Estou tão atordoada que afundo na cama, meus joelhos dobrando debaixo de mim. — Pelo amor de Deus, por quê?

Seus olhos azuis brilham ferozmente. — O avião, porque eu estava preso no trânsito e não poderia ter pego você no aeroporto. E a casa da cidade, porque... —

Seu peito sobe e desce com um suspiro instável. — Porque eu sou louco, obsessivamente apaixonado por você, Gatinha... a tal ponto que não consigo suportar a ideia de passar uma noite separado. Quero você comigo a todo momento do dia. Quero adormecer com você no meu abraço e acordar com o cheiro do seu cabelo no meu travesseiro; quero ver seu sorriso no café da manhã todas as manhãs e conversar com você no jantar todas as noites. Você é meu vício, minha obsessão, minha razão de existir, e não há nada que eu não faça para conquistar seu amor. Emma, Gatinha... — ele segura minha mão novamente. — Eu amo você e quero que você se case comigo. Quero você para sempre na minha vida.

Minha boca funciona, mas nenhuma palavra sai, meu peito parece que está prestes a estourar. O forte desejo em sua voz, a vulnerabilidade não escondida em seu olhar, me desfaz completamente, cortando o emaranhado de emoções conflitantes, como uma tesoura através de um nó.

Marcus quer se casar comigo. Ele me ama. Realmente, realmente me ama, tanto que ele pulou na frente de um carro para me salvar... e antes disso, cruzou todos os tipos de limites para nos levar onde estamos. E, em retrospectiva, o que eu esperava? Um homem tão feroz como este deixaria algo tão importante quanto as questões do coração ao acaso? Sinceramente, acho que ele iria recuar na esperança de que eu resolva minhas inseguranças antes do final da próxima década?

Não, não é assim que Marcus Carelli opera. Ele vai atrás do que quer, e quanto mais ele quer, mais ele luta por isso.

Eu tinha razão em imaginá-lo como um pirata moderno.

Ele é – e eu sempre fui o seu tesouro desejado.

— Emma — Seus olhos estreitam, seu aperto na minha mão se aperta. — Gatinha, diga alguma coisa.

Eu forço minha língua paralisada em ação. — E os seus critérios? Você não quer se casar com uma socialite glamorosa e sofisticada? Alguém que sabe tudo sobre a última moda e política e pode...

— Não. — Há certeza absoluta em sua voz. — Era o que eu pensava que queria, mas estava errado. Havia apenas um critério que realmente importava para mim, apenas uma coisa que eu queria que minha futura esposa fosse.

— E o que é?

— Minha família. Alguém com quem eu possa contar. — Ele faz uma pausa e acrescenta suavemente: — Uma mulher diferente da minha mãe.

Meu coração se aperta do tamanho de uma picada de alfinete, meus pulmões parando quando as lágrimas ardem no fundo da minha garganta novamente. Marcus não falou muito sobre sua infância, apenas dando dicas aqui e ali, mas não é preciso muita imaginação para saber como era. A mãe dele era alcoólatra, ele me contou, uma bêbada vinte e quatro por sete. Claro que ele não podia contar com ela;

qualquer amor que ela tivesse pelo filho seria inundado no vício pela garrafa.

Não é à toa que ele abraçou meus avós tão ansiosamente. Enquanto eu sempre tive o amor deles para me sustentar, ele nunca teve nada parecido com uma família real, com pessoas em quem pudesse confiar e contar.

Olhando para ele agora, para este homem lindo e poderoso que sempre vi fora da minha liga, percebo pela primeira vez que posso ser o que ele precisa.

Eu posso dar a ele amor e família... e a totalidade do meu coração.

Ele está me observando atentamente, esperando minha resposta, então, eu respiro fundo e digo: — Você sabe que eu venho com gatos, certo? São três agora, mas talvez eu queira adotar mais no futuro. Há tantos em abrigos que poderiam ter um bom lar. E eu posso querer pegar um cachorro ou dois um dia também.

Seus olhos brilham com triunfo, mas sua voz é calma. — Quanto mais melhor. Encha toda a cobertura com animais de estimação, se quiser. Inferno, eu comprarei para você uma maior, uma mansão, um castelo, uma ilha... Teremos um zoológico inteiro, se você quiser.

Eu mordo o interior da minha bochecha. Eu estava brincando sobre mais animais de estimação, mas fico feliz em saber que ele está de acordo. — E as crianças? — pergunto. — Eu acho que quero três.

— Feito. — Seu olhar se torna ardente. — Vamos começar o primeiro imediatamente.

— Espere — eu grito quando ele me puxa para ele, sua força não diminui por seus ferimentos. — Marcus, espere, você está machucado e os médicos, eles estarão aqui a qualquer momento. Também — eu apoio minha mão em seu travesseiro, impedindo que nossos lábios se juntem — preciso lhe contar uma coisa.

Ele acalma, a cautela roubando seus olhos. — O quê?

Empurro o travesseiro, forçando-o a me deixar sentar direito. Colocando a palma da mão em seu joelho, eu digo firmemente: — Eu amo você, Marcus. Eu amo desde antes da Flórida. Quando você me deixou naquele domingo, parecia que você arrancou um pedaço do meu coração, e eu tenho medo de me machucar desde então. Mas eu não tenho mais. Eu lhe diria quando você chegasse em casa após a sua apresentação, sinto muito por não ter podido fazê-la por minha causa.

Um sorriso dolorosamente terno floresce em seu rosto. — Gatinha, eu...

— Não, espere, deixe-me terminar. — Eu respiro. — Eu amo você, Marcus, e quero estar com você, mas não estou bem com o que você fez. Se vamos nos casar, preciso que você prometa que nunca mais vai me espionar ou manipular minha vida de qualquer maneira. Você pode fazer isso? Você pode me fazer essa promessa?

Seus olhos ferozes. — Sim, meu amor. Desde que você prometa nunca me deixar... e se casar comigo antes do final do ano.

— O quê? — Meu queixo cai. — Hoje é 17 de dezembro!

— Eu sei. — Sem piedade, ele me atrai para mais perto.

— O final do ano é daqui a duas semanas!

Seus lábios roçam os meus. — Eu sei.

— Marcus, nós realmente precisamos conversar sobre...

Ele reivindica meus lábios com um beijo profundo e roubador de mentes, e quando ele me deixa respirar, seu monitor de batimentos cardíacos apita, trazendo as enfermeiras.

O DIAMANTE DE LAPIDAÇÃO PRINCESA EM MEU DEDO brilha enquanto eu aliso as palmas das mãos na frente do meu vestido preto, maravilhada com a forma como o material sedoso lisonjeia minhas curvas pós-parto. Eu ainda tenho um pouco de barriga, mas neste vestido perfeitamente adaptado, é impossível dizer.

— Você está linda — diz Marcus, rouco, aproximando-se do espelho atrás de mim. — Absolutamente deslumbrante. — Ele segura meus seios, que agora são dois tamanhos maiores, graças ao leite que nosso voraz monstrinho exige. O vestido expõe apenas uma pitada de decote, mas é suficiente para chamar a atenção do meu marido.

O que estou dizendo? Existir é suficiente para

chamar a atenção do meu marido. Eu o tenho sempre, não importa como eu pareço ou o que visto. Quando eu estava grávida, ele passava horas todos os dias explorando meu corpo em mutação, acariciando e me amando e me fazendo sentir como se eu fosse a mulher mais bonita do mundo. E nas seis semanas desde que dei à luz, ele tem escalado paredes e contado os minutos até o médico me liberar para retomar nossa vida sexual altamente ativa, não que não tenhamos encontrado formas de contornar as restrições.

Para um homem cuja carreira é toda sobre números e fatos, Marcus pode ser bastante criativo.

Esta é uma semana emocionante para nós. Ontem, a ideia de investimento de meu marido do ano passado, o estoque de biotecnologia que foi objeto de sua malfadada apresentação, recebeu o prêmio máximo na Zona Alfa deste ano. Marcus não conseguiu se apresentar por causa do acidente, então, ele fez com que seu diretor de investimentos, Jarrod Lee, o fizesse em seu lugar no final da semana. Como Marcus esperava, a empresa obteve aprovação para seu remédio para pressão arterial, e o preço das ações mais do que quadruplicou no ano passado, gerando enormes retornos para o fundo de Marcus e para todos os outros que tiveram a sabedoria de comprá-lo por recomendação dele.

Esta noite é outra grande noite, e não apenas porque recebi a luz verde do meu ginecologista esta tarde, algo que pretendo contar a Marcus após a tarde de autógrafos, para que não cheguemos tarde demais. E não posso me atrasar, porque esta é a *minha* tarde de autógrafos, organizada a meu pedido na Smithson Books. Meu publicitário queria que eu fizesse isso na *Barnes & Noble*, mas eu insisti.

Talvez eu tenha deixado meu emprego em período integral quando meu terror romântico, o segundo livro que eu publiquei, entrou na lista de best-sellers do *The New York Times*, mas a livraria do Sr. Smithson ainda parece a minha segunda casa.

— É melhor irmos antes que ele acorde — digo, minha própria voz mais rouca do que o habitual quando encontro o olhar de Marcus no espelho. A visão de suas grandes mãos possessivamente espalhadas sobre meus seios está além de erótica, assim como o calor que sai de suas mãos. Consigo senti-lo mesmo através do meu vestido e sutiã, e minha calcinha fica úmida quando imagino o que acontecerá em algumas horas, quando disser a ele que estou oficialmente liberada.

Ah, sim, vai ser uma grande noite, supondo que nosso pequeno monstro de leite coopere. Joshua Reed Carelli não gosta de ficar esperando, e ele prefere receber o alimento diretamente do peito. Se não sairmos em breve, ele nos informará em voz alta que está com fome e se eu estiver em algum lugar da cobertura, ele não descansará até que eu o alimente. Se eu estiver fora, no entanto, ele ficará perfeitamente satisfeito com a babá que está fornecendo o leite que eu pré-bombeei.

É assustador o quão manipulador e psíquico nosso bebê de seis semanas pode ser.

Deve ter herdado do papai.

— Tudo bem — diz Marcus, relutantemente, liberando meus seios. — Mas vamos dar uma espiada nele por um segundo, ok?

— Ok. Mas se ele acordar, é por sua conta — digo com um sorriso terno enquanto o sigo para o quarto do bebê. Existem pais dedicados, e há Marcus. Meu marido é tão obcecado por nosso filho bebê quanto por mim, tanto que nossa babá reclama que, sempre que ele está em casa, ela não tem nada para fazer.

Meu bilionário esquisito e arrumado pode evitar limpar a areia de gatos, mas ele troca fraldas como um profissional.

Para meu alívio, quando entramos no berçário, encontramos o pequeno Reed – por algum motivo, temos dificuldade em chamá-lo de Josh ou Joshua – dormindo profundamente, cercado por seus companheiros habituais: nossos gatos.

O Sr. Puffs é o seu favorito atual e, com certeza, nosso filho está dormindo com o rabo fofo do gato apertado em seu pequeno punho. Fiquei preocupada quando ele começou a pegá-lo com duas semanas de idade; Puffs não é exatamente conhecido por sua paciência. Mas, por qualquer motivo, meu maior e mais cruel gato decidiu que o bebê é capaz de atormentá-lo como quiser, e em vez de fugir ou dar um tapa na criança com a pata, ele fica parado e sofre em silêncio.

— Ele se nomeou o guardião do seu filho — disse

Geoffrey, e tenho certeza de que o mordomo está certo. O mesmo deve ser verdade para meus outros gatos, porque agora passam a maior parte do dia com o bebê. Neste exato momento, Cottonball está esquentando os pés, Rainha Elizabeth está protegendo o topo de sua cabeça e Mouse – uma *chita* de nove meses que é a mais nova adição à nossa família – está enrolada ao seu lado.

Marcus foi quem a encontrou e a trouxe para casa. Ele teve uma reunião de negócios em Greenwich, Connecticut, quatro meses atrás, e enquanto esperava o trem de volta à cidade, Mouse correu até ele, miando em volume máximo. Ela estava dolorosamente magra, claramente desnutrida, então, Marcus alimentou com um pouco de atum do seu sanduíche, e nasceu um caso de amor.

— Ela me seguiu no trem — explicou ele se desculpando quando trouxe o gatinho para casa do veterinário. — Eu não podia abandoná-la, podia? E o veterinário disse que os abrigos estão cheios...

— Você fez a coisa certa — eu disse com firmeza, embora estivesse um pouco preocupada em apresentar o gatinho aos meus gatos. Ao lado deles, ela era pequena, como um rato, e eu tinha medo que eles a tratassem como um. Mas depois de algumas horas de olhares cautelosos e costas arqueadas, Rainha Elizabeth abraçou a recém-chegada e seus irmãos seguiram o exemplo, dando as boas-vindas à gatinha – agora oficialmente nomeada Mouse – em nossa casa, onde ela está prosperando e amando Marcus desde então.

Sim, meu marido antes anti-animal de estimação agora tem dois gatos, Cottonball e Mouse, loucamente apaixonados por ele, e ele não se importa nem um pouco.

— Basta olhar para isso. Eu acho que meu coração está derretendo — Marcus sussurra, olhando para o quadro de bebê e gatos, e eu aceno com a cabeça, engasgada demais para falar. Sinto-me assim o tempo todo hoje em dia e acho que são apenas parcialmente os hormônios pós-parto.

Nós não nos casamos em dezembro passado, uma vitória que consegui argumentando que não queria que Marcus usasse um gesso no nosso casamento. Em vez disso, fizemos nossos votos no final de janeiro, cerca de seis semanas após a proposta do hospital, no píer de Flagler Beach. Foi uma cerimônia pequena e íntima, com apenas meus avós e nossos amigos mais próximos, que Marcus trouxe para a Flórida em seu avião particular. Depois, passamos a lua de mel em Fiji, onde meu marido fez todas as paradas, alugando um luxuoso bangalô sobre a água em uma ilha particular. Por três semanas seguidas, nadamos nas águas cristalinas, nos banqueteamos com frutas tropicais e relaxamos – ou nossa versão do relaxamento, que envolveu nossos laptops e uma boa quantidade de trabalho. Foi durante essas semanas que escrevi a maioria do meu primeiro livro, também um terror romântico, que eu silenciosamente publiquei dois meses depois, sob um pseudônimo e com zero expectativas de sucesso comercial.

Para minha surpresa, ele foi vendido. Algumas dúzias de cópias na primeira semana, algumas centenas na segunda, quando surgiram algoritmos favoráveis de varejistas. Depois, alguns blogueiros de destaque o pegaram e, uma semana depois, levei Marcus para o seu restaurante favorito e contei o meu projeto secreto e quão bem estava indo. Ele estava orgulhoso de mim, e um pouco magoado que eu não tinha dito antes, e prometi nunca mais esconder nada dele.

Agora, ele é meu fã mais ávido, lendo cada cena enquanto escrevo e oferecendo sugestões e falando de meus livros para todos que encontramos. Ele também financiou a campanha publicitária do meu segundo romance, ajudando-o a atingir todas as listas de best-sellers. Ou melhor, nós o financiamos, já que logo após nos casarmos, concordei em unir nossas contas.

Somos uma família e não há mais dele ou meu, apenas nosso.

Então, sim, agora sou uma autora em tempo integral, embora ainda edite para alguns de meus clientes antigos, principalmente porque eu gosto. A flexibilidade da minha nova carreira combina comigo, especialmente desde que Marcus e eu decidimos não esperar para ter filhos, e nosso pequeno triturador de leite foi concebido quase imediatamente.

Eu estava certa sobre os nadadores de Marcus; eles são tão ferozes e determinados quanto o próprio homem.

De pé ao lado dele agora, vendo o amor e a ternura em seu rosto forte e bonito, sinto uma onda de felicidade tão intensa que meu peito parece pequeno demais para contê-lo. — Eu te amo — sussurro, entrelaçando nossos dedos, e quando seu olhar se volta para mim, seus olhos azuis frios acendem com aquela fome escura e feroz, eu sei que para ele, sempre serei um prêmio pelo qual vale a pena lutar – vale cruzar qualquer linha.

E eu não iria querer que fosse diferente.

AGRADECIMENTOS

Obrigada pela leitura! Se você considerar deixar um comentário/resenha, seria muito apreciado. A história de Marcus e Emma pode ter acabado, mas eu tenho mais romances picantes vindo por aí! Para ser notificado(a) quando meu próximo livro for lançado, inscreva-se na minha newsletter em www.annazaires.com/book-series/portugues.

Se você gostou de *O Vício do Titã*, talvez goste dos seguintes livros:

- *A trilogia Perverta-me* – a história de Julian e Nora
- *A trilogia Capture-me* – a história de Lucas e Yulia
- *O Perseguidor* – a história de Peter & Sara
- *A trilogia de Mia e Korum* – a história de ficção científica futurista de Korum, um alienígena

poderoso, e Mia, a estudante tímida que ele está determinado a ter

- *A Prisioneira dos Krinars* – o romance envolvente entre Emily, uma mulher em perigo mortal, e Zaron, o alienígena disfarçado que salva a vida dela
- *A Revelação Krinar* – minha colaboração para lá de ardente, com Hettie Ivers, apresentando o casal Amy & Vair - e seus jogos no clube de sexo.

Colaborações com meu marido, Dima Zales:

- *O Código de Feitiçaria* – Fantasia épica

E agora, vire a página par ver uma amostra de *O Perseguidor* e *Encontros Íntimos.*

TRECHO DE O PERSEGUIDOR

Ele surgiu durante a noite, um estranho cruel e sombrio, proveniente dos cantos mais perigosos da Rússia. Ele me oprimiu e me destruiu, deixando meu mundo em pedaços em sua busca por vingança.

Agora, ele está de volta, mas ele não está mais atrás dos meus segredos.

O homem que assombra meus pesadelos quer a mim

— Você vai me matar?

Ela está tentando – e falhando – manter a voz firme. Mesmo assim, admiro sua tentativa de ter compostura. Eu me aproximei dela em público para fazê-la sentir-se segura, mas ela é muito esperta para achar isso. Se eles falaram a ela qualquer coisa sobre meu passado, ela deve saber que posso quebrar seu pescoço antes que ela consiga gritar por ajuda.

— Não — Respondo, recostando-me mais perto quando uma música mais alta começa. — Não vou te matar.

— Então, o que você quer comigo?

Ela está tremendo na minha mão, e algo sobre isso tanto me intriga como me perturba. Eu não quero que ela tenha medo de mim, mas, ao mesmo tempo, gosto de tê-la sob meu controle. Seu medo acende o predador dentro de mim, fazendo meu desejo por ela algo mais sombrio.

Ela é uma presa capturada, macia, doce e minha para ser devorada.

Abaixando a cabeça, enterro meu nariz no seu cabelo cheiroso e murmuro no seu ouvido: — Encontre-me no Starbucks perto da sua casa amanhã ao meio-dia, e vou te dizer tudo o que quer saber.

Afasto-me e ela olha para mim, seus olhos grandes nas suas feições com formato de coração. Sei o que ela está pensando, então, me curvo outra vez, abaixando a cabeça para que minha boca fique perto do seu ouvido.

— Se você contatar o FBI, eles tentarão te esconder de mim. Do mesmo jeito que tentaram esconder seu marido e os outros na minha lista. Eles vão te remover, te levar para longe dos seus pais e da sua carreira, e será tudo em vão. Te acharei não importa aonde você vá, Sara... não importa o que eles façam para te manter separada de mim. — Meus lábios esfregam na curva de sua orelha, e a sinto ofegar. — Alternativamente, eles podem querer te usar como isca. Se esse for o caso – se eles armarem uma armadilha para mim – eu saberei, e nosso próximo encontro não será para um café.

Ela treme, e eu respiro fundo, inalando seu perfume delicado pela última vez antes de liberá-la.

Dando um passo atrás, me misturo na multidão e envio uma mensagem para Anton para posicionar a equipe.

Tenho que me certificar que ela chegue em casa segura e bem, sem ser molestada por ninguém além de mim.

Se deseja saber mais, acesse meu site em www.annazaires.com/book-series/portugues/.

TRECHO DE ENCONTROS ÍNTIMOS

Nota da Autora: *Encontros Íntimos* é o primeiro livro de minha trilogia de romance erótico de ficção científica, as Crônicas dos Krinars. Apesar de não ser tão sombrio quanto *Perverta-me*, ele tem alguns elementos que leitores de erotismo sombrio poderão gostar.

Um romance sombrio que atrairá os fãs de relacionamentos eróticos e turbulentos...

No futuro próximo, os krinars governam a Terra. Uma raça avançada de outra galáxia, eles ainda são um mistério para nós — e estamos completamente à mercê deles.

Tímida e inocente, Mia Stalis é uma universitária na cidade de Nova Iorque que sempre teve uma vida muito comum. Como a maioria das pessoas, ela nunca teve qualquer interação com os invasores. Até que um dia no parque muda tudo. Tendo atraído o olhar de Korum, ela agora deve lidar com um krinar poderoso e perigosamente sedutor que quer possuí-la e nada o impedirá de tê-la para si.

Até onde você iria para recuperar a liberdade? Quando sacrificaria para ajudar seu povo? O que escolheria ao começar a se apaixonar pelo inimigo?

***

Respire, Mia, respire. Em algum lugar na parte de trás da mente, uma voz racional fraca continuava repetindo aquelas palavras. Aquela mesma parte estranhamente objetiva dela notou a estrutura simétrica do rosto dele, com a pele dourada esticada sobre as bochechas altas e o maxilar firme. As fotografias e os vídeos dos Ks que ela vira não lhes faziam justiça. Parado a não mais de dez metros de distância, a criatura era simplesmente deslumbrante.

Enquanto ela continuava a encará-lo, ainda congelada no lugar, ele endireitou o corpo e começou a andar na direção dela. Na verdade, ele lentamente a perseguia, pensou ela tolamente, pois cada movimento dele lembrava o de um felino da selva aproximando-se de uma gazela. Durante o tempo todo, os olhos dele não se afastaram dos dela. Ao se aproximar, ela notou pontos amarelos individuais nos olhos dourados claros dele e os longos cílios grossos que os envolviam.

Ela olhou com descrença horrorizada quando ele se sentou no banco dela, a menos de sessenta centímetros de distância, e sorriu, mostrando dentes brancos perfeitos. Nada de presas, notou ela com uma parte funcional do cérebro. Nem mesmo traços de presas. Aquele era outro mito sobre eles, como a suposta aversão pelo sol.

— Qual é o seu nome? — a criatura praticamente ronronou a pergunta. A voz dele era baixa e suave, completamente sem sotaque. As narinas dele tremeram ligeiramente, como se estivesse inalando o perfume de Mia.

— Ahm... — Mia engoliu nervosamente. — M-Mia.

— Mia — repetiu ele lentamente, parecendo saborear o nome. — Mia de quê?

— Mia Stalis. — Ah, droga, por que ele queria saber o nome dela? Por que estava lá, conversando com ela? De forma geral, o que ele estava fazendo no Central Park, tão longe de todos os centros dos Ks? *Respire, Mia, respire.*

— Relaxe, Mia Stalis. — O sorriso dele aumentou, expondo uma covinha na bochecha esquerda. Uma covinha? Ks tinham covinhas? — Você nunca encontrou um de nós antes?

— Não, nunca. — Mia soltou o ar rapidamente, percebendo que prendera a respiração. Ela ficou orgulhosa pela voz não ter soado tão tremula quanto se sentia. Deveria perguntar? Queria saber?

Ela tomou coragem. — O quê, ahm... — Ela engoliu em seco novamente. — O que quer de mim?

— Por enquanto, conversar. — Ele parecia que estava prestes a rir dela, com os olhos dourados cintilando ligeiramente nos cantos.

Estranhamente, aquilo a deixou furiosa o suficiente para acabar com o medo. Se havia uma coisa que Mia odiava, era que rissem dela. Com a estatura baixa e magra e uma falta geral de habilidades sociais que vinha de uma adolescência desconfortável envolvendo o pesadelo de todas as garotas — aparelho, cabelos crespos e óculos —, Mia tivera experiência bastante como alvo.

Ela ergueu o queixo beligerantemente. — Ok, e qual é o *seu* nome?

— É Korum.

— Só Korum?

— Nós não temos sobrenomes, não da mesma forma que vocês. Meu nome completo é muito mais comprido, mas, se eu lhe dissesse qual é, você não conseguiria pronunciá-lo.

Bem, aquilo era interessante. Ela se lembrou de ter lido algo parecido no *The New York Times*. Tudo certo até o momento. As pernas já tinham quase parado de tremer e a respiração voltava ao normal. Talvez, apenas talvez, ela conseguisse sair dali com vida. Aquele negócio de conversar parecia seguro, apesar de a forma como ele a encarava, com aqueles olhos amarelados que não piscavam, ser enervante. Ela decidiu mantê-lo falando.

— O que está fazendo aqui, Korum?

— Acabei de falar, estou conversando com você, Mia. — A voz dele, novamente, tinha uma ponta de riso.

Frustrada, Mia soltou um suspiro. — Eu quis dizer, o que está fazendo aqui, no Central Park? Na cidade de Nova Iorque em geral?

Ele sorriu novamente, inclinando a cabeça ligeiramente para o lado. — Talvez estivesse torcendo para encontrar uma garota bonita com cabelos cacheados.

Aquilo foi a gota d'água. Ele estava claramente brincando com ela. Agora que conseguia pensar um pouco novamente, percebeu que estavam no meio do Central Park, à vista de uma infinidade de espectadores. Sorrateiramente, ela olhou em torno para confirmar aquilo. Sim, com certeza. Apesar de as pessoas estarem obviamente passando ao largo do banco onde ela e o outro ocupante de outro mundo, havia várias almas corajosas mais adiante no caminho olhando para lá. Um casal estava até mesmo filmando os dois, cuidadosamente, com a câmera do relógio de pulso. Se o K tentasse fazer qualquer coisa com ela, em um piscar de olhos estaria no YouTube e ele sabia disso. É claro que ele podia ou não se importar.

Ainda assim, partindo do princípio que ela nunca vira nenhum vídeo de ataques de Ks a garotas universitárias no meio do Central Park, estava relativamente segura. Com cuidado, ela pegou o *notebook* e ergueu-o para colocá-lo de volta na mochila.

— Deixe-me ajudá-la com isso, Mia...

E, antes que conseguisse sequer piscar, ela o sentiu pegar o *notebook* pesado dos dedos subitamente moles, encostando gentilmente neles. Uma sensação parecida com um choque elétrico percorreu Mia quando ele a tocou, deixando as extremidades nervosas formigando.

Pegando a mochila, ele cuidadosamente guardou o *notebook* em um movimento suave e sinuoso. — Pronto, muito melhor agora.

Ah, meu Deus, ele tocara nela. Talvez a teoria de Mia sobre segurança em locais públicos fosse falsa. Ela sentiu a respiração acelerar novamente e, àquela altura, a pulsação estava bem além da zona anaeróbica.

— Eu tenho que ir agora... Adeus!

Ela nunca saberia como conseguiu dizer aquelas palavras sem hiperventilar. Agarrando a tira da mochila que ele acabara de soltar, ela se levantou depressa, notando em algum lugar no fundo da mente que a paralisia anterior parecia ter desaparecido.

— Adeus, Mia. Vejo você outra hora. — A voz suavemente zombeteira dele flutuou no ar fresco da primavera quando ela saiu, quase correndo com a pressa de se afastar.

Se deseja saber mais, acesse meu site em www.annazaires.com/book-series/portugues/. Os três livros da trilogia Crônicas dos Krinars já estão disponíveis.

Anna Zaires é autora bestseller do *New York Times, USA Today,* e #1 como autora internacional de romance sci-fi e contemporâneo dark. Ela se apaixonou por livros aos cinco anos, quando sua avó a ensinou a ler. Desde então, sempre vive parcialmente no mundo da fantasia onde os únicos limites são aqueles da imaginação. Atualmente, morando na Flórida, Anna é feliz casada com Dima Zales (autor de ficção científica e Fantasia) e colabora de perto com ele em todos os seus trabalhos.

Para saber mais, por favor, visite www.annazaires. com/book-series/portugues/.

www.ingramcontent.com/pod-product-compliance
Lightning Source LLC
Chambersburg PA
CBHW060617100726
47907CB00006B/1654